dtv

W0222033

»Eine kleine Ortschaft in der Flämisch sprechenden Provinz. Dort trifft man sich in der Kneipe mit dem Namen *Das Stillschweigen,* trinkt sein Bier, hört sich die Elogen des Schulmeisters an und läßt den lieben Gott einen guten Mann sein. Eines Tages jedoch wird die eintönige Ruhe gestört: René ist zurück, der verlorene Sohn von Alma und Dolf, den Besitzern eines kleinen Ladens. René hatte sich als Söldner nach Afrika abgesetzt, als ihm die Provinz zu eng wurde. Nun ist er wieder da, jedoch behaftet mit einer unheimlichen, tödlichen Krankheit. Seine Anwesenheit wirkt wie ein Katalysator negativer Energien: Alte Wunden brechen auf, Angst und Haß machen sich breit, Geschichten kommen zutage, die man gerne vergessen hätte ... Claus zeichnet in seinem sprachlich versierten und komplex komponierten Roman ein gruselig satirisches Bild von der banalen Bosheit eines verstockt-verlogenen Landes.« (Peter Conzelmann im ›Südkurier‹)

Hugo Claus, 1929 in Brügge geboren, ist als Prosaschriftsteller und Lyriker, als Dramatiker, Film- und Theaterregisseur und Mitglied der Malergruppe »Cobra« bekannt geworden. Heute lebt er, nach langen Aufenthalten in Frankreich, Italien und den USA, in Gent.

Hugo Claus

Das Stillschweigen

Roman

Deutsch von
Waltraud Hüsmert

Klett-Cotta
Deutscher Taschenbuch Verlag

Von Hugo Claus
ist im Deutschen Taschenbuch Verlag erschienen:
Der Kummer von Flandern (12696)

Ungekürzte Ausgabe
Dezember 2000
Deutscher Taschenbuch Verlag GmbH & Co. KG,
München
www.dtv.de
© 1996 De Bezige Bij, Amsterdam
Titel der niederländischen Originalausgabe:
›De Geruchten‹
© 1998 der deutschsprachigen Ausgabe:
J. G. Cotta'sche Buchhandlung Nachfolger GmbH, gegr. 1659,
Stuttgart
Umschlagkonzept: Balk & Brumshagen
Umschlagbild: Ausschnitt aus dem Gemälde ›Die Bauernhochzeit‹ (ca. 1568)
von P. Brueghel dem Älteren
Gesamtherstellung: C. H. Beck'sche Buchdruckerei,
Nördlingen
Gedruckt auf säurefreiem, chlorfrei gebleichtem Papier
Printed in Germany · ISBN 3-423-12842-9

Tis all in pieces, all coherence gone;
All just supply and all relation.
JOHN DONNE

La démarche des Belges, folle et lourde
CHARLES BAUDELAIRE

DOLF

Dolf Catrijsse steht am Fenster, mit dem Rücken zum Eßzimmer und zu dem Mann, der in dem Korbsessel mit den geblümten Kissen sitzt, auf dem Platz, der seit jeher Dolf vorbehalten ist.

Der Mann gehört zur Familie. Der Mann ist Dolfs Sohn, René. Aus dem Nichts aufgetaucht nach fast drei Jahren, sitzt er nun im Sessel neben dem Ofen, als ob er nicht genau wüßte, daß das der Platz seines Vaters ist.

Dolfs Rücken in dem blaugrauen Arbeitskittel ist reglos. Im Haus ist es still. Bereits seit einer halben Stunde. Vor einer halben Stunde hat René etwas gemurmelt, über Wärme. Es war nicht deutlich, ob er die Wärme des Nachsommers meinte oder die feuchte Wärme Afrikas, wo er gerade herkommt.

Dolf fragt sich, ob er nicht unhöflich ist, so wie er dasteht, mit dem Rücken zu René, mit seinem unbehaglichen, verlegenen Schweigen. Aber er kann nichts dafür, er kann seinem Sohn nicht in die Augen sehen. Eigentlich war das schon immer so.

Fast drei Jahre.

Letzte Nacht, gegen Morgen, war von der Straßenseite her ein leises Trommeln gegen einen Fensterladen zu hören. Dann ein anhaltendes Kratzen und Scharren, wie von einer hungrigen Katze.

Und Alma, die sich hastig den Morgenrock überwarf.

Und draußen eine heisere, fast nicht wiederzuerkennende Stimme.

»Heda, heda.« (Nicht: »Vater, Vater.«)

Und Alma, die ihre Füße in die Pantoffeln zwängte und mit einem kleinen Juchzer zur Schlafzimmertür schlurfte, schnell, als hätte sie im Schlaf auf dieses heimliche Nachtgeräusch gewartet. »Er ist es«, sagte Alma.

Wer? Welcher er?

»René«, sagte sie mit jenem ängstlich frohlockenden Gesichtsausdruck, den Dolf schon seit Monaten nicht mehr an ihr gesehen hatte.

Er war es. Der René von früher, eine Nervensäge, ein boshafter, gefährlicher Junge, und gleichzeitig dieser Mann, verroht und ausgebrannt, der seinen Vater keines Blickes gewürdigt und sich sofort in den Korbsessel hatte fallen lassen, in dem er nun sitzt. Er trug eine Jacke mit ausgebeulten Brusttaschen. Turnschuhe mit Flecken von Rost oder altem Blut. Einen Soldatenrucksack, der nun neben seinen Füßen liegt.

Heute nacht hat er in seinen Kleidern geschlafen. Vielleicht hat er auf den Dielen gelegen. Dolf hat Knarren, Stöhnen gehört.

Jetzt sieht Dolf das Spiegelbild seines Sohnes im Fenster, wie ein unscharfes Foto in der Zeitung. Dolf war schon einmal in der Zeitung, in dem Lokalblatt *Het Belang van Waregem.* Auf der Titelseite, mit Alma auf der Bank im Garten. Hinter ihnen die Geranien, die Dahlien, die Rückseite des Hauses. Beide haben sie direkt in die Kamera geblickt, Alma mürrisch, Dolf mit erschrockenem Grinsen. In der Zeitung stand, sie seien gottesfürchtige, hart arbeitende Eltern, die darunter litten, daß sie überhaupt nichts mehr von ihrem ältesten Sohn René hörten, der zuletzt mit drei anderen belgischen Deserteuren auf der Insel Sansibar in der unmittelbaren Umgebung des gottlosen Diktators

Scheich Karume gesichtet worden sei. Und daß die Familie Catrijsse jeden Tag zu Unserer Lieben Frau von Fatima beten würde, daß er unversehrt an Leib und Seele zurückkommen möge.

Manchmal hatten Dolf und Alma im Fernsehen weiße Soldaten gesehen, die weit vorgebeugt durch afrikanisches Buschwerk schlichen. Plötzlich peitschte ein Regen von Speeren und Pfeilen auf sie nieder. Sie riefen sich auf Westflämisch etwas zu. Eine dieser Stimmen hätte die von René sein können. Mit den Armen fuchtelnd rannten die Soldaten aufeinander zu, aber nicht einer von ihnen ähnelte René. Auch nicht der letzte, der den Hubschrauber nicht mehr erreichen konnte und zurückblieb, kniend, ein Dutzend Pfeile in Rücken und Genick.

Die schwarzen Verfolger, die kreischend und tanzend mit Maschinenpistolen auf den Helikopter schossen, waren vierzehnjährige Jungs in Frauenkleidern, mit strohgelben Perücken und belgischen Käppis. Manche trugen weiße BHs, auf die blutige Brustwarzen gemalt waren.

Der Morgen bleibt grau. Dann bewegt sich das Foto in der Fensterscheibe und verblaßt. Der nur verschwommen sichtbare Mann dreht sich eine Zigarette, steckt sie an, süßlich riechender Qualm füllt den Raum. Dolf wirft noch einen Blick auf seinen Gemüsegarten, auf den Fußballplatz von *Excelsior Alegem,* auf die Schornsteine der Brauerei. Als nähme er Abschied von einer Ordnung, die nicht mehr dieselbe sein kann, nachdem René nun wieder da ist. Er dreht sich zu seinem Sohn um.

»Mutter ist einkaufen, im Supermarkt«, sagt Dolf. »Hoffentlich denkt sie auch an unsere Zigaretten. Die werden nämlich nächste Woche teurer. Die Regierung gönnt uns kein Vergnügen mehr. Das hat man davon, wenn Katholiken und Sozialisten zusammen an der Macht sind.«

Dolf macht ein paar Schritte in das vertraute Eßzimmer, in den süßlichen Rauch.

Letzte Nacht hat René alles in allem drei Sätze gesprochen, stoßweise, als koste es ihn Mühe. Dolf konnte nicht verstehen, was er sagte, die kurzen Sätze waren ausschließlich an Alma gerichtet und brachen ab in Gehuste.

»Keiner soll wissen, daß er hier ist. René möchte das nicht«, sagte Alma später im Bett. »Ein Freund von ihm hat ihn vor der Tür abgesetzt. Ich hab' ihn gefragt, ob ich diesen Freund vielleicht kenne, ob es jemand aus der Gegend ist, aber er hat nichts mehr gesagt. Wie ein Hund, bevor er beißt. Er sieht erbärmlich aus. Wer weiß, was ihm in den Knochen steckt? Es gibt Hunderte Sorten Zecken und Würmer im Kongo. Und Malariamücken. Er hat sich in seinem Zimmer umgeblickt, als hätte er es vorher noch nie gesehen. Und dabei haben wir dort doch nichts verändert. Was ich auch gesagt oder gefragt habe, jede Antwort war ihm zu viel. Er ist im Stehen eingeschlafen. Vielleicht hat er sich ja die Schlafkrankheit geholt. Ich habe gesagt: »Es gibt Gerüchte, daß die weißen Soldaten untereinander, gegeneinander kämpfen, daß da unten nicht nur die Neger ausgerottet werden, sondern daß ihr in betrunkenem Kopf aufeinander schießt. Seit ich das gehört habe, konnte ich nicht mehr schlafen. Und dein Vater auch nicht und auch nicht dein Bruder Noël!« Aber er hat weitergeschlafen, wie er dastand, mit dem Rucksack in der Hand. Ich hab' ihm erzählt, daß wir einen lehrreichen Vortrag mit Dias gesehen haben in der Städtischen Schule und daß Lehrer Arsène den Redner vorgestellt hat, und daß es um den Kongo und andere Gebiete in Übersee ging und daß wir dabei erfahren haben, daß die Weißen sich aus Angst besaufen und darum aufeinander schießen und daß der Redner gesagt hat, den Negern wäre so was unbegreiflich.

Ich hab' ihm auch erzählt, daß du bei dem Vortrag eingeschlafen bist und daß ich dich in die Seite gestoßen habe, als es um die afrikanische Viehzucht ging, weil ich dachte, es würde dich interessieren, das mit den Negern, die ihren Kühen kleine Löcher in die Schlagadern bohren und das Blut auffangen, es mit Milch und Mehl mischen und das Loch mit Lehm wieder zuschmieren.«

Eine Stunde später macht Dolf sich Sorgen. Nicht wegen René, der lautlos auf den abgestellten Fernseher blickt. Sondern wegen Alma. Wo sie nur bleibt?

Der Straßenverkehr ist heutzutage kriminell. In der Aufregung über ihren verlorenen und wiedergefundenen Sohn paßt Alma nicht auf, ein schwedischer Lastwagen schleudert sie mitten auf die Straße, Alma rollt immer weiter, ein entgegenkommendes Auto zermalmt ihren Einkaufskorb, im hochstiebenden Mehl und Puderzucker fährt ihr ein anderer Wagen über den Brustkorb, über den Schädel.

Dolf fragt René, ob er frischen Kaffee möchte. René schüttelt den Kopf, mit zugekniffenen Augen.

Er sieht verwelkt aus, denkt Dolf, das ist das Wort, verwelkt wie eine abgetakelte Nutte. Ist das unser kleiner René, unser Junge, der früher mal hier in der Küche eine halbe Stunde lang gejammert hat wegen dem tödlichem Sturz von Stan Ockers auf der heimtückisch glänzenden Bahn im Antwerpener Sportpalast? Stanneke Ockers, Stundenweltrekord. Waren es nicht siebenundfünfzig Kilometer in der Stunde? Viel dürfte nicht dran fehlen.

Ich versuche es noch einmal. Wenn er nicht antwortet, soll ihn von mir aus der Schlag treffen.

»René«, sagt Dolf.

René knurrt. Guter Anfang. Jetzt mit was Interessantem aufwarten. »Sag mal, können Neger eigentlich gut mit Geld umgehen?«

Der leichenblasse Mann horcht auf ein Geräusch von draußen, anscheinend will er antworten, als Alma ans Küchenfenster klopft.

Aus der Küche ruft sie: »Hallihallo!« Auch zum erstenmal seit Jahren. Seit das launenhafte Kind fortgegangen ist in seinen Dschungel, seine Wüste, zu seinen Massakern.

»Der Junge hat ja noch gar keinen Kaffee getrunken!« Dolf ist erschrocken über die Fröhlichkeit, mit der seine Frau das ausruft.

»Ich habe ihm welchen angeboten«, sagt er. »Stimmt's, René?«

»Ich hab' Bananen mitgebracht«, sagt Alma und breitet auf dem karierten Wachstuch aus, was sie verschwenderisch eingekauft hat für ihr Goldkind, ihren Lumpenhund: Keksrollen, Milch- und Bitterschokolade, Würstchen, Kaugummi, Zigaretten für die ganze Familie, fünf undurchsichtige, prall gefüllte Tüten mit exotischen Früchten, deren Namen sich Dolf nie merken kann. (Es gibt eine Frucht, die heißt Japapas. Oder so ähnlich.)

»Ich mußte mich wirklich beherrschen, sonst hätte ich es allen Leuten im Supermarkt erzählt. Die Nicole, du kennst sie nicht, sie arbeitet dort erst seit einem Jahr, an der Fleischtheke, also die Nicole sieht mich an und sagt: ›Alma, du lächelst ja.‹ Ich sage: ›Ich? Wann?‹ Sie sagt: ›Jetzt, hier an meiner Kasse. Du hast wohl einen Verehrer?‹

Ich hätte es ihr so gern erzählt. Vor allem, weil sie einen Bruder hat, der in der Verwaltung von Kilambo arbeitet. Oder war es beim Fernmeldeamt?«

Alma hat die gleichen kalten, hellen Augen wie René. Ihr anderer Sohn, Noël, mein anderer Sohn, hat meine Augen. Leider auch meinen Charakter. Wir sind zu gut für diese Welt, Noël und ich. Wenn uns jemand in den Hintern tritt, sagen wir auch noch: Merci. Aber René dagegen: Was der mir und seiner Mutter angetan hat, geht auf keine Kuhhaut. Und trotzdem, wenn ich ihn jetzt so wiedersehe, elend und geschunden, das geht mir doch ans Herz. Obwohl er gerade, wie früher, mit seinem verkniffenen Gesicht darüber nachgrübelt, wie er mir am besten, wie früher, eins auswischen kann. Daß wir wegen ihm einen Haufen Ärger kriegen werden, ist so sicher wie das Amen in der Kirche. Zum Beispiel schon wegen diesem verbotenen Zeug, das er raucht. Es reicht ja, wenn einer von den Nachbarn in unsern Laden kommt und es riecht und die Sache Kommissar Blaute erzählt, und schwupps steht ein Kombi der Gendarmerie vor unserm Haus, wir werden in Handschellen abgeführt und stehen wieder auf der Titelseite von *Het Belang van Waregem.*

»Was machen wir mit Julia?« fragt Alma. Dolf weiß nicht, an wen die Frage gerichtet ist. René weiß, wer Julia ist, aber es ist ihm egal. Man sieht nur eine kleine Falte auf seiner glatten, gewölbten Stirn.

»Wir fragen heute abend Noël, wenn er uns die Zeitung bringt.« Weil die Falte noch immer da ist, macht Alma weiter, mit ihrer störrischen Nestliebe. »Wir kriegen nämlich die Zeitung von Mijnheer Bijttebier, wenn er sie ausgelesen hat. Manchmal hat er sie nicht mal aufgeschlagen.«

Ein Hustenanfall ist Renés Antwort.

»Findest du, daß sich hier was verändert hat? Die Brauerei will, daß wir Neonröhren im Laden anbringen, mit der Zeit soll sich das rentieren ...«

Mit der Zeit. Was Alma »den Laden« nennt, war früher das Wohnzimmer. Dolf und Alma haben das Wohnzimmer leergeräumt, kichernd, albern, aufgeregt. Nach fünf Jahren Ehe hatten sie beschlossen, einen Getränkehandel aufzumachen. Das Büfett verkauft, die Samtvorhänge zerschnitten für Mäntel für René und Noël, die Polstergarnitur auf den Dachboden geschleppt. Dann Regale gezimmert und alles beige gestrichen, eine Ladentheke von der Brauerei bekommen. Wie viele Flaschen Genever standen in dieser ersten Woche auf den matt glänzenden Regalen? Fünf? Sechs? Bestimmt. Wie viele Flaschen Rotwein? Alma hat Hochwürden Lamantijn um Rat gefragt, der jedes Jahr nach Frankreich fährt, um seinen Weinkeller höchstpersönlich aufzufüllen. Idiotisch viel *Sauvignolles* eingekauft, die ersten beiden Jahre. Erst dann entdeckt, daß die meisten Dorfbewohner ihnen nicht das Schwarze unter den Nägeln gönnten. Daß auch die, die den Catrijsses wohlgesinnt waren, im Supermarkt einkauften.

Der *Sauvignolles* wurde sauer.

»Heute abend gibt es Lammfleisch mit Blumenkohl in weißer Soße«, sagt Alma. »Denk nur nicht, daß ich Reis oder Maniok koche. Außer, wenn du sagst: ›Mutter, ich habe wirklich furchtbar großen Appetit auf das afrikanische Essen, an das ich mich so gewöhnt habe.‹ Nein? Du brauchst nur den Mund aufzumachen, René, und du bekommst alles, was das Herz begehrt. Nur keine Hemmungen.«

Mit der Zeit wurden die Regale doch voller, klingelte die Ladenglocke häufiger, blieben Dorfbewohner noch auf einen kleinen Schwatz, und Alma fand ihren Weg durch das Labyrinth der Bestimmungen, Vorschriften, Reglementierungen, Steuern, Abschreibungen. Verlor aber nie ihre Angst vor den unerwartet auftauchenden beiden Herren in dunklen Anzügen, die die Steuergesetze auf ihrer Seite hatten, dehnbare, ungeahnte, unerforschliche Gesetze, die plötzlich eine stumpfsinnige Vorschrift aus längst vergangenen Zeiten wiederbeleben konnten, die etwa besagte, daß ein Kunde auf der Schwelle des Ladens überprüft werden konnte und der Ladeninhaber eine hohe Geldbuße zahlen mußte, wenn der Kunde weniger als zwei Flaschen Genever bei sich hatte.

»Ob du's glaubst oder nicht«, sagte Alma, »aber als ich an der Gaststätte *De Kroon* vorbeikam und Lehrer Arsène dort am Tisch sitzen sah, hatte ich große Lust, hineinzugehen, mich vor seinen Tisch zu stellen und zu sagen: ›Mijnheer Arsène, Ihr brillantester Schüler, Sie brauchen nicht lange zu überlegen, wen ich meine, ist nach Hause zurückgekehrt, zu uns, Sie sehen, daß er seine Eltern doch nicht missen kann.‹ Es lag mir auf der Zunge. Aber ich habe mich beherrscht. Wie immer.

Apropos, hier waren zwei Herren, zuerst dachte ich, sie kämen vom Finanzamt, aber es waren zwei Polizeibeamte in Zivil. Sie haben mich nach deiner Adresse gefragt. Ich sage: ›Er ist im Ausland.‹ – ›Jaja‹, haben sie gesagt, ›das kennen wir: im Ausland, aber wo im Ausland?‹ Sie haben mir nicht geglaubt, als ich gesagt habe, ich wüßte es nicht. ›Ist er in Amerika? In Asien? In Australien? Oder nur in Europa?‹ Ich habe gesagt: ›Ich glaube, er ist in dem Erdteil, den Sie noch nicht genannt haben.‹ – ›Madame Catrijsse‹, hat der eine gesagt, der mit dem Schnäuzer, ›lange lassen wir uns von Ihnen nicht zum Narren halten.‹ Ich habe gesagt: ›Tut mir leid, aber mehr weiß ich nicht.‹ Geschämt habe ich mich, eine Mutter, die nicht weiß, wo ihr Kind ist, ein Kind, das seiner Mutter nicht mal seine Adresse oder Telefonnummer gibt.«

Mit der Zeit, denkt Dolf, brauchen wir uns für unseren Sohn nicht mehr zu schämen. Mit der Zeit wird Alma sich nicht mehr abrackern für den da, der ihr so ähnelt, diesen Kerl mit dem flackernden Blick, dem ungewaschenen Zottelhaar, dem arroganten Schweigen.

Alma ärgert sich über Dolf. Obwohl er nichts dafür kann. Ich bin völlig durcheinander, denkt sie. Meine Mutter würde in ihrem Roeselarer Dialekt sagen: Unsere Alma ist ganz von der Rolle. Alma ärgert sich über die Mütze auf Dolfs Kopf. Sie drückt auf seine Ohren, zwängt sie ein, als hätte er sie zusammengeklappt, unmöglich sieht das aus, wie oft hat sie ihn nicht gebeten, die Mütze im Haus abzusetzen.

Alma ärgert sich über ihren Ärger. Warum kann sie sich nicht dem freudigen Gefühl von heute nacht überlassen, als sie ihren schwer angeschlagenen Sohn in sein eigenes, früheres Zimmer zu seinem eigenen, frisch bezogenen Bett geführt hat?

Das habe ich von meiner Mutter. Mutter und ich, wir wollen nicht getröstet werden.

Warum kann ich mein Erdendasein nicht genießen? Ich weiß die Antwort, ich will von der Antwort nichts wissen.

Soll ich meine Mutter anrufen? René war ihr Lieblingsenkel. Er saß auf ihrem Schoß, als wir drei zu Tante Virginie fuhren, die ihren achtzigsten Geburtstag feierte. Ein angetrunkener Mann mit Froschaugen saß uns gegenüber im Abteil und sah meine Mutter unverwandt an, während sie aus dem Fenster blickte, auf die vorbeirasenden Schrebergärten, Hintergärten, Bahnsteige und Fabriken inmitten von Äckern. Ungefähr in Höhe von Dendermonde legte der Mann, der einen Nadelstreifenanzug mit Weste trug und eine funkelnde goldene Armbanduhr, zwei Finger auf Mutters Schenkel.

»Mevrouw« sagte er, »ich habe die Ehre, Sie zu kennen.«

Mutter wandte den Blick nicht von der Landschaft. Der Zug fuhr langsamer.

»Und auch Sie«, sagte der Mann zu mir. »Sie waren doch Krankenschwester im Krieg. Stimmt's? Die Gummifabrik Phönix. In Eschwege.« Er stand auf, einen kleinen Pappkoffer in der Hand. »Sie haben recht«, sagte er, »daß Sie alles vergessen möchten. Es waren harte Zeiten.«

»Mijnheer«, sagte Mutter, ohne aufzublicken, »kümmern Sie sich um ihre eigenen Angelegenheiten.«

»Mevrouw«, sagte der Mann nach einer Weile. »Ich habe in meinem Leben ja schon viel gesehen, aber noch nie eine so eingebildete Visage wie Ihre.«

»Mijnheer«, sagte Mutter, wobei sie das Wort in die Länge zog.

»Ja, Mevrouw. Nur raus mit der Sprache.«

Mutter wiegte den kleinen, erstaunten René auf den Knien. »Und wenn man ihr Gesicht sieht, Mijnheer, dann wird einem schlecht.«

Der Mann nickte. Er hörte nicht mehr auf zu nicken. Der Bahnhof Dendermonde glitt ins Bild.

»Seltsam«, sagte der Mann, »aber das hat man mir früher schon einmal gesagt.«

Meine hochmütige, nachtragende Mutter ist heute ein Häufchen Knochen, ein klapperndes Gebiß, eine tote Haut, Speiseröhrenkrebs.

Ich rufe sie nachher an.

René ißt zwei Scheiben Brot mit gekochtem Speck, mit gierigen Bissen. Dann steckt er sich eine verbogene halbe Zigarette an, die einen würzigen Geruch verbreitet.

»Du mußt dein Hemd ausziehen«, sagt Alma. »Dann kann es in die Wäsche. Nimm solange eins von Vaters Hemden.«

»Nein«, sagt René.

»Oder eins von Noël.«

»Nein.«

»Dann eben nicht. Aber das hier darf ich doch wohl waschen und bügeln.« Alma greift nach einem Zipfel des grellbunten Seidenschals, den er um den Hals geschlungen hat. René schlägt ihr auf die Hand. Der Schal hat sich verschoben. Alma deutet auf einen blauvioletten Fleck auf Renés Hals, ein Veilchen mit ockergelbem Rand.

»Hast du dich geprügelt? In einer Kneipe? Mit Gesocks?«

»Wenn es man nicht um Politik ging«, sagt Dolf. »Politik macht die Leute heutzutage verrückt. Vor allem bei diesem Fettsack Paul Henri Spaak als Außenminister.«

René zieht den Schal fester zu. Er geht in die Küche, von dort auf die Veranda und dann auf den Kiesweg, der in den Gemüsegarten führt.

Die Nachbarn können ihn nicht sehen, falls nicht einer der Agneessens-Jungs durchs Dachfenster späht. Dolf verfolgt Renés unsichere Schritte. Die Schritte eines Fremden.

Vor vielen Jahren, in einem Krankenhaus, hat Dolf das kleine, runzlige, bernsteinfarbene Gesicht dieses Fremden zum ersten Mal erblickt. Alma saß aufrecht im Bett, sechs, sieben Kissen im Rücken. Sie lächelte Dolf verträumt zu.

»Wie gefällt er dir?«

»Ich muß mich an ihn gewöhnen«, sagte Dolf. »Er ist so gelb.«

»Das gibt sich.«

»Hoffentlich.«

»Findest du ihn hübsch oder nicht?«

»Hübsch, sehr hübsch«, sagte Dolf. »Ich kann gar nicht glauben, daß ich der Vater bin.«

»Du bist auch nicht der Vater.«

Er suchte ein Zeichen von Übermut und Schalk in ihrem jungen, strahlenden Gesicht. Er sah die dunklen Brustwarzen durch das nasse Nachthemd. Er wußte, daß er mitspielen mußte, es war ein Zug an ihr, der ihm fremd blieb.

»Und wer ist der Vater?« brachte er hervor.

»Guck doch mal selbst.«

»Die Nase?«

»Dolf, so eine Nase hat mein Vater auch. Sieh doch richtig hin.«

»Das Grübchen in seinem Kinn?«

»Das hat auch Lehrer Arsène.«

»Oh nein, Alma, nein, bitte nicht Arsène.«

Sie lachte schallend.

»Komm her«, sagte sie und schlang ihre vollen, straffen, warmen Arme um seinen Hals, flüsterte etwas Unverständliches und sagte: »Du wirst es nie erfahren.« Dann prustete sie ihm trompetend, schrill ins Ohr. Er schrie auf. Die Hebamme sagte: »Alberne Kinder!«

»Dummer Kerl«, sagte Alma, »sieh dir doch seine Zehen an. Die Zehen sind von dir, von niemand sonst.«

René kommt wieder ins Zimmer. Ich kann nicht sagen, denkt Dolf, daß ich über seine Rückkehr froh bin. Ich habe noch mehr Angst vor ihm als damals, als er geflohen ist, Militärpolizei und Kripo (für dieses eine Mal brüderlich vereint) im Nacken.

»Du hast noch gar nicht gefragt, wie es deinem Bruder Noël geht«, sagt Alma. »Ihr habt euch doch ziemlich gut verstanden. Du wirst ihn kaum wiedererkennen.«

»Er hat eine Stelle«, sagt Dolf. »Bei der Firma Bijttebier. Be- und entladen. Die Arbeit macht ihm Spaß. Er ist viel an der frischen Luft. Das tut ihm gut. Ab und an arbeitet er im Garten vom Pastor. Oder er chauffiert Hochwürden, wenn der zu müde ist, um selbst zu fahren.«

»Dein Vater und ich glauben, daß er eine Freundin hat. Du rätst nie, wer es ist.«

»Julia Rombouts«, sagt Dolf. »Sie holt ihn ab, ins Kino oder in ein Tanzlokal. Sie hat ihm das Tanzen beigebracht.«

»Ich sehe es eigentlich nicht so gern. Über kurz oder lang hat er die Bescherung. Na ja, vielleicht ist es auch besser so.«

Alma rümpft die Nase. Nichts und niemand ist gut genug für ihre beiden Söhne, den langmütigen Noël und den eigenwilligen René. Selbst wenn die holländische Königin Juliana hier und jetzt vor uns im Laden auf die nackten Knie fiele, einen Scheck über fünf Millionen belgische Franc in der beringten Hand, und Alma um Erlaubnis bitten würde, daß René oder Noël eine ihrer Prinzessinnen heiratet, würde Alma die Nase kraus ziehen, einen Flunsch machen und sagen: »Majestät, darüber muß ich erst eine Nacht schlafen. Eigentlich paßt mir das gar nicht.«

René räuspert sich, streicht mit der Hand über seinen Schal, drückt mit zwei Fingern vorsichtig auf die schmerzende Stelle. Er sagt: »Was für ein Auto fährt unser Noël?«

»Unser Noël?«

»Ich meine das Auto von Hochwürden.«

»Ein Daf 55?«

»Ein ...?«

»Ich glaube schon«, sagt Dolf.

RENÉ

Mit Mutter geht es langsam bergab, denkt René. Sie ist zusammengeschrumpft. Dabei hatte sie früher einen so stolzen, aufrechten Gang. Sie hat auch Schluckbeschwerden.

Zum vierten Mal fragt sie, ob ich froh bin, wieder zu Hause zu sein. Wie beklemmend ist ihr kleiner Laden. Vier Schritte lang, drei Schritte breit.

Sie trinken Dünnbier.

Der Tabak, den Vater anbaut, ist stärker als der, an den ich mich so oft erinnert habe unter dem rußschwarzen Himmel von Bamako.

Mutter will mir einen Halswickel machen. Ich wehre mich wieder. Sie schaut mich mit gekränktem Blick an. Vier Minuten lang, ich sehe es auf meiner Armbanduhr.

Sie pellt Zuckererbsen.

»Hier, koste mal. Das gab's bei den Soldaten nicht, was, frische Erbsen? Oder? In der Dose vielleicht. Aber bestimmt nicht frisch.«

Die Erbsen sind zart, knackig, saftig.

Die Nacht hier ist flimmernd grauschwarz. Noch ungefähr zwanzig Nächte. Dreißig. Noch dreißigmal eine Morgendämmerung. Die Ladenglocke.

»Versteck dich«, zischt Mutter. Ich bin zu langsam, sie zieht mich am Ärmel, zerrt daran, bis ich in der Küche bin.

Ein Hund, der hustet, Laute von sich gibt zwischen Husten und Kläffen, springt an der Ladentheke und der Küchentür hoch.

»Platz, Georges, Platz, hab' ich gesagt«, sagt jemand. Ich erkenne die Stimme, sie gehört Félicien. Er muß in der Türöffnung stehen. Ich hocke hinter der Tür.

»He, Félicien«, sagt Vater mit überfreundlichem, öligen Lächeln. Mein Vater buckelt vor jedem, ohne Unterschied. Er hat nie etwas anderes gelernt.

»Na, Félicien, wie geht's?«

»Ach, es muß gehn«, sagt die hinterhältig klingende Stimme. Die Gummistiefel des Mannes quietschen.

»Na, Félicien, was darf es sein?« Meine Mutter, unerträglich munter.

»Almachen, mein Kind, gib mir 'nen halben Liter von dem Balegem-Genever. Der französische verätzt mir nämlich den Magen. Du weißt ja, wir in unserer Familie, wir haben alle einen heiklen Magen. Ein bißchen scharf gewürztes Essen oder jemand, der uns nervt und vollabert, und schon schreit unsere Magenwand um Hilfe. Und ich kriege Sonntag Besuch, mindestens zehn Mann hoch, da ist nämlich die jährliche Messe für unsere selige Mutter.«

»Meinst du wirklich, daß ein halber Liter reicht, Félicien?«

»Wenn sie ein bißchen wissen, wie der Hase läuft, Dolf, dann bringen sie sich selber was zu trinken mit. Platz, Georges! Platz, hab' ich gesagt!«

Der Hund Georges hat gegen die Tür getreten, die einen Spaltbreit offenstand. Er hustet. Er kommt in die Küche und sieht mich da hocken. Georges ist ein schleimweißer Spitz, der zu knurren anfängt. Ich krieche ein Stück vor, packe ihn im Nackenfell und halte ihm mit der linken Hand das Maul zu. Er fiept. Ich drücke fester zu und halte seinen Kopf direkt vor mein Gesicht. Ich blase ihm ins Gesicht. Er wimmert wie ein heiseres Kind, schüttelt die nasse Nase, die nassen Zähne. Ich lasse ihn entkommen, er wieselt zur Tür.

»Hierher, Georges, bei Fuß.«

»Mach's gut, Félicien, merci, dankeschön, auf Wiedersehen und noch mal merci.«

»Tschüs allerseits.«

Der Schweiß rinnt mir wie Wasser über den Rücken und in die Leisten. Ich gehe ins Wohnzimmer.

»Hast du den Hund getreten?« fragt sie.

»Der Hund kränkelt schon seit Jahren«, sagt Vater.

Mutter legt die Hände in den Nacken. Sie drückt ihren Kopf nach unten, bis auf die Knie. Früher war sie Krankenschwester und in der Volleyballmannschaft, die die Meisterschaft von Südwest-Flandern gewonnen hat, wann und in welcher Liga, habe ich vergessen.

Als sie mit ihrer Gymnastik fertig ist, bringt Vater ihr ein Glas Pale Ale. Zur Stärkung. Damit sie mich noch überlebt.

Ich habe stinkende Ausländerinnen aufs Maul geküßt, aber diese Frau, mit Schaum auf der Oberlippe, habe ich nie berührt, geschweige denn gestreichelt, nie die bernsteinfarbenen Wangenknochen, den verschwitzten Nacken, an dem schwarze Löckchen kleben, geküßt. Nie das Netz von Fältchen um ihre Augenwinkel.

»Wie gefällt dir unser Fernseher?« fragt Vater. »Wir haben ihn bei Jantje Verdin gekauft, mit Rabatt. Brüssel-Französisch kriegen wir am besten. Und Holland. Aber auf Holland diskutieren sie die ganze Zeit. Oder sie zeigen Krüppel und Mongoloide. Oder es geht den ganzen Abend über den Krieg. Nach zwanzig Jahren immer noch der Krieg.«

Über dem Fernseher hängt das Foto, das früher auf dem Kaminsims stand. Schwarzweiß, mit den zittrigen Linien von Rissen und den weißen Pünktchen einer Vergrößerung.

Ein Soldat, der verloren durch einen Schneesturm läuft. Der Helm ist weit nach vorn geschoben und wirft einen Schatten auf die obere Hälfte des Gesichts, die Hälfte eines verschwommenen, schmutziggrauen Ovals. Der graue Mantel reicht ihm bis zu den Knöcheln. Er schwenkt ein Gewehr, sein Opfer bleibt unsichtbar, außerhalb des Rahmens. Wirbelnde Schneeflocken. Im Hintergrund errät man einen Birkenwald.

»Wieso?« habe ich Mutter gefragt. »Wer errät den Wald? Der Soldat kann den Wald nicht sehen, er ist vom Schnee geblendet.«

Es war im Winter. Mutter saß vor dem rosa glühenden Mechelner Ofen und hielt die nackten Füße an den vernickelten, matt glänzenden, abgerundeten Rand des Sockels. Ich mußte Hausaufgaben machen. Ich wünschte mir, sie legte ihre kalten, bernsteinfarbenen Füße auf meine Knie.

»Wir, die Betrachter des Bildes, wir erraten den Wald.«

»Alma, stör den Jungen doch nicht bei seinen Hausaufgaben.«

Sie hörte nicht auf Vater.

»Der Soldat ist verdammt«, sagte sie. »Im Schneegestöber kann er den Birkenwald nicht sehen. Wenn er den Wald sehen und erkennen würde, könnte er leicht den Weg zurück zu seinem *Lager* finden, auf den Birken sind nämlich schwarze Hakenkreuze und Pfeile angebracht. Aber er ist verdammt.«

»Alma, laß den Jungen mit den Geschichten von früher in Ruhe.«

Später, ich war damals fünfzehn, sagte Lehrer Arsène, als er das vergrößerte Foto sah: »Sein Gewehr sieht aus wie ein Garand M1. Das kann niemals seine reguläre Waffe gewesen sein, das war das Mauser 42. Demnach hat er das Garand einem toten Amerikaner abgenommen.«

Die einzige Zeit meiner Kindheit, in der ich meine Mutter mehr oder weniger glücklich oder zufrieden erlebt habe, war, wenn Noël nicht dabei war und sie von dem Foto sprach; manchmal saß ich dabei auf ihrem Schoß.

»Was siehst du sonst noch in dem Schneesturm, René?«

»Weiße Bären.«

»Ja. Gut. Sehr gut. Und was noch?«

Ich grübelte. Ich erinnere mich, daß an diesem Abend der Traktor von Bauer Félicien draußen meine Gedanken zermalmte. Als der Traktor wegfuhr, sagte ich: »Schneeungeheuer.«

Sie wiederholte es flüsternd. »Schneeungeheuer.« Sie lächelte, als ob sie mich lieb hätte, als ob sie das jetzt erst entdeckte, als ob sie es nie vergessen würde.

ALMA

In Momenten wie diesem fehlt mir ein Telefon. Aber Dolf ist dagegen, wegen der Kosten. Sonst könnte ich jetzt Noël anrufen.

Ich möchte meine beiden Söhne gleichbehandeln. Das Hundejunge, das jetzt vor sich hin starrt, jedes Wort ist ihm zuviel, und den anderen, den versehrten Noël. Der mich auch versehrt hat, als sie ihn im Krankenhaus aus mir herausrissen. Mit seinen vier Kilo.

Was mir auch fehlt, ist Noëls Banjo. Lehrer Arsène hat es so ausgedrückt: »Wer niemals Noël auf seinem Banjo spielen hörte an einem schönen Sommerabend am See, weiß nicht, was Kunst ist.«

Manchmal frage ich mich: Wenn nur einer überleben könnte, wen von den beiden dürfte man dann vor den Zug oder in die Senkgrube werfen? Ich darf nicht so mit dem Los anderer Menschen spielen. Nein, Alma. Spiel lieber ein Los der Koloniallotterie.

Wenn ich doch ein Telefon hätte. »Mijnheer Bijttebier, dürfte ich kurz meinen Sohn Noël sprechen? Nein, es ist nichts passiert. Danke, Mijnheer Bijttebier. Noël? Noël, nicht erschrecken, es ist nichts passiert, aber du darfst es keinem erzählen, dein Bruder ist wieder da. Ja, er sitzt hier in der Küche. Nein, er ist nicht verletzt, nein, er ist dir nicht böse. Nein, Noël, wenn ich es dir doch sage! Er redet nicht viel, und man sieht ihm an, daß er viel durchgemacht hat, aber das wichtigste ist, daß du bald ... nein, bleib nur auf der Arbeit, komm bald, aber du darfst vor allem keinem, wirklich keinem erzählen, daß er im Land ist ... und schon gar nicht Julia. Noël, du weißt, daß ich sie mag, die Julia, aber sie kann den Mund nicht halten, nicht, daß sie es absichtlich macht, aber immer und überall platzt sie mit allem heraus ... ich darf das doch sagen ...? Noël, du weißt so gut wie ich, daß Julia eine ausgemachte Klatschbase ist, sie kann nichts dafür. Das hat sie von ihrer Mutter, alle Rombouts sind so, und Julias Mutter am meisten.«

NOËL

Noël kommt nach Hause. Er will sein Fahrrad an die Betonmauer lehnen, ordentlich und achtsam, wie seine Mutter ihn schon so oft gebeten hat. In der einen Hand hält er den Lenker und in der anderen die Tageszeitung, die Herr Bijttebier ihm jeden Abend mitgibt, nachdem er sie gelesen und das Kreuzworträtsel gelöst hat. Er erblickt René. Das Rad fällt ihm aus der Hand, seine Thermosflasche rollt über den Kiesweg, mit weit aufgerissenen Augen kommt er ans Fenster, er flucht, er winkt.

Er betritt das Wohnzimmer, gibt seiner Mutter die Zeitung.

»Sieh mal einer an«, sagt er, »wen haben wir denn da? René!«

»Tja«, sagt Dolf, »es ist doch noch wahr geworden.«

Alma sagt, sie sollen sich die Hand geben. Sie tun es.

»Du trägst die Haare noch kurz«, sagt Noël. »Du gehst nicht mit der Mode.«

Sein dunkelkupfern schimmerndes Haar fällt ihm auf die Schultern.

René wuchtet den Rucksack auf seine Knie, wühlt darin und holt ein Jagdmesser mit Wellenschliff hervor. Er reicht es Noël. Noël schreckt zurück. »Nicht doch«, sagt er.

»Es ist ein Geschenk«, sagt Alma. »Nimm es ruhig an.«

Noël dreht das Messer, als würde er damit in der Luft bohren, und gibt es zurück.

»Ich würde damit nur Unheil anrichten.«

»Dann eben nicht«, sagt René. Als er das Messer wieder in den ausgebeulten Rucksack steckt, macht es ein scharf kratzendes Geräusch, weil es an dem mattglänzenden Lauf einer Pistole entlangschabt. René geht ins Freie, sie hören, wie er sich auf die Rhabarberblätter übergibt.

»Er ist krank«, sagt Noël.

»Allerdings«, sagt Dolf. »Sie haben ihn in der Armee durch den Fleischwolf gedreht. Und eine Brille braucht er auch, glaube ich. Er kneift andauernd die Augen zu.«

Dann sind die beiden Brüder in Renés früherem Zimmer. René liegt mit geschlossenen Augen im Bett, auf der Seite. Hin und wieder bewegt er die Schultern.

Noël sagt: »Ich arbeite jetzt bei der Firma Bijttebier. Bei Mijnheer Bijttebier bin ich gut angeschrieben. Sie machen verchromte Kinderwagen. Mijnheer Bijttebier ist auch Vorsitzender vom Alegemer Sportverein. Und Sponsor von den *Weinbergschnecken.* Bei denen singt Julia manchmal. Die *Weinbergschnecken* haben eine Einladung nach Torremolinos. Wenn ich unbedingt will, darf ich mit nach Torremolinos, sagt Julia, aber ich glaube, Mutter sähe das nicht so gern. Und außerdem ist Julia mit Serge Michiels dort, der spielt Baßguitarre.

Bist du jetzt schon Feldwebel? Was ist ein Dienstgrad höher als Unteroffizier? Wir haben nämlich deine Karte bekommen, aus Kibombo, spreche ich das richtig aus? Mutter hat den ganzen Vormittag geweint. Ich habe alle Wörter auf der Karte gezählt. Genau zwanzig. Lieber Vater, liebe Mutter, lieber Noël. Mir geht es gut. Aber Europa ist mir lieber. Euer dienstbeflissener René Catrijsse, Unteroffizier. Und seit dieser Karte nichts mehr, nie. Ich versteh's ja, du willst dein eigenes Leben führen, und dabei sind dir Leute wie unsere Eltern und ich ein Klotz am Bein.

›Dienstbeflissener‹ hast du geschrieben. Bedeutet das, du hast im Militärdienst beflissen gegen die Aufständischen gekämpft, die unsere Missionare ermorden? Ja? Dann hab' ich es sofort richtig verstanden. Zwanzig Wörter, schämst du dich nicht? Wo der Lehrer so oft gesagt hat, daß deine Aufsätze hervorragend sind und unsere Eltern dich zur Begabtenförderung schicken sollten, wo du auf Staatskosten hättest studieren können?

Am liebsten würde ich auch bei den *Weinbergschnecken* spielen, aber ich kann mich nicht konzentrieren, und Serge Michiels spielt immer so laut und falsch. Ich versteh' überhaupt nicht, was Julia an dem findet, an so einem Schafskopf. Julia ist meine Verlobte. Nur weiß sie das noch nicht. Ich werde es ihr im passenden Augenblick verklickern.

Hast du mit dem Messer viele Neger umgebracht? Sag es mir lieber nicht. Ich würde immer daran denken, an die toten Neger. Bald ist übrigens Allerseelen, der Tag, an dem alle toten Seelen, schwarz oder weiß oder gelb oder rot wie die Rothäute, den ganzen Tag auf der ganzen Welt den Atem anhalten, bis Gott auf die Erde zurückkommt. Nur wissen wir nicht genau, in welchem Jahr das sein wird. Wir müssen uns aber bereithalten für diesen Zeitpunkt, für den Augenblick, in dem all diese verschiedenfarbenen Seelen auf unser Dorf herunterflattern werden, wie verschieden gefärbte Fledermäuse, die immerzu schwirren und flirren, bis die Sonne aufgeht und Gott selbst erscheint. Aber solange der genaue Zeitpunkt nicht bekannt gemacht wird, passiert nichts, die toten Seelen fliegen hier ein wenig herum und kehren dann jammernd vor Kummer zu ihren Nestern in den Wolken zurück.

Willst du immer noch nicht mit mir reden? Schläfst du? Soll ich gehen?«

Obwohl René sich kaum bewegt, hat es den Anschein, als würde er innerlich zittern in seinem ausgemergelten Körper unter dem speckigen, verschlissenen T-Shirt. Mit einem schiefen Grinsen auf dem Gesicht. Dann rollt er sich vorsichtig auf die andere Seite und scheucht Noël weg, mit einer verkrampften Handbewegung, los, hau ab, wie eine verlangsamte, fast starre Rückhand im Tischtennis mit dem Knick im Handgelenk, mit dem er früher einmal Meister war im Kulturzentrum von Alegem.

Noël verläßt auf Zehenspitzen das Zimmer. Auf der Treppe hat er das Gefühl, daß er etwas Wichtiges vergessen hat. Er weiß nicht mehr, was, aber es wird ihm noch einfallen. Er setzt sich auf die Treppe, und das einzige, was ihm durch den Sinn geht, sind zwei Wörter. Bekloppter Pollo. Er denkt lieber nicht an diese beiden Wörter.

Ab und zu schnarcht sein Vater, mit rasselnden Atemzügen, wie im Todeskampf.

»René«, sagt Noël, nun jedoch lautlos, »ich steige auf ein anderes Instrument um. Fort mit dem Banjo. Banjo ist altmodisch, sagt Julia. Lieber Mundharmonika. Die Leute in der Metro hören gern Mundharmonika wegen Bob Dylan und im altmodischen Stil Toots Thielemans. Wenn meine Finger, meine Lippen und meine Gedanken mitmachen. Mundharmonika spielen ist gut für mich, sagt Doktor Vermeulen, wie Schwimmen und Tanzen, man schwitzt dabei das Schlechte aus, das in einem brütet.

Die meisten Leute sind besser als sie glauben, aber trotzdem machen sie mir alles mögliche weis. Wie Doktor Vermeulen. Er findet, daß wir uns vor allem gern haben sollen.

Aber du siehst, René, ich habe nur einen Bruder, und nicht einmal da klappt es. Du willst ja nicht mit mir reden. Wo du mir doch alles mögliche erzählen müßtest über die Soldaten, über die Neger. Was die Neger anhaben im Dschungel, was sie essen, wie sie vögeln, wie man sie auseinanderhalten kann, warum sie immer lachen.«

Noël horcht, ob sein Bruder antwortet. Schlägt sich mit der flachen Hand an die Stirn. Wie soll René sein Geschwätz denn hören, wenn er nicht laut spricht?

Sein Vater hört auf zu schnarchen.

Noël schläft ein. Er wird von einem Nachtvogel geweckt. Langsam geht er zurück in Renés Zimmer, schiebt die Tür weiter auf. In der Dämmerung liegt eine nackte, kalkweiße Gestalt, wie eine umgestürzte Statue aus Gips, wie ein Torso eigentlich, denn die Unterarme, der Kopf, die Beine sind viel dunkler, der Schatten des Zimmers hat sie geschluckt.

»Du mußt mir helfen«, sagt Noël in der Tür. »Wer war noch mal der Bekloppte Pollo? Als ich dich wiedergesehen habe, ist mir etwas eingefallen. Von ganz früher, aber was? Klopse? Polo?«

Noël stöhnt, denn er tritt näher an das Bett mit der beängstigend mageren Hülse um etwas, das anderswo vor einiger Zeit sein Bruder René war, etwas, das geflohen ist und unterwegs seinen Namen und seine Bedeutung verloren hat.

Noël steckt sich vier Finger in den Mund.

Es stimmt, daß René während seines Lebens hier bei uns und weit weg in Afrika viel Unheil angerichtet hat, aber mußte er dafür so bestraft werden?

Renés Rücken glänzt, auf der ganzen Fläche sind Beulen, und über diese Beulen zieht sich ein Netz von nicht verheilten Kerben, dunkelroten Furchen, eine gleichmäßige

Spur verkrusteter und blutender Furchen, parallel, wie mit einer Forke bearbeitet.

»Ich werde nichts verraten. Ich schwör's«, sagt Noël unhörbar.

CHARLIE

Mitten in der Nacht kommt René Catrijsse wieder zu Bewußtsein. Ein mildes Rechteck aus Mondlicht liegt auf dem Bett. Er zieht Hemd und Hose an. Er knüpft die Schnürsenkel seiner Schuhe zusammen, wirft sich einen Schuh über die Schulter. Er geht die Treppe hinunter, ein verschwommenes Rasseln ertönt aus dem Schlafzimmer seiner Eltern. René hält sich am Geländer fest, an der kalten, getünchten Wand. Dreht ganz langsam den Schlüssel in der Hintertür.

Er geht an den Häusern entlang. Das Dorf liegt verlassen im kalten Licht des Mondes und der Straßenlaternen. Das Pastorat mit den Quittenbäumen. Der Teich, aus dem Modergeruch aufsteigt. Die Nerzfarm.

Das Rondell mit der Büste von Modest Tanghe, der mehr als fünfzig Bücher geschrieben hat, hauptsächlich über die alten Griechen. *Café Hoogentroost,* das Lokal, wo Dolf Catrijsse am Samstagabend Whist spielt. Die kleine Schule mit der Lehrerwohnung. Zum hundertsten Geburtstag von Modest Tanghe, vielleicht war es auch der hundertste Todestag, mußte die ganze Klasse am Zeichenwettbewerb der Provinz teilnehmen, ausgeschrieben von der Zeitung *Het Belang van Waregem.* Die ganze Klasse, in der die Lieder der I-Männchen wie auch die unbegreifliche Mathematik der Größten untergebracht waren. Apollo mußten wir zeichnen, von dem uns Lehrer Arsène eine Woche lang ausführlich erzählt hatte. Wir durften nicht radieren. Nur Bleistiftstriche. Ging auch nur ein Strich daneben, mußte man von vorn anfangen. Die Zeichnungen der Kleinsten gefielen Lehrer Arsène immer am besten. Je unbeholfener, je fleckiger, je weiter entfernt vom Gott Apollo, um so schöner fand er das Bild. Mit den Armen fuchtelnd rief er: »Das ist es, genau das, dagegen ist Michelangelo ein Waisenknabe, wenn das nicht den Preis gewinnt, geh' ich zum Gouverneur.«

Ich war der Gott Apollo. Vor der Wandtafel, im Kreidestaub, in meiner schmuddeligen, fadenscheinigen Unterhose. Die Arme erhoben, in der Haltung des Gottes, der die Leier spielt. Zitternd vor Kälte. Und wenn ich einen Arm sinken ließ, brüllte Lehrer Arsène: »Apollo, schlag verdammt noch mal die Leier!«

René versucht etwas schneller zu gehen, zu laufen, er schafft es nicht. Er schnappt nach Luft, kniet, stürzt zu Boden, liegt auf der Seite. Den Großen Bären kann er sehen, die Milchstraße. Er zieht sich die Schuhe an. Trottet an der flimmernden, dröhnenden Molkerei vorbei, die in weiße Dämpfe gehüllt ist. Vorbei an Wiesen, fernen Gehöften. Dann gelangt er endlich zum Letewald und dem Lieferwagen.

»Wurde aber auch Zeit«, sagt Charlie. Er hat noch immer einen Klumpen *khat* in der linken Backe, ein spinatgrüner Streifen zieht sich vom Mundwinkel zum Hals.

Kauend öffnet Charlie die Autotür. René steigt ein, streckt die Beine. *Khat* verliert nach drei Tagen sein Aroma und seine aufreizende Kraft. Charlie kaut aus Heimweh nach Kibombo, nach Ngami.

»Ostende, here we come!« ruft Charlie und startet den Motor. René zieht den Zündschlüssel heraus, steckt ihn in Charlies Brusttasche.

»Ich schaffe es nicht«, sagt René.

»Kein Problem. Dann schaffen wir's eben nicht.«

»Fahr ruhig allein nach Ostende.«

»Kommt nicht in Frage. Mitgegangen, mitgehangen.«

Geflatter im Gebüsch. Ringeltauben. Heimwch nach Kibombo. Die Schwarzen kauten den ganzen Tag *khat.* Friede, fast Freude. Eiternde Mundwinkel, hämmerndes Herz. Keine Lust auf Frauen.

»Ich hab' mir überlegt«, sagt Charlie, »daß wir auf dem Weg nach Ostende einen Umweg nach Lissewege machen könnten. Zur Frau von Wijnants. Es wäre höflich und würde sich gehören. Wijnants war ein Kumpel. Ein Trottel, aber fidel. Mitgegangen, mitgehangen. Ich hab' mir das überlegt. Weil ich seinen Fotoapparat gekriegt habe. Eigentlich hat seine Frau ein Recht darauf. Aber wie bringen wir ihr das bei? ›Madame, Ihr Mann ist unter einen Elefanten geraten‹? Ich könnte mich vor Lachen nicht mehr halten. Du bestimmt auch nicht.«

Wir hocken im Gebüsch. Ich sage noch zu Wijnants: »Halt's Maul.«

Und dann sehen wir sie vor uns, eine Elefantenkuh mit ihrem Jungen. Und Wijnants steht auf und geht mit seinem Fotoapparat auf sie zu. Ich glaube, er hat »He, helaba, Dickerchen« zu den Viechern gesagt, der Trottel, dabei war er mit allen Hunden gehetzt, den Simbas, den Aufständischen, und Mobutus Polizei ist er entkommen, und sogar von Beriberi ist er verschont geblieben. »Dickerchen«, hat er gesagt. In aller Seelenruhe hat er die Kamera scharf eingestellt. Ohne aufzupassen. Der Elefant hat ihn mit dem Rüssel gepackt, hochgehoben und auf den Boden geschleudert. Dann ist er mit den Vorderbeinen auf ihm rumgetrampelt. Wijnants Knochen haben geknackt wie Äste. Sein Geld haben wir unter uns aufgeteilt. Der Hauptmann hat gesagt: »Er war dämlich, aber tapfer. Er konnte gut Karten spielen. Und er war reinlich. Was man nicht von jedem hier behaupten kann.«

»Hast du dein Chinin schon genommen?« fragt Charlie. René schüttelt den Kopf. Charlies riesige, duftende Hand umklammert Renés Wange, die andere Hand stopft ihm drei Tabletten in den Mund.

»Nur Mut«, sagt Charlie, »wir haben schon ganz andere Feuerproben bestanden, wie Elliot Ness sagt.« Er zieht mich an seine Schulter, ich drücke die Nase an sein Schlüsselbein und schlafe wieder ein. Feuerproben. Tote Kamele, versengte Savannen, krächzende Geier.

Charlie zieht mich an den Haaren. »Ich überleg' mir gerade, René, ob ich nicht tatsächlich erst mal allein nach Ostende fahren sollte. Ich treffe mich mit dem Hauptmann, wir reden über alles, was uns im Magen liegt, und ich versuche die Feindseligkeiten aus der Welt zu schaffen, damit der Hauptmann uns künftig in Ruhe läßt. Wir gehen zusammen ins Spielkasino, der Hauptmann kennt da ein paar hübsche Weiber. Und ich laß diese Karre verschwinden. Und komme mit einer anderen zurück.«

»Der Pastor hier fährt einen Daf 55 ...«, sage ich, und ein riesiger Himmel mit hundert Sternen senkt sich herab. Afrikanische schwüle Hitze. Ein Negerjunge von etwa zwölf, mit Lepraflecken und einem belgischen Helm, eine Zigarette im Mund, trägt seinen kleinen Bruder oder seine kleine Schwester auf den Schultern. Das Kind schwenkt eine Plastikpistole. Der Junge zwinkert mir zu.

»Welche Nummer?« fragt der Hauptmann beiläufig.

»Nummer vierundzwanzig«, sagt René. Der Hauptmann notiert die Zahl in sein Notizbuch und sagt: »Dieu le veut!« René feuert. Der Himmel sinkt weiter in schwarzen Wellen herab, umschließt René wie ein schwarzes Laken. Das Laken riecht nach der Nerzfarm von Mijnheer Cantillon, das Autoradio spielt etwas Monotones auf einem Spinett.

WIR

Wir sitzen in der Kneipe *Zum Stillschweigen* und warten, bis die Kirche aus ist und die Frauen vom Gedenkgottesdienst für Féliciens Mutter zurückkommen, wir haben keine Sorgen außer dem Fußballspiel heute nachmittag, der Qualität des westflämischen Biers, die rapide nachläßt wegen der ganzen Chemie, den Wahlen, aber damit wollen wir Sie nicht belästigen, uns regiert ein Professor als Ministerpräsident, mehr sage ich nicht, es sei denn, Sie meinen die Gemeinderatswahlen, in diesem Fall müssen Sie sich nur merken, daß Willem Naessens als Bürgermeister dreiundvierzig Hektar Ackerland in Bauland verwandelt hat, da kann Jesus in Kanaan mit seinem Wasser-zu-Wein-Wunder nicht mithalten, mehr sage ich nicht, es sei denn, Sie fragen mich, ob Mijnheer Cantillon ein glaubwürdigerer Kandidat ist, worauf ich Ihnen direkt ins Gesicht sage, daß sie alle in einem Boot sitzen, und in diesem Boot findet ein normaler Mensch nie einen Platz, deshalb ist die Jugend ja auch so rebellisch heutzutage, gucken Sie sich doch mal an, wie sie bei der Musikbox stehen mit ihren langen Haaren und den losen Hemden und den Arbeiterhosen mit ausgebleichten Hosenschlitzen, wo soll das noch hinführen, wenn man von hinten nicht mehr den Unterschied zwischen Männlein und Weiblein erkennt? Und wenn man in seiner Stammkneipe kein Wort mehr verstehen kann, weil die Halbstarken hin und her wackeln und mit Frauenstimmen singen? Wir stellen diese Frage Lehrer Arsène, der auf seine Art ein Psychologe ist, und er hält einen ganzen Vortrag über die ökonomischen Bedingungen und die Gründe und Ursachen von Rebellion die Jahrhunderte hindurch, Sie erraten es schon, ehe man sich's versieht, ist man bei der Philosophie gelandet, und Lehrer Arsène sagt, daß man die Philosophen auch ohne philosophische Bildung lesen kann, *enfin,* wie Sie hören, sind wir wieder mal im Niemandsland angekommen, und keiner blickt mehr durch, obwohl Lehrer Arsène sagt, daß er für das Licht der Aufklärung ist, aber wer wäre schon gegen Licht in Alegem mit all seinen Straßenlaternen?

Dem westflämischen Bier, wenngleich verdünnt, wird kräftig zugesprochen, und ob es nun eine Prädestination gibt oder nicht, ob ein höheres Wesen existiert oder nicht, die Gläser können gar nicht schnell genug gefüllt werden. Gleich ist nämlich die Messe zuende, das Weibsvolk kommt, und mit den ernsthaften Debatten ist dann Schluß. Allez, Gerard, noch eine Runde, beeil dich, Gerard.

Und dann sehen wir draußen vor dem Fenster einen Zwerg in einem glänzenden schwarzen Anzug und, fürwahr, er öffnet die Tür vom *Stillschweigen.* Hinter ihm, in hundert Meter Entfernung, schwärmen die Frauen über den Friedhof aus und deuten auf die Grabsteine.

»Ach, wen haben wir denn da!«

»Verdammt, Félicien!«

»Du kannst ja schon Eintritt verlangen für deinen Anblick.«

»Und gewaschen und rasiert, das Datum müssen wir uns merken.«

Félicien Doolage ist einen Meter fünfzig groß. Kahlköpfig, nervös, Großgrundbesitzer, zwei halbe Dörfer gehören ihm. Es ist ein denkwürdiger Tag, denn wer hat Félicien jemals in einer Kneipe gesehen? Wir vermuten, daß es mit dem Nachlaß seiner Erbtante Stasie Doolage zusammenhängt, nach Notar Albrecht unzählbare Millionen Franc, und so sagt Frans Godderis, der schon immer eine große Klappe hatte: »Na, Félicien, gibst du uns endlich einen aus?«

Félicien zuckt vor Schreck zusammen. »Einen ausgeben, warum?«

»Weil heute Sonntag ist.«

»Wegen unserer schönen Augen.«

»Wegen deiner Tante Stasie.«

»Wegen der vielen Millionen, die du geerbt hast.«

»Mensch, Leute«, sagt Félicien, »ich bitte euch! Aber gut, wenn es sein muß.«

Vier Halbe. Drei Genever. Und für ihn eine Limo.

»Ich hab' mir so gedacht«, sagt Félicien, »ich müßte doch mal wieder unter die Leute.«

Sein verschmitztes Gesicht und der birnenförmige, kahle Kopf glänzen. Seine Knopfaugen verfolgen die Bewegungen der Frauen auf dem Friedhof.

»Da hast du wirklich recht, Félicien.«

»Ja, laß es dir gutgehen.«

»Und welche gute Nachricht bringst du uns, Félicien?«

»Ich weiß nicht«, sagt er, »ob es eine gute Nachricht ist für unser Dorf. Aber ihr würdet nie erraten, wen ich gesehen habe. Ihr werdet einen Schreck bekommen. Wie ich. Und ich bin wahrhaftig nicht schreckhaft.«

»Nun sag's schon, Félicien.«

»Spann uns nicht auf die Folter, Félicien.«

»Raus mit der Sprache.«

»Den Ältesten von den Catrijsses.«

»Sag, daß es nicht wahr ist.«

»Wo denn?«

»Bei ihm zu Hause. Alma und Dolf haben so getan, als ob nichts wäre, aber ich hab' es gleich gemerkt. Unser Georges auch, die Haare haben sich ihm gesträubt, sein Schwanz war ganz steif.«

»Wie bei mir, wenn ich unsere Mariette sehe.«

»Weiß die Polizei es schon?«

Die Musikbox verstummt, die lärmende, provokante Jugend verläßt die Kneipe und drängt sich draußen um eine Kawasaki.

Drinnen herrscht eine unbehagliche Stille. Nur das Geräusch von Gerard, der Gläser spült.

»Und da sag' ich so zu mir, das muß ich jetzt aber jemand erzählen.«

»Völlig richtig, Félicien.«

(Wir wollen das ganze Unheil, das dieser Lumpenhund René Catrijsse über unser Dorf gebracht hat, hier nicht in allen Einzelheiten vermelden. Das taten die Stammgäste des *Stillschweigens* auch nicht. Deshalb das unruhige Schweigen. Man dachte an den Brand im Klubheim der Pfadfinder, an die nächtlichen Einbrüche, darunter den beim Apotheker Goeminne, an die schwere Beschädigung (Nase und Ohren ab) der Büste von Modest Tanghe.)

»Ich frage mich«, sagt Félicien, »ob wir es nicht der Polizei melden müssen. Aber man weiß ja, wie das dann geht – wo und weshalb und wie – und ehe man Luft holen kann, ist ein Nachmittag im Eimer. Und wer sorgt dann für mein Vieh?«

Er ist zweiundfünfzig und sieht aus wie siebzig. Sechs Zähne hat er noch im Mund.

Worauf Jules Piron mit seinem würdevollen Baß – früher war er Gerichtsvollzieher – sagt: »Félicien, lieber Freund, wie wär's, wenn du ein paar Knechte für dein Vieh anstellen würdest?«

»Knechte«, sagt Félicien verdattert. »Und wer soll das ...?«

»Wenn du jetzt deinen Verstand mal ein bißchen benutzen würdest und du verkaufst die ganze Chose und trägst das Geld auf die Bank von Roeselare, dann könntest du an der italienischen Riviera mit nacktem Hintern in der Sonne liegen ...«

»Ich?«

»Ja. Mit den Zinsen von den Zinsen von deinem Vermögen lebst du wie ein Prinz in deiner italienischen Villa, mit fünf Mann Personal, darunter eine erstklassige Köchin ...«

»Und was ist mit meiner Magenschleimhaut?«

»Und dir zu Füßen am Swimmingpool jeden zweiten Tag eine achtzehnjährige italienische Schlampe, die was vom Fach versteht und dich an die Decke springen läßt.«

»Jeden zweiten Tag? Aber Jules, in meinem Alter.«

»Und jeden Tag Champagner«, ruft Gerard.

»Klar, bei meiner Leber!« Félicien blickt auf seine Knie, er spreizt sie, spuckt zwischen seine Beine auf den roten Fliesenboden. »Die achtzehnjährigen Mädchen, binnen einer Woche wären sie mit meinem Geld auf und davon. Und ich wär' der Gelackmeierte, da am Mittelmeer. Wünschst du mir das vielleicht zum neuen Jahr, Jules? Na, besten Dank.«

Draußen steht seine Verwandtschaft dicht beisammen. Ab und zu schielen die Frauen auf die Front vom *Stillschweigen,* hinter der sich der Mann verbirgt, den sie beerben werden.

»Wo wir gerade von den Viechern sprechen«, sagt Félicien, »unserem Georges geht es nicht gut. Er will nicht fressen. Ich gebe ihm den Rest von meinen Bratkartoffeln, und er schnüffelt nicht mal daran. Er schwitzt, und er ist auch blaß, falls man das von einem Hund sagen kann. Er hustet und zittert ununterbrochen. Die Fliegen sitzen ihm auf der Nase, schon das Niesen ist ihm zuviel.«

JULIA

Julia Rombouts, die hin und wieder bei der südwestflämischen Gruppe *Die Weinbergschnecken* mitsingen darf, liegt im Morgenrock auf dem Bett. Sie ist zweiundzwanzig, Jungfrau, naturblond und wiegt achtundvierzig Kilo.

Sie hebt ein Bein, streckt es, bewundert den seidigen Glanz ihres Beins, ihres Schenkels. Julia hätte gern etwas dünnere Beine, ihr Vorbild ist Twiggy. Sie streichelt achtlos ihren Schenkel. Aus dem Badezimmer brüllt ihre Schwester Alice, daß sie sich beeilen soll. Was will Alice eigentlich? Julia hat noch mindestens zwanzig Minuten, bevor sie sich im Salon Jeanine melden muß, wo die Damen auf sie warten.

Julia mag den Salon, seinen Geruch, das Geschnatter der Damen, die unablässige Fürsorge, die Jeanine und sie den Damen angedeihen lassen, die Bewunderung der Damen.

– »Ach, Julia, was würde ich darum geben, wenn ich eine Taille hätte wie Sie!«

– »Die Natur ist ungerecht. Warum haben Sie solche schönen langen Wimpern?«

– »Und Ihre Haare, Julia, so kräftig und voll, so glänzend. Meine dagegen! Überall fallen sie mir aus, seit der Geburt von unserm kleinen Leon.«

Anfangs war Julia mißtrauisch gegenüber so viel Schmeichelei. Jetzt nicht mehr. Sie lächelt in den Spiegel des Kleiderschranks, zeigt ihre Zähne wie die unantastbaren Models in der *Marie Claire.* In einer anderen Zeit, in einem anderen Land, mit anderen Eltern würde man auch sie in der *Marie Claire* bewundern können.

Julia streichelt die Innenseite ihrer Schenkel, nun weniger achtlos. Sie läßt sich vom Bett gleiten. Als würde jemand, der auf dem Fußboden liegt, sie zu sich ziehen, bis sie sich im Spiegel sieht, zur Schau gestellt, den Morgenrock hochgeschoben bis zum Hals. Sie spreizt die Beine, hebt die Knie an. Dieser jemand sieht sie jetzt auch. Sie lächelt ihm zu, obwohl er kein Gesicht hat. Dann schließt sie die Augen, der Betrachter verschwindet unter dem Bett. Sie kneift fest in ihre Brustwarzen, kippt um und stützt sich auf die Ellenbogen, schiebt den Po zurück, hebt ein Bein so hoch sie kann. Sie fällt auf den Rücken, findet den Gürtel ihres Morgenmantels, schiebt ihn zwischen ihre Schenkel und zieht ihn hoch, so hoch es geht, bis das nasse Band im Fleisch verschwindet. Sie zieht hin und her, bis es weh tut.

»Julia«, sagt Alice, die am Türpfosten lehnt.

»Was ist denn nun schon wieder?« sagt Julia. Sie läßt den Gürtel fallen, bleibt in der gespreizten Haltung liegen, sieht unverwandt in den Spiegel.

»Jetzt beeil dich doch«, sagt Alice, die Augen auf Julias Geschlecht gerichtet.

»Sofort«, sagt Julia. Sie gähnt, streichelt mit vier Fingern über den schimmernden Spalt.

»Du bist schon zweimal zu spät in den Salon gekommen«, murmelt Alice und kniet sich hin. Brüsk stößt sie Julias Hand weg. Sie leckt Julias Hüfte, ihren flachen Bauch, ihre Leiste. Sie zieht die Falten mit ihrem Zeigefinger weiter auf und läßt ihre Zunge über die lauwarmen Lippen gleiten, sechs, sieben Mal. Dann steht Alice auf.

»Los jetzt, du Faulpelz«, sagt sie barsch.

»Du hast wieder meine Strümpfe an«, sagt Julia. Die weißen Spitzenstrümpfe, die Julia sich in London zusammen mit dem lila Lackregenmantel mit den rosa Blümchen gekauft hat.

»Du trägst ja auch meine Schuhe mit den goldenen Schnürsenkeln«, schnaubt Alice.

Während Julia sich die Haare toupiert und mit Haarspray besprüht, berichtet ihre Schwester, sie habe gehört, René Cartrijsse sei im Dorf gesehen worden.

Julia ärgert sich. Daß Noël ihr das nicht erzählt hat!

Als sie auf ihrer Solex zum Salon Jeanine unterwegs ist, beruhigt sie sich wieder. Selbstverständlich ist Noël gegen seinen Bruder loyal. Familienbande. Sie ist neugierig auf ihn, jenen Mann, der aus den mannshohen Farnen, den Lianen voller Schlangen im Dschungel in unser rückständiges Bauerndorf zurückgekehrt ist. Wie ist der Raufbold wohl im Bett, schnaubend, stöhnend, schmelzend?

Oder ist der rauhe Krieger, über den so viele Gerüchte im Umlauf sind, vielleicht andersrum? Ist er deshalb in den Kongo gegangen, zu seinen Kumpanen, ein Regiment von Soldaten, die Liebhaber sind? Hatte er deshalb nie ein Auge für mich? Oder hatte er genug an sich selbst, seinem eigenen, gebrandmarkten Selbst?

Es wird Zeit, daß sie sich wieder mal verliebt. In ihrem Leben gab es bisher zwei heftige Verliebtheiten und eine, die war so lala. John, der Holländer, war Nummer eins. Solange er in Belgien war. Als er wieder in sein Amsterdam zu seinen Provos zurückgekehrt war, war die Liebe erloschen.

Aus den Augen, aus dem Sinn. Schade. Dann kam Edgar mit dem sinnlichen Mund, dem üppigen Haar, den bunten T-Shirts, den kindischen Streitereien. Auch er ist gegangen. Ungeduldig, weil ich es nicht wollte.

Er durfte alles. Er und Bernard und Eddy und Jan und die Zwillinge des Notars, sogar der einfältige Sohn des Bürgermeisters, sie durften alles, außer dem einen. Weil ich romantisch bin. Die Damen vom Salon Jeanine sagen das oft. Ach, Julia, wie romantisch du doch bist! – Aber Julia, man könnte meinen, du wartest auf einen Romeo. – Kind, warte nicht zu lange, die Zeit der Rosen und der Kirschen ist schnell vorbei. – Und was hast du von einem Romeo, wenn du trocken Brot essen mußt?

Wer am meisten darf, das ist Noël. Ich meine: Wer am meisten dürfte, das wäre Noël. Wenn er wollte. Noël und ich, wir sind zwei Königskinder. Wir können zusammen nicht kommen.

Noël ist prüde. Als ich letztens mein knallrosa Tüllminikleid, eigentlich mehr ein Babydoll, anhatte, hat er gesagt: »Das ist viel zu kurz.«

»In England trägt das jeder.«

»Nicht die Jungs.«

»Die Mädchen, du Spinner.«

»Du hast gesagt: jeder.«

Ich hab' Noël gern, wegen der Vergangenheit. Eine pastellfarbene Vergangenheit bei Kerzenschein, wir beide harmlose Kinder; er hat an meinen Brüsten gesaugt, die damals halb so groß waren wie heute. Dann ist er gestürzt, bevor er ein Mann sein konnte.

»Wo darf ich denn, Julia?«

»Überall.« In meinen Achselhöhlen, in der Leiste, im Nacken, in meinem Mund, vor allem in meinem Haar. Ich führe es über meinen Körper, dieses glänzende, komische, zitternde Ding, und ich streichle es, bis er verwundert stöhnt und zehnmal meinen Namen sagt und das zärtliche, mißtrauische, schiefe Lächeln bekommt, das ich von Alma kenne. Und wieder sagt er meinen Namen: »Julia, wann bringst du mir bei, *La Bamba* zu tanzen?«

Wir sind fertig mit Karten spielen. Lehrer Arsène, der die Karten überblickt wie kein anderer, der gleich nach dem Austeilen genau weiß, wer welche Karten hat, hat einfach kein vernünftiges Blatt bekommen. Die Götter sind gegen mich, sagt er.

– »Welche Götter? Wir im *Stillschweigen* kennen nur einen.«

– »Ja, wer war dieser Gott noch wieder?«

– »Mensch, du wirst aber auch vergeßlich. In deinem Alter!«

– »Man sollte mehr Fisch essen. Wegen dem Phosphor, der unterstützt das Gedächtnis.«

– »Apollo war's, genau.«

– »War das nicht was mit dem Jüngsten von den Catrijsses?«

– »Noël.«

– »Ja, Noël. Der Junge war damals vierzehn, fünfzehn, ein intelligentes Bürschchen, stimmt's, Schulmeister?«

– »René war der Beste in der Klasse. Noël der Zweitbeste.«

– »Und er saß hinten auf dem Tandem, Alma, seine Mutter, vorn, und sie hat sich abgerackert, gegen den Wind. Noël hatte nämlich keine Lust, mitzustrampeln, vielleicht war er auch mit seinen Gedanken noch bei der Schule, *enfin,* sie strampelt für zwei, denn wenn einer hinten sitzt und nicht mitstrampelt, dann ist er Totgewicht, und Alma ruft ihm zu: »Noël, du Faulpelz, strampel.« Und Noël strampelt. So heftig, daß wir dachten ...«

– »Bist du dabeigewesen?«

– »Natürlich. Wir saßen auf der Bank vorm *Café Floris,* das damals noch existiert hat, weil die Nieren vom Floris damals noch funktioniert haben, ach, was hat er nicht alles mitgemacht, der Arme, das kann man sich gar nicht vorstellen, vor allem, weil er so christlich war und sterbensbang vor dem Jenseits, das uns alle erwartet. Wir, die wir nicht so christlich sind, haben damit kein Problem, weil wir wissen, daß es kein Jenseits gibt, wo sie uns noch piesacken wegen unserer angeblichen Sünden, *enfin,* Floris steht in der Tür von seinem Lokal, wir sitzen auf der Bank und beobachten, wie Noël in die Pedale tritt, als ob er gerade die Tour de France gewinnt, und sie fahren wie der Blitz am *Café Raymond* vorbei, das damals noch existiert hat, und sie kommen auf uns zu gefahren, beide vorgebeugt und mit wehendem Haar, und wir sagen so bei uns: Die Alma, das ist doch ein properes Frauenzimmer für ihr Alter, sie war nämlich noch, frag mal Gerard hier, noch begehrenswert, sagen wir mal, nicht so ein wandelndes Gerippe, wie das heute modern ist, nur Haut und Knochen, wenn man sich die Jugend von heute ansieht, wild und lästig, ach, reden wir nicht davon.«

– »Jetzt schweifst du aber wirklich ab, du wolltest doch was ganz anderes erzählen.«

– »Verpaßt du vielleicht deinen Zug?«

– »Gerard, noch eine Runde.«

– *»Enfin,* Noël und seine Mutter waren in ein Gespräch vertieft, während sie Tandem fuhren, und dieses Gespräch, das haben wir später gehört, ging über den Unterricht, den Lehrer Arsène an diesem Tag gegeben hatte, stimmt's, Schulmeister?«

Lehrer Arsène trinkt einen Schluck, stößt dezent auf, seufzt und sagt: »Leider, leider.«

– »Und während er sich abstrampelt, ruft Noël so laut, daß es uns heute noch in den Ohren klingt: ›Und der Gott Apollo schwebte über den Feldern herab!‹«

– »›Was?‹ ruft Alma und dreht sich nach Noël um, ohne das Tempo zu drosseln.«

– »Auf einem Tandem darf man so was nie im Leben tun.«

– »Sie dreht sich um, entweder, weil sie es nicht verstanden hat, oder, weil sie dachte, daß Noël sich einen Scherz mit ihr erlaubte, oder, weil sie sich wunderte, daß er so unverständliche Worte über den Dorfplatz schrie, denn ›Apollo‹ gehört ja nun nicht gerade zum normalen Wortschatz eines Jungen in seinem Alter, mit so einer Herkunft und Umgebung, und Alma sagt: ›Apollo?‹, aber sie hört keine Antwort oder sie hört sie nicht gut genug, auf jeden Fall, sie sieht sich eine Sekunde, was sage ich? den Bruchteil einer Sekunde zu lange nach ihrem Sohn um und klatsch, sie klatscht mit dem Vorderreifen gegen einen der Zementklötze, die unser Bürgermeister ja unbedingt mitten im Dorf aufstellen lassen mußte, der Zement, nebenbei bemerkt, stammte von seinem Schwager.

Von dem Stoß schlägt der Lenker um, und sie kriegt den Lenker in den Bauch, und nach meiner Meinung und nach Meinung der Leute, die sich in der Medizin auskennen, ist dieser Stoß der Grund und die Ursache für einen Großteil von dem Ungemach und den Problemen, die über die Familie Catrijsse gekommen sind, aber darüber wollen wir uns nicht weiter auslassen, sie haben's auch so schon schwer genug. Alma knallt also auf den Boden, und mathematisch logisch und geometrisch fatal plumpst ihr unschuldiges Kind auch auf das Pflaster, auf das schon viel Blut geflossen ist seit dem Krieg von vierzehn-achtzehn.

Dann ... *santé,* Schulmeister ... lagen sie alle beide da, vor unseren Augen. Drei oder vier Gäste des Lokals und Floris selbst kommen näher, um den Schaden in Augenschein zu nehmen. Alma rappelt sich hoch und sagt: ›Noël, mach die Augen auf.‹ Nicht in Panik. Fast ruhig. Damals in der schlimmen Zeit, über die wir uns nicht weiter auslassen wollen, war sie examinierte Krankenschwester. ›Noël, kannst du den Arm bewegen? Noël, beweg das Bein, spürst du, daß ich dich kneife?‹

›Ja, Mutti‹, sagt Noël.

›Dann kann es nicht so schlimm sein, du bist nicht gelähmt.‹

›Nein, ich bin nicht lahm, Mutti.‹ Und der Junge rappelt sich auch hoch, er jammert, er plärrt, er schnüffelt und schnauft und sagt: ›Oh, Gott Apollo, der über die Felder wachte‹, und er sagt verdammt noch mal den ganzen Text auf, den unser Schulmeister ihm an diesem Tag beigebracht hat. Nun sollte man meinen, er hätte einen Gehirnschaden gehabt. Aber nicht die Bohne. Nein. Denn der Krankenwagen hat ihn weggebracht, Alma hat seine Hand gehalten, und er hat immer wieder den Text von Apollo hergesagt. Erst drei Tage später, er war schon wieder aus dem Krankenhaus entlassen, da ist er so komisch geworden. Nach meiner und Almas Meinung, auch wenn wir keine medizinischen Experten sind, haben sie Noël im Krankenhaus vollkommen falsch behandelt. Falsche Spritzen ins Rückenmark, zerstörerische Elektroschocks, wer weiß?

Sie wissen, wie schlecht die Menschen sind und wie das Leid des Nächsten die Leute amüsiert. Als Noël später auf den Dorfplatz kam, haben ihm ein paar von uns zugerufen: ›Na, wie geht's denn dem Gott Apollo?‹ Eins kommt zum andern, der Text hat sich abgenutzt, und schon bald wurde daraus: ›Na, wie geht's dem bekloppten Paolo?‹ Ich geb's ja zu, das ist nicht gerade nett von uns, aber irgendwas muß man doch tun mit seinem Mitmenschen, ihn ärgern oder ihn vögeln.«

NOËL

Unser René glaubt in seiner Ahnungslosigkeit, ich wüßte nicht Bescheid über seine nächtlichen Ausflüge. Offenbar ist er auf dem Wege der Besserung, denn er redet ab und zu, er ißt, er sieht sich Kapitän Zeppos im Fernsehen an, und ansonsten liegt er in seinem Schlafzimmer und starrt an die Decke. Unsere Eltern glauben, daß seine fortschreitende Genesung ihrer Fürsorge zu danken ist. Vergiß es. Ich weiß es besser. Er hat eine Freundin, die er nachts besucht. Ich würde ihm gern folgen, wie im Kino, an die Hauswände gedrückt, in Turnschuhen, und jedesmal, wenn er sich umschaut, verstecke ich mich hinter einem Lastwagen.

Ich wage ihn nicht nach seiner Freundin zu fragen. Wie er überhaupt so plötzlich an so eine Freundin gekommen ist. Ob sie schon verheiratet ist, ob sie ihn – gegen alle Widerstände – für immer und ewig lieben wird, so wie Julia mir das verspricht.

Diese Freundin versorgt auch seine Wunden, glaube ich.

Es muß ihm schon viel besser gehen, denn er klettert aus dem Fenster, schleicht gebückt über das Ziegeldach wie ein Affe, und wie ein Affe schwingt er seinen verwundeten Körper um einen Ast des Nußbaums.

Ich konnte klettern wie nur einer. Ich konnte auch ganze Seiten aus Winnetou nacherzählen. Heute weiß ich nach drei, vier Worten nicht mehr, was Winnetou alles so treibt. Auf den anderen, diesen Old ... sehen Sie, ich komm' nicht mehr drauf, auf den Namen dieses Cowboys, des besten Freundes von ... äh ... diesem Indianer.

Als ich noch klettern konnte, saß ich manchmal eine Stunde lang im Nußbaum, aber was ich dort gemacht oder gedacht habe, ist mir entfallen. Irgendwas in meinem Kopf ist abgegangen oder zerrissen in diesem besonderen Knubbel, der das Gehirn dazu bringt, sich zu erinnern. Woran ich mich jederzeit erinnern könnte, wenn ich Lust dazu hätte, ist der Sturz meiner Mutter und wie ich danach oder gleichzeitig gesehen habe, wie sich die Mauer aus Pflastersteinen aufrichtete, die ganze flache Straße schien hochzuspringen, mir ins Gesicht, und wenn ich es will, höre ich auch, wie mein Nasenbein bricht. Aber lange darf ich darüber nicht nachdenken, sonst fange ich an zu zittern, und mir klappern die Zähne, ich muß sogar aufpassen, daß meine Zunge nicht zwischen die Zähne gerät, denn die brauche ich noch, und sei es auch nur für Julia, mit der ich mich bald offiziell verloben werde, mit einem Aufgebot im Standesamt, nur weiß sie das noch nicht.

Wenn ich Julia nicht hätte, würde ich mich im Nußbaum erhängen. Oder, um die Nachbarn nicht zu erschrecken, vor allem die beiden Agneessens von nebenan, die ja doch nett zu mir sind, an einem Balken auf unserem Dachboden, wo der Holzwurm tickt. Nun sagt sich das zwar so leicht, aber vielleicht würde ich mich im allerletzten Moment nicht trauen, wenn ich bedenke, daß ja doch irgendwann auf einem unwahrscheinlich hohen Berg, wo alle Menschen von der ganzen Welt versammelt sind, Rechenschaft verlangt wird, sagt Hochwürden Lamantijn, für alle Sünden, die dort zu lesen sein werden, aufgeschrieben und gedruckt.

Ich würde wohl kaum auf diesem Berg, der über die Wolken hinausragt, zwischen all diesen Sündern, als Grund meines Todes die Abwesenheit Julias angeben können. Jeder Tod muß einen ernsthaften Grund haben, im Gegensatz zur Geburt, für die keiner einen triftigen Grund angeben kann.

Nein, wenn Julia aus irgendeinem Grund nicht mehr sein sollte, ich darf gar nicht daran denken, aber ich denke ja doch daran, dann würde ich nur großen Kummer empfinden. Und irgendwann wäre dieser Kummer vorbei. Das wäre dann noch schlimmer.

Ich muß damit aufhören. Vielleicht ist mein Sturz nur eine Prüfung, um zu sehen, ob man sich gegen so etwas wehren kann, um zu sehen, wie weit und wie tief und wie sehr man verletzt sein kann. Der Teufel läßt nichts unversucht.

ALICE ROMBOUTS

Es scheint, daß es geschehen kann, ich habe es selbstverständlich noch nie erlebt, und ich habe es auch nicht vom Hörensagen, ich glaube, ich habe es in einem Roman aus der Stadtbibliothek gelesen, daß ein Mädchen, das die Schönheit selbst ist, Teint, Beine und Brust vollkommen, und das mitleidig herabschaut auf seine ältere Schwester, die weniger hübsch ist, wenn auch gutgebaut und mit prächtigem blondem Haar, in einer einzigen Nacht ... Daß so etwas geschehen kann, so wie im März sonniges Wetter plötzlich umschlagen kann ...

Daß das ältere Mädchen, das ein bißchen schüchtern ist und sich für sein (trotzdem passables) Äußeres schämt, obwohl es ja nichts dafür kann ... plötzlich, in einer einzigen Nacht, in der sonst nichts Unvorhergesehenes geschehen würde, in einer weißen Nacht mit Fetzen von Träumen, daß sich dieses Mädchen plötzlich von Kopf bis Fuß verändert in eine anmutige, flämische Ausgabe von Elizabeth Taylor. Worauf das jüngere Mädchen, das vorher Männer und Frauen betörte, in einer einzigen Nacht voll finsterer Wünsche ein Netz von Runzeln bekommt, im Gesicht, auf den Oberarmen, um den Nabel herum, und außerdem ältliche, bittere Mundwinkel.

René war schon immer ein Herumtreiber. Immer Angst vor geschlossenen Räumen, dem Kohlenkeller oder dem Schuppen.

Ich weiß, woher diese Panik kommt. Aber auch wenn man die Ursache kennt, ist das noch kein Heilmittel.

Schuppen, Kisten, Zwangsjacken, Isolierzellen, kann man es ihm übelnehmen, daß er ausbricht, um sich schlägt, kreischt (auch wenn man ihn nicht hört).

Er ist nicht mehr ganz so schlecht gelaunt wie bei seiner Ankunft, aber so tyrannisch ist er immer noch.

Wie selbstverständlich streckte er doch gestern sein Bein aus, in Noëls Richtung, während er in Dolfs Sessel saß. Noël kniete und band ihm die Schnürsenkel an seinen Turnschuhen. Die Schuhe waren grün verfärbt, als ob er durch grüne Wasserfarbe gegangen wäre, aber die roten Flecken kommen durch.

»Warum macht er es nicht wie Maria Magdalena und wäscht René die Füße?« knurrte Dolf. »Aber wir wollen uns nicht beklagen. Er benimmt sich ja ganz manierlich. Vielleicht ist es gar nicht so schlecht für den Charakter, wenn man auf der Weltkugel herumreist.«

Ein langer Satz für Dolf. Aber ziemlich dumm. Ich bin gereist, und ich sehe, was es mir gebracht hat. Bis in die brennenden Städte Magdeburg, Northeim, Prenzlau, die abgebrannte Gummifabrik in Eschwege. Und klüger bin ich dadurch nicht geworden. Im Gegenteil. Was ist das Gegenteil von klug? Liebe, dachte ich damals. Noch immer?

Ab und zu kommen Kunden in den Laden, nur um René vielleicht zu sehen. Nicht einer von ihnen fragt nach ihm, als ob man sich für ihn schämen müßte. Es waren auch zwei Kunden da, unübersehbar Leute aus der Stadt, die ER geschickt haben könnte. Jedenfalls denke ich das in meiner Torheit, in den paar Augenblicken, in denen ich mir erlaube, an ihn zu denken, ihn, den ich Mijnheer Liebe genannt habe und Mijnheer Tod und Mijnheer Meineinundalles, ach, wie närrisch bin ich doch gewesen, zu erwarten, ER, wie ich ihn nur nenne, würde zwei Boten aussenden, um etwas über mich oder René in Erfahrung zu bringen.

Die beiden haben eine halbe Flasche *Elixir d'Anvers* gekauft.

Sie trugen mausgraue Anzüge und robuste Wanderschuhe.

Sie blickten mich trübselig und mitleidig an, als wäre ich eine Witwe.

Sie wollten mir ein Abonnement für die monatlich erscheinenden Hefte der Land- und Gartenbauenzyklopädie verkaufen, als wäre ich eine Bäuerin.

(»Meine kleine Bäuerin«, sagte ER. Er kitzelte mich. Die anderen Krankenschwestern waren schockiert. Sie lagen dicht beieinander in dem eiskalten Bunker, während das nahe Flakgeschütz den Fußboden und die Wände des Bunkers erbeben ließ. Er umschlang mich, und ich murmelte ihm ins Ohr: »Mein Süßer, mein rettender Engel, mein Mijnheer-der-meinen-Bauch-glühen-läßt, mein Krieger im Schnee.«)

Genug. Ich sagte doch: ein paar Augenblicke. Genug von meinem grauen, flickendeckenartigen und aus Pappkarton gebauten Liebestheater von früher.

Ich begegne Noël auf dem Treppenabsatz. Ich fahre ihn an, er erschrickt.

»Ich will nicht noch einmal sehen, daß du ihm die Schnürsenkel bindest!«

»Aber Mutter, René könnte darüber stolpern.«

»Na und? Laß ihn auch mal auf die Nase fallen. Damit er merkt, wie es ist, unerwartet einen Tritt in den Bauch zu kriegen.«

»Warum bist du so schroff zu René?«

Darauf weiß ich keine Antwort. Jetzt nicht. Wahrscheinlich nie in diesem Leben.

CHARLIE

Charlie sagt: »René, du hast ein bißchen zugenommen. Bravo. Du wirst noch wie der Fette Leo enden, Gott sei ihm gnädig. Hundertzwanzig Kilo und vier Speere im Bauch. Hab' noch nie jemand so viel Blut spucken sehen. Wenn du mich fragst, bist du bereit für Ostende und das Treffen mit dem Hauptmann. Warum nicht?

Kopf hoch, René. Haben wir uns nicht immer durchgeboxt? Oder hast du Angst, dem Hauptmann unter die Augen zu treten? Er hat viele Federn gelassen, unser Hauptmann, seit der Insel Maremba, Land der Liebe und Sonne, ach, wie gern würde ich mit dir dorthin reisen.

Und deshalb werde ich den Hauptmann, wenn er auch nur ein falsches Wort sagt, mit seiner Säufernase in die Scheiße von Maremba stoßen, wo er sechs seiner Leute verloren hat, und zu ihm sagen: ›Hauptmann, wo sind sie, die sechs, die Ihnen vertraut haben und Ihnen über drei Erdteile gefolgt sind? Waschen Sie wieder Ihre Hände in Unschuld, Sie Pfeife von einem Hauptmann?‹

Aber der Hauptmann weiß schon, was Sache ist, und wird kleine Brötchen backen. Ich werde ihm sagen: ›Hauptmann, wie lange kennen wir uns?‹ Und er wird sagen: ›Ach, Mensch, sicher seit Korea?‹ Und ich werde sagen: ›Richtig, Hauptmann, und ich habe immer auf Sie gehört, im Kampf, davor und danach. Hauptmann, haben wir uns krummgelacht oder nicht?‹ Er wird sagen: ›Das kann man wohl sagen.‹ Und ich werde sagen: ›Hauptmann, was verlangen Sie, damit Sie René und mich in Ruhe lassen?‹

›Kommt drauf an‹, wird er sagen. Und dann ich: ›Worauf? Was halten Sie hiervon?«‹

Charlie schiebt das nasse Lederband um seinen Hals, an dem ein ebenfalls nasser Beutel aus Wildleder hängt, über seinen Kopf, öffnet den Beutel und schüttet nicht gerade vorsichtig, aber mit einer zielsicheren Bewegung, die er oft wiederholt hat, eine Handvoll Diamanten in seine Handfläche, ein Drittel des Inhalts.

»Falls er nicht den Tropenkoller hat, noch mehr als vorher, und deshalb aus reiner Habgier seine MR73 9 Millimeter nimmt und mich abknallt, wird er sagen: ›Merci, Charlie, grüß unsern René von mir, ich hab' euch beide nie mehr gesehen, ich ziehe meine beiden Leute von euch ab, ich werde Stein und Bein schwören, daß ihr euch nach Argentinien abgesetzt habt.‹«

»Krummgelacht haben wir uns über die Sache mit den Schuhen«, sagt René, er zittert und keucht. Charlie klopft ihm nicht auf den Rücken. Charlie weiß Bescheid.

Es war Frühling in Ngami. Der Hauptmann hatte zwei Medizinmännern den Schädel gespalten, weil er ihren Palmwein zu bitter fand. Aber weil es in unmittelbarer Nähe nichts anderes zu trinken gab, hatte er den Krug trotzdem geleert, war umgefallen und eingeschlafen. Wie sie es fertiggebracht hatte, darüber gab es großes Rätselraten, aber die Äffin Marie, die mit einer Handschelle an den Baumstumpf vor der Hütte gekettet war, zerrte dem Hauptmann die Schuhe von den Füßen, als er schlief, und zerpflückte sie in kleine Stücke, auf denen sie gutgelaunt herumkaute. Als der Hauptmann wieder zu sich kam, wollte er Marie in ebensogroße Stücke hacken. Die Männer hinderten ihn daran. Ein Maskottchen darf man nicht vernichten.

Dann schwankte der Hauptmann durch die Dorfstraße mit den qualmenden Häusern, den schwelenden Hütten, den Autowracks und den hungrigen Hunden.

»Halt! Stopp! Bist du taub?« rief der Hauptmann einem schmalen, ängstlichen Neger in einer schweeweißen Dschellaba zu, der mit dem Rad vorbeifuhr und dem Hauptmann zuwinkte, um den aufgeregten Bwana gnädig zu stimmen. Das angegriffene Gehirn des Hauptmanns analysierte dieses Winken als höhnische Abweisung. Mit vier Kugeln schoß der Hauptmann den Radfahrer nieder, sagte sorgenvoll zu der verblüfften Leiche: »Immer auf den Hauptmann hören. Der Hauptmann blickt durch«, und zog ziemlich gut erhaltene Schuhe von den toten Füßen. Er probierte einen davon an, fluchte, probierte den zweiten an, schrie vor Wut auf und stopfte dann, in einer wütenden Abwandlung dessen, was die Äffin Marie getan hatte, dem toten Radfahrer den Schuh in den Mund.

»Es war nicht seine Schuhgröße«, sagt Charlie. »Der Hauptmann hatte mindestens sechsundvierzig.«

Er hängt sich das Lederband wieder um den Hals und stopft das nasse Säckchen in sein Hemd.

»Allein schon deshalb«, sagt er. »Wegen dieser Steinchen, die uns beiden gehören, schon deshalb mußt du bei mir bleiben. Du hast nur noch mich, mich und niemand anders. Deine Eltern sind kreuzbrave Leute und dein Bruder ist ein armes Schwein, aber wenn's drauf ankommt, wenn die Kacke am Dampfen ist, dann ist keiner für dich da. Nur ich mit meiner großen Klappe. Du bist der einzige Angehörige, den ich habe. Und jetzt fahren wir zusammen nach Ostende, zum Hauptmann. Und so schnell wie möglich zu einem Facharzt.«

»Nein«, sagt René.

»Es muß sein, Bürschchen. Du hast Blei im Leib, im Blut und in den Knochen. Das ist meine Diagnose. Und Blei im Gehirn. Du kannst nämlich deine Impulse nicht mehr unterdrücken. Und die müssen wir unterdrücken. So wie wir auch die Parasiten unterdrücken müssen. Sie sind nämlich schlau, die Parasiten, schlauer als wir. Sie reisen nicht, sie sind stinkefaul, es sind die Menschen, die reisen.

Was meinst du? Fahren wir morgen los? Übermorgen? Jeder zwei gebackene Seezungen im Hafen von Ostende, unser Plausch mit dem Hauptmann, dann ab zu den Weibern und ins Spielkasino? Diese beiden Männer bei deiner Mutter, das gibt mir immer noch zu denken. Vertreter kaufen kein *Elixier d'Anvers.* Der Hauptmann muß sie zurückpfeifen, seine beiden Jäger.«

Charlie drückt die Zunge gegen die Innenseite seiner Wange, die Ausbuchtung bewegt sich.

»Volleyball«, sagt René.

»Genau. Volleyball haben wir gespielt, als wir unseren Corry verloren haben, den mit den rotlackierten Zehennägeln.«

»Moslems«, sagt René.

Genau. Wir saßen in der Klemme zwischen den Moslems und den Christen und den Indern. Wie viele Moslems haben wir abgemurkst? Der Hauptmann kann es in seinem Notizbuch nachschlagen. Mindestens zwanzig. Ich seh' noch vor mir, wie sie im Wasser liegen, wie sie zum Strand rollen und dann wieder ins Meer, alle mit offenem Mund,

und das Wasser hat sie überspült, bis kein Blut mehr zu sehen war, nur noch die Löcher in ihrem Körper.

Und kein einziger von den Typen hatte Geld bei sich oder Juwelen oder Ringe, denn Geld ist die Wurzel allen Übels, sagt der Prophet. Oder war das jemand anders?

Man kann von uns sagen, was man will, aber wir waren korrekt. Es wurde Vernichtung bestellt, ordnungsgemäß, und wir haben den Vertrag erfüllt und die Sache erledigt. In unserer Funktion als anthropologische ökonomische komische Berater und Leihsoldaten.«

Charlie drückt auf ein paar Knöpfe. Er hat das Radio selbst eingebaut. Was fingen wir nur an ohne unseren tüchtigen, fröhlichen Charlie?

»Hör dir das an«, sagt er.

»Ich höre«, sagt René.

»Haydn«, sagt Charlie. »Als ich noch Musiklehrer war, habe ich die Sonaten von Haydn immer mit Diamanten verglichen. Ausgebuddelt aus dem Gedärm der Erde und zur Transzendenz gebracht. Das hier muß in Dur sein. Nummer Einunddreißig. Aus dem Jahr 1766 oder 68. Schade, daß wir keinen roten Libanesen dabeihaben, man hört dann die Feinheiten viel besser.«

Frau Rombouts schminkt sich, weil sie in den Rotary Club von Waregem fahren will, wo eine ehemalige Hofdame von Königin Elisabeth über den medizinischen Hilfsfonds für die Eingeborenen sprechen wird, den die Fürstin persönlich nach einer Reise in den Kongo eingerichtet hat.

»Wußtest du, daß ihr Vater der Herzog von Bayern war und gleichzeitig ein berühmter Augenarzt?«

»Nein, Mama.«

Mama setzt sich auf Julias Bett. Unaufgefordert. Sie schlägt die schlanken Beine übereinander, untersucht ihre Knie.

»Gert Doolage ist heute abend auch da«, sagt sie allzu beiläufig.

»Mama, gib dir keine Mühe.«

»Ich verstehe wirklich nicht, was du hast, Julia. Gert ist sportlich, gebildet, er hat gute Manieren, und er kann mit Menschen umgehen.«

»Gib dir keine Mühe, Mama.«

Mama seufzt. Warum? Womit hat sie es verdient, daß ihre Tochter sich zunehmend als ein egoistisches, ungehobeltes Luder entpuppt? Heutzutage hat man wirklich keine Freude mehr an seinen Kindern.

»Sein Vater macht es nicht mehr lange.«

Julia kennt den lauernden, bauernschlauen Ausdruck in Mamas Gesicht, die halb geschlossenen Augenlider. »Wenn sein Vater das Pech hat, bald ...«

»Mama, der alte Félicien überlebt uns noch alle.«

»Der Pastor war bereits bei ihm.«

»Auch wenn sein Vater schon unterm Rasen liegen

würde, könnte ich den Gert nicht ausstehen. Mama, verschon mich mit diesem Bauern!«

»Ein Gutsbesitzer. Er fährt öfter Mercedes als Traktor. Und wenn sein Vater erst mal nicht mehr ist, bringt er es bestimmt fertig, die Landwirtschaft an den Nagel zu hängen. Er will Gartenbauingenieur werden, und daran tut er recht. Schon die ganze Zeit steht ihm der Sinn danach.«

»Ich dachte, daß ihm der Sinn nach mir steht?«

»Julia, du bist eine dumme Gans.«

»Besten Dank, Mama.«

»Der Junge betet den Boden an, auf dem du stehst.«

»Mama.«

»So viele Jahre hast du auch nicht mehr, Julia.«

»Dankeschön. Und du solltest lieber deinen Kostümrock ein Stück weiter machen. Damit uns der Anblick deiner Speckrollen erspart bleibt.«

Frau Rombouts geht zum Kleiderschrank mit den Spiegeltüren. Sie zupft die schwarze Samtschleife in ihrem Haar zurecht.

»Julia, du wirst nie was in der Musikwelt. Du konntest noch nie singen, und du wirst es auch nie können. Der ganze Unterricht, die ganzen Kosten, das ganze Geld, alles war für die Katz. Übrigens ist Georges gestorben.«

»Wer ist Georges?«

»Féliciens Hund.«

»Unters Auto gekommen?«

»Sie wissen nicht, woran. Félicien wollte mit ihm nicht zum Tierarzt. Er hat Georges sogar bei sich im Bett schlafen lassen. Was er sonst nie durfte. Der Hund war ganze Tage an der Kette, sein Hals war immer wund und blutig.

Er ist in Féliciens Armen gestorben. Und seitdem geht es auch mit Félicien bergab. Seitdem fallen seinem Vater jeden Tag die Tränen in die Suppe, sagt Gert.«

Mit einem parfümierten Taschentuch tupft sich Frau Rombouts die Stirn ab. Sie zieht die Nase kraus.

»Wieviel wird Gert erben?« hört Julia sich sagen.

»Dein Vater schätzt Féliciens Besitz auf ungefähr zehn Millionen Franc«, sagt Frau Rombouts. Das Parfum des Taschentuchs verbreitet sich im Raum.

Mit einer halben Million könnte man mit Noël zu den besten Ärzten in Amerika gehen. Noël fand, daß Julia sehr schön singen konnte, als sie in der Schule bei Lehrer Arsène im Chor »Unsere lie-hiebe Fra-hau von Flandern« sangen. Der sonore Baß des Lehrers übertönte jedes andere Geräusch. In seinem grauen Kittel voller Kreidestaub, mit vorgestrecktem Bauch, die kurzen dicken Beine auseinander, schwankte Lehrer Arsènes Oberkörper wie ein Schiff auf hoher See.

Noël hielt Julias Hand. Die anderen Mädchen waren eifersüchtig, weil sie Noëls Auserwählte war. Noël hat ihre Hand erst losgelassen, nachdem er gestürzt ist, und nun singt sie allein.

Mama kann ihre Gedanken lesen. Sie sagt: »Und wie lange hast du noch vor, dich mit diesem Trottel Noël herumzutreiben? Laß es bloß Vater nicht merken. Du weißt, was dein Vater sagt: Hüte dich vor dem Abnormen!«

Als Postbote und somit als Amtsdiener, sozusagen jemand, der dem Allgemeinwohl dient, kenne ich die Gegend hier wie meine Westentasche, die Bodenbeschaffenheit und auch den Wildwuchs im Letewald. Jeden Sonntag mache ich Farbfotos. So vieles wird vergessen, vernichtet, verflucht, verschachert. Jemand muß den Verfall doch festhalten, wenn man ihn schon nicht verhindern kann. Fotoalben voll mit verlorenem Gut warten in meinem Keller darauf, geordnet und registriert zu werden. Nach meiner Pensionierung.

An diesem Montag war ich ziemlich früh unterwegs, der Nebel stieg aus den Wiesen und blieb in der Luft hängen.

Ich erinnere mich, daß ich mir überlegte, irgendwann einmal zu untersuchen, warum meine Posttasche am Montag leichter ist als an den anderen Wochentagen. Nach meiner Pensionierung.

Ich erinnere mich, daß ich ziemlich laut sang, lauter noch als das Geknatter meiner Solex. Den letzten Schlager von Adamo, der oft im Radio gespielt wird, obwohl er auf Französisch ist und wir nun wirklich keine Rundfunkgebühren bezahlen, um eine volksfeindliche Sprache zu propagieren. Ein bißchen habe ich auch mitgesungen, um was für mein Französisch zu tun.

Ich erinnere mich, was ich an diesem Montag bei mir hatte. Die Rechnung über die Versicherungsprämie für das Auto von Lehrer Arsène, der immer zu spät bezahlt. Eine Ansichtskarte mit Brigitte Bardot im Bikini und dem Text: »Schön ist es hier, ach, wärst du doch bei mir«, unterschrieben mit D.

D. ist Dora, die ihren Apotheker zu Haus gelassen hat und auf Ibiza ist, angeblich mit einer Freundin. Ein Steuerbescheid für die Witwe Ariaens, 34.500 Franc, ich persönlich finde das ziemlich viel. Ein Liebesbrief aus Deutschland für die kleine Lucie. Ein ziemlich komplizierter Brief von R. Tiberghein an seinen Schwiegervater, in dem er vorschlägt und erklärt, warum, nun ja, zu erklären versucht, mich persönlich hat er nicht überzeugt, der Schwiegervater solle in die Webereien Toribas investieren, wo R. Tiberghein doch wissen müßte, daß die Textilbranche am Boden liegt.

Also, der Nebel lichtete sich, und ich dachte: Bevor ich meine Runde mache, geh' ich noch Pilze suchen, unsere Mariette wird sich darüber freuen. Ich gehe in den Letewald, und zwischen den silbernen Birken höre ich klassische Musik. Ich bin, Sie kennen mich, von Natur aus ziemlich neugierig, unsere Mariette nennt mich ja auch Edmond, die Neugiernase, und ich denke so bei mir: Aha, hier ist ein Camper dabei, die Schönheit der Natur zu ruinieren mit seinem Zelt und seinem Gaskocher und seinen Zigarettenkippen und seinem Radio und seiner Liebsten, die empfänglich ist für Geigen und das große Orchester, und ich sehe einen Lieferwagen, ich verstecke mich, so gut ich kann mit meinen fünfundneunzig Kilo, hinter einem Baum, die Solex lege ich leise ins Gebüsch, und ich sehe zwei Männer, die engumschlungen schlafen.

Ich erinnere mich, daß ich sofort dachte: Das sind Fremde, keine Jungs von hier. Ich sage es ganz offen: Solche Sachen sehe ich lieber nicht. Man weiß, daß es das gibt, sowohl in adeligen wie auch in unsern Kreisen, und als Postbote hat man ja so einiges erlebt, man ist es gewohnt, großzügig zu denken, und doch, trotzdem, wenn es so offen und unverhüllt im Wald geschieht, fordert es Ärger geradezu heraus. Nicht, daß die beiden unverhüllt waren, das kann ich nicht sagen, und von einem der Kerle konnte ich nicht einmal das Gesicht sehen, aber es war, wie soll ich das ausdrücken? in dieser idyllischen Umgebung, dem Letewald, immerhin eine der Touristenattraktionen, die unsere Gegend zu bieten hat, war es eine Ohrfeige für die Natur.

Ich hebe vorsichtig meine Solex auf, schiebe sie über einen schlammigen Pfad und dann durch die Brombeersträucher. Ich war so aus dem Konzept, daß ich glatt vergessen habe, Pilze zu suchen.

Ich erinnere mich, daß die Sonne durch das Laub der Bäume brach. Die unversehrte Sonne über dem verwüsteten Planeten, dachte ich bei mir. Ich war derart aus dem Konzept, daß ich auf den Hof von Félicien gefahren bin. Ich hatte keine Benachrichtigungen oder Briefe oder Postkarten für ihn, niemand weiß, daß er existiert. Félicien hat mir auch noch nie einen Tropfen angeboten, aber jetzt ist der Augenblick gekommen.

Irma, die Haushälterin, ist beim Buttern. Ich sage: »Na, Irma, wie geht's denn dem Chef?«

Sie zuckt mit den Schultern. Sie hat fünf Kinder geboren, drei davon sind von Félicien. Ein Wasserkopf ist darunter und ein Schieläugiger, der Edmond heißt, so wie ich. Was ich ärgerlich finde.

»Heute morgen hat er wieder mal gebeichtet«, sagt Irma. »Wenn es nach ihm ginge, würde er den ganzen Tag lang beichten. Er hat eine Heidenangst, daß er eine seiner Sünden vergessen könnte. Wenn du ihn noch lebendig sehen möchtest, ist das jetzt der richtige Augenblick.«

Es ist niemand im Haus. Die Knechte sind auf dem Feld. Dann sehe ich ihn in der kleinen Kammer liegen, im Nachthemd, Sonne auf dem Bart.

Der winzige Raum ist fensterlos. Es stinkt.

»Na, Félicien?«

»Du brauchst nicht so zu schreien«, brüllt er.

Ich beuge mich vor, flüstere ihm in das zerklüftete, verkrustete Ohr: »Und wieviel Prozent kriegst du nun?«

Vor etwa zwei Wochen habe ich nämlich einen Brief von der Bank von Roeselare gelesen, in dem sie ihm 3,7 Prozent Zinsen anboten. Auf welches Guthaben, stand da nicht, oder ich habe aus Nervosität nicht aufmerksam genug gelesen. Die Wissenschaft sollte mal die Nerven von Postboten untersuchen, das Ergebnis wäre bestimmt erschütternd.

»Vier Prozent«, ruft Félicien. »Vier.«

Seine Augen, sonst so wachsam und boshaft, waren stumpf. Am Fußende, zusammengerollt auf einem kleinen Berg schmutziger Hemden, Unterhosen, zerrissener Pullover lag der tote Georges. Dutzende von Fliegen setzten sich immer wieder auf die starre Nase, die stille, belegte Zunge. Félicien drehte sich von mir weg, drückte einen Zipfel des Bettlakens auf sein Gesicht. Ich zog das Laken weg. Ich lauschte auf Irma, die unten am Buttern war. »Vier Prozent«, sagte ich, »das ist mehr als genug für einen so knickerigen Fiesling wie dich. Aber du wirst nicht mehr lange Freude daran haben!«

»Ach, Georges, Georges«, stöhnte Félicien. Essensreste, Ei, Petersilie im Stoppelbart.

»Du pfeifst auf dem letzten Loch, Félicien, das weiß ich genau.«

»Du auch«, brüllte er. »Du auch, Fettsack.«

Es freute mich, daß er so kampflustig war. Ich faßte ihm an die Stirn.

Ich erinnere mich, daß ich erschrak über die Hitze, die von seiner glühenden Haut in meine Handfläche überschlug. Ich nahm meine Mütze ab. Die plötzlichen feuchten Dämpfe, die von Félicien ausgingen, von seinen ranzigen Laken und von dem toten Georges, überwältigten mich. Ich verließ den unheimlichen Raum.

»Allez, Félicien«, sagte ich, »wenn wir uns nicht mehr sehen sollten, gute Reise.«

LUCIE

Aus dem offenen Fenster meldet Radio Brüssel das Auflassen der Tauben in französischen Städten. Der Postbote klingelt bei seiner dreizehnjährigen Gebieterin. Sie, Lucie, kommt an die Tür. Ihre Augenlider sind geschwollen, als hätte sie die ganze Nacht geweint. Ihre launenhaften Lippen lächeln, ohne sich zu bewegen. Der Postbote, der während der Fahrt durch die Felder nicht abgekühlt ist, nimmt seine Mütze ab, fächelt sich Luft zu.

»Wo ist deine Mutter?«

»Das geht Sie nichts an«, sagt Lucie.

»Ich bringe dir was, das dein Herz schneller schlagen läßt.«

»Aus Deutschland?«

»Schon möglich.«

»Geben Sie mir den Brief.«

»Zuerst mußt du dein Versprechen halten.«

»Ich? Was habe ich Ihnen denn versprochen?«

»Vorige Woche. Du weißt schon.«

»Es ist jetzt teurer geworden.«

»Wieviel?«

»Hundert Franc.«

»Bist du verrückt geworden, Lucie?«

»Dann eben nicht.« Sie streckt die Zungenspitze heraus.

Der heiße Kopf des Postboten geht hin und her. Kein Mensch auf der Straße. Er setzt seine Mütze auf. Er nimmt den Brief aus der Posttasche, schwenkt ihn vor seinem Gesicht. Sie greift nach dem Brief und geht ins Haus. Er folgt ihr. Sie reißt den Umschlag auf. Liest. Setzt sich. Der Postbote steht am Fenster und schaut auf die leere Straße. In der

Ferne, beim Rathaus, spielen Kinder Himmel und Hölle. Das sieht man auch nicht mehr oft. Der Postbote zerrt an seiner Krawatte. Anscheinend ist der Ofen an. Er nimmt Lucie den Brief aus der Hand.

»Liebste Lucie.« Er hält sich den Brief vor die Nase. »Hinnomsheim. Ach, wie schrecklich fehlst du mir, bei meinen Freunden bin ich allein, ich möchte lieber woanders sein, am liebsten wär ich immer bei dir. Roger Vandelanotte. PS: Jefke geht es gut.«

»Wer ist Jefke?«

Sie legt ihre Hand in den Schoß und streckt den Zeigefinger nach oben.

»Sauber«, sagt der Postbote. »Das ist doch keine Art, sowas einem dreizehnjährigen Kind zu schreiben. Jefke.«

Ein Müllauto fährt vorbei mit palavernden jungen Burschen in orangefarbenen Overalls. Bildet der Postbote es sich ein, oder schauen die jungen geilen Männer alle vier zur Fassade von Lucies Haus?

Er wühlt in seiner schweißfeuchten Hosentasche, in der anderen Hosentasche, in der rechten Jackentasche und findet sein Portemonnaie, nimmt einen Hundertfrancschein heraus. Lucie sieht es nicht, will es nicht sehen. Er nimmt ihr kaltes Fäustchen und schiebt den Schein hinein.

»Dankeschön«, sagt er.

»Dankeschön.«

»Ich hab's ziemlich eilig«, sagt der Postbote, »ich muß noch meine Runde machen.«

»Zuerst will ich eine Zigarette.«

»Du bist noch viel zu jung.«

Sie streckt das knochige Gesicht mit den vollen Lippen geräuschlos, höhnisch vor wie Brigitte Bardot, deren rotweiß-kariertes Kleid sie trägt.

»Ich-will-ei-ne-Zi-ga-ret-te.«

»In deinem Alter, Lucie. Das Nikotin, mein Engel!«

Sie rollt den Geldschein zu einem fingerdicken Stäbchen, das sie sich in den Mund steckt.

»Dann rauche ich eben das hier. Geben Sie mir Ihr Feuerzeug.«

Der Schweiß rinnt ihm in den Nacken. Seine Hände sind geschwollen, als er das zerdrückte Päckchen *Groene St. Michel* öffnet und dem Mädchen eine Zigarette gibt. Sie steckt sie sich hinters Ohr, ein blasser Doppelgänger des Stäbchens in ihrem Mundwinkel. Sie schaut auf ihre Armbanduhr. »O.k.«, sagt sie. »Für hundert Franc.«

Sie hebt den Rock mit den Vichykaros hoch, ihre zarten Finger umklammern den Saum. Der Postbote sieht ein buckliges Päckchen in ihrem Höschen, das weiß ist mit rosa Streifen.

»Sehen Sie?«

Er ist sprachlos. Dann stottert er. »Das, das – will ich nicht sehen.«

»Möchten Sie Ihre hundert Franc zurück?«

Er nickt.

»O.k.«, sagt sie, »ich bin fair. Sie sollen sie haben, Ihre hundert Franc, mein Süßer, meine Milchkuh, mein kleiner Briefträger.« Sie zieht das Päckchen und den Rand ihres Höschens beiseite, man sieht gekräuselten nassen Flaum. Sie nimmt die zusammengerollten hundert Franc aus dem Mund und führt sie sich ein, in den anderen Mund.

In diesem Moment, genau in diesem vorbestimmten, heiklen Augenblick, hält der Fiat von Lucies Mutter mit quietschenden Bremsen vor dem Haus.

Ohne jede Eile holt Lucie den schlaffen Hundertfrancschein hervor und steckt ihn Edmond Staelens in die Brusttasche seiner Uniformjacke. Der Postbote tritt ans Fenster, es ist beschlagen, aber trotzdem kann er Lucies Mutter in ihrem auberginefarbenen Kleid sehen, die sich mit ihrer Einkaufstasche abmüht.

»Schau mal, wen wir hier haben, Mama«, ruft Lucie munter.

Mama trägt die Tasche in die Küche, kommt zurück, offenbar ist sie auf der Hut.

»Sind Sie schon lange hier?«

»Vielleicht fünf Minuten«, sagt der Postbote.

»Haben Sie Post für uns?«

»Einen Brief von Roger«, sagt Lucie katzenfreundlich und zieht ihr sittsames Kleid über den unschuldigen Knien glatt.

»Mensch, Staelens, Sie schwitzen aber«, sagt Mama.

»Das kommt vom Streß. Darunter leiden wir Postler schnell. Ich komme gerade von Félicien. Er liegt nur noch platt da. Ach, wo ich ihn schon mein Leben lang kenne und so sympathisch finde.«

»Wie wär's mit einem Gläschen?«

»Wenn es keine Umstände macht.«

Der Postbote nippt an seinem Glas. Lucie wippt mit den Beinen, hält sie unter Kontrolle. Das Feuer des nordfranzösischen Genevers wütet im Magen des Briefträgers Staelens. Als er einen verstohlenen Blick auf Lucie wirft, liegt ihre rechte Hand in ihrem Schoß. Nur ein überhitzter Zuschauer wie der Briefträger achtet auf diese Hand, deren gekrümmter Mittelfinger sich fast unmerklich bewegt, und auf die teuflische Freude in Lucies Augen.

EIN CONCIERGE

Es war am zweiten Freitag des Monats – wir wissen das Datum auswendig, weil an diesem Abend in der Sendung *Jugendklänge* die *Weinbergschnecken* auftraten, das unscheinbare Grüppchen, das aus unserem bescheidenen Dorf hervorgegangen ist –, als Lehrer Arsène Fernand Bossuyt, dem Hausdiener der Schule, der sich selbst »Concierge« nannte, den Auftrag gab, den Fußboden der Klasse gründlich mit Karbol zu putzen, weil sich für die nächste Woche der Schulrat angekündigt hatte. Gewissenhaft erledigte der Mann seine Arbeit, als gegen fünf Uhr Lucie Vaneynde am Fenster erschien, das wegen des beißenden Geruchs offenstand.

Sie sagte, daß sie im Fach ihrer Schulbank eine Tafel Milchschokolade mit Haselnüssen vergessen habe. Bossuyt fragte sie, ob sie ihn ein bißchen nett fände. Sie sagte: »Nein.« Bossuyt fragte sie, ob sie denn Roger Vandelanotte netter fände. Sie sagte: »Vielleicht. Das geht Sie nichts an.«

Als Bossuyt ihr die Tafel Schokolade überreichte, bat er sie um einen Riegel. Obwohl er Milchschokolade nicht mochte. Sie brach einen Riegel ab und steckte ihn Bossuyt spielerisch in den verblüfften Mund. Bevor sie jedoch ihre Hand zurückziehen konnte, biß sie der Concierge sanft in den Zeigefinger, leckte zwischen ihren Fingern, schlabberte an ihrer Handfläche.

»Veckskerl, Arschloch, Schweinehund«, rief sie.

»Hab' ich dir weh getan?« fragte er. »Aber mein Herzchen, das wollte ich nicht, es kam so über mich, ich wollte es wirklich nicht.«

Sie stiefelte wütend über den Schulhof und rief dem Concierge zu: »Der Schlag soll dich treffen, du Saukerl.« Das hörte die Nachbarin Augustina Falot, die es jedoch trotz ihrer angeborenen Neugier nicht der Mühe wert fand, die spannende Folge des Familiendramas im Radio zu verlassen. Erst ein paar Stunden später, als die Sendung längst vorbei war, hörte sie ein katzenartiges Gejammer aus der Schule und fand die Katze in einem halben Meter Abstand von Fernand Bossuyt, der zusammengekrümmt dalag, den Kopf in dem Eimer vierzehnprozentiger Salzsäure. Augustina Falot behauptete, die Salzsäure hätte noch gezischt, und der Mann hätte kein Gesicht mehr gehabt.

Augustina erinnerte sich auch noch daran, daß die aufgebrachte schrille Stimme auf dem Schulhof, die sie gehört hatte, die von Lucie gewesen war. Das wunderte sie nicht. Das Kind verdiene eine bessere Erziehung als die von Madeleine, das Kind sei völlig durcheinander durch die Art, wie ihr Vater sie und ihre Mutter im Stich gelassen habe. Ohne ein Wort zu sagen, ohne ein Zeichen, ohne sich zu verabschieden, sei er verschwunden, wie gemunkelt wird, mit einer Animierdame aus der Bar *Tricky*.

HOCHWÜRDEN

Die Mitglieder seiner Gemeinde kennt Hochwürden Lamantijn selbstverständlich durch und durch, aber auch die Eigenarten der Heiden, Gotteslästerer, Protestanten und ehemaligen Kommunisten seines Dorfes kann er so, ohne seine Karteikarten, aufzählen. Hubert van Hoof zum Beispiel ist zweiunddreißig, Vegetarier, Versicherungsvertreter (nach Feierabend), Reporter bei der Zeitung *Het Belang van Waregem* (nach Feierabend), verheiratet, aber ohne Vertrauen zu den Frauen, ein Weinkenner, der sich jedoch keinen *grand cru* erlauben kann. Was noch? Seine Fingernägel sind abgekaut bis auf die Möndchen. Sein Rasierwasser ist zu stark parfümiert. In diesem Augenblick sitzt er unbehaglich in einem der vier wannenförmigen Sessel im Wohnzimmer des Pastorats. Zusammen mit Hochwürden trinkt er einen reifen blauen süßen *Banyuls.* Unsere Diana, klapprig und schon mit einem Fuß im Grab, bringt eine Silberschale mit Nüssen und Oliven. Unsere Diana hält Hubert van Hoof für einen Schaumschläger. Ihr Kirchenfürst ist ein Heiliger, der in seinem abgehetzten Dasein noch immer ein offenes Ohr für solche Leute hat. Darum sagt sie auch mit Nachdruck, fast bissig, der Herr Pastor sei müde und Mijnheer van Hoof solle sich kurz fassen.

»Selbstverständlich«, sagt Hubert van Hoof.

Hochwürden nickt. »Seit der Zeit der Besatzung mußte ich nicht mehr in so kurzen Abständen die Letzte Ölung verabreichen wie jetzt. Als ob meine Gemeindemitglieder für das Gottesurteil auserkoren wären. Wer hätte geahnt, daß unser Postbote das Zeitliche segnen würde, dieser durch und durch christliche Flame, so lebenslustig und kerngesund. Einen solchen Briefträger bekommen wir nie wieder. Man fragt sich doch: Warum? Warum, Heiland, pflückst du die schönsten Rosen zuerst?«

»Ja, warum«, sagt van Hoof.

»Aber etwas lernen wir daraus, und zwar, daß wir als Geschöpfe so sehr im Dunkeln tasten, so unfähig, die Rätsel zu kennen, geschweige denn zu lösen, daß wir unseren Glauben noch standhafter leben müssen.«

Er probt für seine Predigt am Sonntag, denkt van Hoof. Er fühlt seinen Puls. Der *Banyuls* hat ihn schläfrig gemacht. Hat ihm Hochwürden, dessen gut gepolstertes, volles Gesicht selten ein Gefühl verrät, eine Schlaftablette in den Wein getan?

»Hochwürden«, sagt van Hoof, »ich komme nicht oft in Ihre Kirche.«

»Nie.«

»Sie haben recht, nie. Aber trotzdem kann ich mich an niemand anders wenden mit meinem Problem. Nämlich damit, was mir der Briefträger anvertraut hat, ein paar Tage vor seinem kläglichen Ende.«

Hochwürden hält den Kopf schräg, stützt sein Kinn wie im Beichtstuhl.

Van Hoof steckt sich fünf Nüsse auf einmal in den Mund. Wie süß dieser Wein ist!

»Nämlich, daß René Catrijsse wieder zu Hause ist.«

»Das ist mir bekannt.«

»Und daß er sich, vor allem nachts, im Letewald aufhält, zusammen mit einem anderen Mann, wahrscheinlich ebenfalls ein Deserteur. Nun ist die Frage, ob ich, als Mitarbeiter von *Het Belang van Waregem,* diese Tatsache nicht meinem Chefredakteur melden muß. Und einen Artikel darüber schreiben, falls er es wünscht.«

»Wir müssen vorsichtig sein mit Gerüchten. Sie werden so rasch zu einer Wahrheit, einer Art Wahrheit.«

»Richtig. Deshalb meine Frage: Muß ich, darf ich in einem Presseorgan bekanntmachen, was mir von einer sehr zuverlässigen Quelle, die leider inzwischen verstorben ist, zugetragen wurde? Daß vor unserer Nase, in unserer ahnungslosen Gegend, terroristische Anschläge vorbereitet werden?«

»Und das soll unser Briefträger mit eigenen Augen gesehen haben?«

»In ihrem Auto lag eine Pistole. Und ein Pappkarton mit Granaten.«

»Hat unser bedauernswerter Freund das gesehen?«

»Ja.«

Hubert van Hoof gefällt der selbstgefällige Tonfall nicht, die fast verächtliche Haltung, mit der der Priester auf seinen Bericht reagiert. Die Ablehnung macht ihn gereizt.

»Er hat mir noch mehr erzählt.«

»Wann?«

»Als er im Bett lag. Im Sterben lag.«

»Gibt es einen Zeugen?«

»Für seinen Tod? Seine Frau Mariette. Sie hat seine Hand festgehalten, er hat hineingebissen, bis es geblutet hat.«

»Einen Zeugen, als er dir das erzählt hat.«

»Nein.«

»Aha.«

Der Priester schenkt den Rest der Flasche ein, studiert das Etikett. »Ein schwerer Dessertwein. Als Aperitif finde ich ihn zu plump.«

»Schon möglich«, sagt van Hoof.

Um dem ungläubigen Priester eins auszuwischen, sagt er: »Unser Briefträger, Gott hab' ihn selig, hat mir erzählt, René Catrijsse hätte mit dieser anderen, dieser unidentifizierten Person unzüchtige Handlungen begangen.«

Van Hoof glaubte, wie ein Priester zu klingen. So wie man zu stottern anfängt, wenn man mit einem Stotterer spricht.

»René Catrijsse hat gekniet, den Kopf am Unterleib des anderen.«

»Und das wollen Sie in Ihrer Zeitung bringen?«

»Als Titel hatte ich mir vorgestellt: Verlorener Sohn wieder zu Hause aus der afrikanischen Hölle.«

Der Priester verläßt den Raum und kommt mit einer Flasche *Mont Redon* in der einen und zwei Gläsern in der anderen Hand zurück.

»Müssen wir denn alles mit dem Mantel der Nächstenliebe bedecken?« fragt van Hoof in pastoralem Ton. »Ich komm' damit nicht klar, beim besten Willen. Man kennt sich selbst nicht, geschweige denn den anderen, in der Zeit, die uns vergönnt ist.«

Hochwürden Lamantijn hebt die Hand, die Handfläche zu Hubert van Hoof gerichtet. »Na, na«, sagt er. Er nimmt einen Schluck, kostet, schnalzt mit der Zunge. »Nun?« fragt er dann.

Van Hoof weiß nicht, ob das bedeutet, daß er mit seiner schleimigen Gewissenserforschung fortfahren oder daß er seine Meinung über den Wein mitteilen soll. Zwei Fliegen mit einer Klappe, denkt er und sagt schnell: »Exzellenter Jahrgang und herrliches Bukett, aber ich möchte es doch gern vermeiden, Hochwürden, daß ich, sollte man mich auf dem Sterbebett nach dem Zustand der Sitten in unserer Gemeinde fragen und mir vorhalten: ›Hast du, Hubert van Hoof, das denn nicht gewußt?‹, daß ich dann sagen muß: *Jawohl,* ich habe es gewußt, aber das notorische flämische Stillschweigen bewahrt.«

»Wissen Sie was, mein Lieber?« sagt der Priester. Erbost öffnet er ein Fenster.

»Nein.«

»Lassen Sie uns eine Nacht darüber schlafen.«

Ob dieser Rat auf eine nicht unerhebliche Verwirrung zurückzuführen war oder auf die Mattigkeit, die einen packt, wenn man mit dem jähen Tod seiner Gemeindemitglieder (zu denen wir auch den Hund Georges zählen) konfrontiert wird, vielleicht auch auf eine allgemeine Betrübnis der Organe, wir wissen es nicht, wir, die wir uns in der Kneipe *Zum Stillschweigen* Huberts Bericht angehört haben, entscheiden uns nie für eine einzige, schlüssige Erklärung. Alles hängt mit allem zusammen, nur wissen wir nicht genau, wie.

Mijnheer Devos, der gerade aus Brüssel zurück ist und im *Stillschweigen* noch rasch ein Gläschen kippt, bevor er sich wieder zu seiner Familie begibt, sagt: »Wir müssen die Theorien von uns weisen und die Fakten sprechen lassen, und zwar hier.«

»Hier im *Stillschweigen,* Mijnheer Devos?«

»Hier.« Devos schlägt sich auf den Bauch. Wir haben manchmal Mühe, ihm zu folgen; er ist jemand, der zweimal in der Woche aus geschäftlichem Anlaß mit dem Zug nach Brüssel fährt, aber nie weiter kommt ist als bis zum Nordbahnhof mit seinen rosaroten Cafés. Heute kippt er schon sein viertes Gläschen. Das erklärt vielleicht die Rätselhaftigkeit seiner Äußerungen.

»Wenn's drauf ankommt, müssen diese Pfaffen doch immer den Rat ihrer Vorgesetzten einholen. Unabhängiges Denken ist in diesem Club nicht erlaubt.« Das sagt Notar Albrecht. Und vier Tage später sagte Lucie, die kesse Tochter von Madeleine Vaneynde, plötzlich, gegen sieben Uhr morgens, als es sacht regnete und sie in ihrem Nachthemd in die Küche kam, zu ihrer Mutter, die Haferbrei für sie kochte: »Mama, ich glaube, ich gehe nicht in die Schule.«

»Ist dir schlecht, Kind?«

»Nein, Mama.«

»Du kannst deinen Regenschirm mitnehmen.«

»Mir ist nicht schlecht, Mama, aber ich bin schlecht, und das ist jetzt meine Strafe.«

»Na komm, iß deinen Brei.«

»Ich glaube, ich werde dich verlassen, Mama.«

»Warum, Lucie?«

»Der Teufel kommt mich holen.«

»Lucie, sei nicht albern.«

»Mama, ich hab' keine Zeit mehr, um es dir zu erklären, aber mit mir ist es bald vorbei.«

Madeleine steckt Lucie ein Thermometer unter die Achsel, und sie riecht etwas, sie schnuppert, und plötzlich fällt ihr ein, daß sie diesen Ammoniakgeruch schon seit mindestens drei Tagen gerochen hat. Sie zieht Lucie das Nachthemd über den Kopf. Lucie steht geistesabwesend da, als würde die Mutter ihr ein Kleid anprobieren, das sie weder schön noch häßlich findet.

Dann sieht Madeleine, daß Lucie an ihrem ganzen fragilen, glatten Körper schwitzt. Schweiß trieft ihr aus Nase,

Brust und Nabel, purer Urin. Madeleine steckt ihre Tochter ins Bett, die Laken werden klatschnaß, die Fensterscheiben beschlagen.

»Für hundert Franc, Mama, für hundert Franc«, plappert Lucie leise, »der Teufel hat mich angefaßt.«

»Es gibt keinen Teufel, Lucie. Das sagt sogar die Kirche.«

»Dysurie«, sagt Doktor Vermeulen. »Ich habe davon gehört, aber persönlich begegne ich diesem Leiden zum erstenmal. Es ist interessant, weil der Schmerz im Epigastrium lokalisiert ist und von dort in die Fußsohlen zieht.«

»Wir müssen sie in die Uniklinik bringen«, sagt er eine Viertelstunde später, nachdem Lucie große Schwälle Urin erbrochen hat.

Madeleine wollte es nicht.

»Verständlich«, sagte Mijnheer Devos, »aus der Uniklinik kommt man oft nicht mehr raus. Entweder sie operieren einen, weil sie neugierig sind auf die Komplikationen, die sie dann ihren Studenten demonstrieren können, oder sie halten einen so lange wie möglich fest, für einen schönen Batzen pro Zimmer und pro Nacht.«

»Ach ja, die kleine Lucie.«

»Wenn sie nicht direkt in die Arme unseres Herrgotts aufgenommen worden ist, dann stimmt etwas nicht mit dem Universum«, sagt Jules Piron, der seit seiner Pensionierung fromm geworden ist.

»Ach, ich seh' sie noch so vor mir, unsere Lucie.«

»Zum Schluß hat sie wie eine Verrückte ihr Hemd in Stücke gerissen. Ein Hemd nach dem andern.«

»Eine Geste der Trauer bei semitischen Völkern«, sagt Lehrer Arsène.

HOCHWÜRDEN

Hochwürden Lamantijn rief viermal im Bischöflichen Ordinariat an. Viermal wurde ihm gesagt, seine Eminenz sei nicht zu erreichen. Beim fünften Mal bekam er zu hören, der Bischof sei im Urlaub, selbstverständlich in Rom. Dann rief er beim Gouverneur der Provinz an. Man sagte ihm, der Gouverneur würde zurückrufen. Ich bin ein Paria, dachte Hochwürden. Das hat damals angefangen, als ich keine Lust hatte, im Priesterseminar zu unterrichten, und lieber in meinem Heimatdorf geblieben bin, ja, in meinem rückständigen Bauerndorf. Der Bischof hatte ihn seinerzeit zusammengestaucht.

»Das Ausmaß meines Ungehorsams ist mir bewußt«, hatte Hochwürden Lamantijn damals gemurmelt. Das Gesicht des Bischofs war gelassen, asketisch, modelliert nach dem Antlitz Seiner Heiligkeit, der am Schluckauf gestorben war.

Hochwürden Lamantijn kniete vor seinem Bett und betete um Vergebung. Auf dem Nachttisch stand, in einem Silberrahmen, das Porträt seiner Mutter. Daneben die kleine, polychromierte Figur des heiligen Rochus, Alegems Schutzpatron, aus dem achtzehnten Jahrhundert. Vor allem das Hündchen, das an dem nackten Schenkel des Heiligen leckte, war dem Text des Auktionskataloges zufolge exquisit ziseliert.

Vergib mir. Ich habe schon wieder versagt. Vergib mir. Hochmütig bin ich und verachtungsvoll. Wird es nicht einigermaßen dadurch gutgemacht, daß ich es nie gegenüber Armen und Benachteiligten bin, sondern meist gegenüber dem Mittelstand?

Vergib mir. Dieser van Hoof stank so, als er mit mir redete. Nach verwesendem Fleisch.

Der Priester horchte auf eine Antwort, horchte weiterhin.

Gegen Morgen betete er für alle, die wandern in finsterer Schlucht.

DIE WITWE STAELENS

Nach einer angemessenen Zahl von Trauertagen seit der Beerdigung des Postboten Staelens suchte der Versicherungsvertreter Hubert van Hoof die Witwe auf, um mit ihr ein paar Dinge zu besprechen; es ging um Rente, Geldanlage, Versicherung und merkwürdige Papiere, mit denen die Witwe nichts anzufangen wußte.

»Da bin ich aber froh, daß Sie mich noch nicht vergessen haben«, sagte sie, »Sie brauchen keine Angst zu haben, daß ich Ihnen mein Herz ausschütte und mich bei Ihnen über das so plötzliche Ende von Staelens ausweine, aber er hat immer große Stücke auf Sie gehalten, und eigentlich sind Sie in gewissem Sinne sein Doppelgänger, dieselbe Statur, und auch so feinfühlig im Umgang mit Menschen, und aufmerksam gegenüber Frauen.«

»Da haben Sie gar nicht so unrecht«, sagte van Hoof.

»Nicht, daß Sie seinen Platz einnehmen könnten.«

»Nein.«

»Auf der anderen Seite ...« Sie seufzte, ihr eingezwängter Busen hob und senkte sich. »Auf der anderen Seite kann ein Mann auch zu feinfühlig sein. Ich will Ihnen damit nicht in den Ohren liegen, aber, Mijnheer van Hoof, viele meiner Wünsche sind unerfüllt geblieben. Wir haben uns gut verstanden, nie ein böses Wort, er war ja oft ganze Tage nicht zu Hause, er war an der frischen Luft, bei anderen Leuten, da ist er mir hier nicht vor den Füßen herumgelaufen, aber trotzdem wußte Staelens nicht, was eine Frau braucht, was für Bedürfnisse sie hat, verstehen Sie mich?«

»Ziemlich gut«, sagte van Hoof.

Die nächste Stunde verbrachten sie damit, Staelens' Papiere grob zu sortieren. Der Postbote war bei der Verwaltung seiner Hinterlassenschaft nicht schlampig gewesen, nein, das dürfen wir dem Verstorbenen nicht nachsagen, mit manchen Dingen war er peinlich genau umgegangen, mit anderen aber eher ungeduldig. (»Ungeduldig?« sagte Lehrer Arsène. »Vielleicht eher nonchalant oder erratisch oder kryptisch oder aleatorisch.«)

Was hatte sich der Tote zum Beispiel dabei gedacht, sechs Mappen voll Zeitungsauschnitte über den belgischen Frauenfußball aufzubewahren? Mariette wußte genau, ihr Mann hatte sich so ein Spiel noch nie angesehen.

Sie suchten, fanden aber kein Testament.

Was sie fanden, war eine große Schachtel mit ausländischen Briefmarken, die meisten aus dem Kongo.

»Die sollten wir vielleicht besser in Lille verkaufen«, sagte Mariette.

»Die belgischen Sammler sind oft so pingelig«, sagte van Hoof, »man muß dann alles ganz genau angeben, wo und wann man sie gekauft hat. Auf Auktionen in Frankreich sehen sie nicht so genau hin.«

Sie zeigte ihm einen Schuhkarton, nahm den Deckel ab. Sie stellte den Karton auf ihre zusammengepreßten Knie.

»Dann habe ich noch das hier gefunden. In einer Schublade von seinem Schreibtisch, die er immer abgeschlossen hat. Geld, loses belgisches Geld in Tausenderscheinen. Ich hab' ja gewußt, daß er heimlich was zurückgelegt hat, ich habe ihm deshalb nie Vorwürfe gemacht, ein Mann hat nun mal bestimmte Bedürfnisse.«

»So wie auch eine Frau bestimmte Bedürfnisse hat?«

»Ja. – Aber ich zerbreche mir gerade den Kopf über etwas anderes. Hier.«

Zwischen Sepia-Ansichtskarten, mit denen der Karton vollgestopft war, holte sie einen Briefumschlag hervor. »14. Sept. Luc..« war mit dickem Filzstift darauf geschrieben. Mit Daumen und Zeigefinger zog sie geziert einen fest zusammengerollten, zerknitterten Geldschein heraus. Mit einer ebenso eleganten Geste reichte sie ihm die Banknote.

»Wer ist Luc?« fragte sie.

»Ja, wer ist Luc?«

»Kennen Sie einen Luc?«

»Luc de Tremmerie, er wohnt in Hasselt. Reporter bei der Zeitung *Het Belang van Limburg*. Letztes Jahr waren wir noch zusammen auf der Wallfahrt zu den Schlachtfeldern an der Yser.

»Hat er etwas damit zu tun?«

»Womit?«

»Hiermit«, sagte sie gereizt. Sie deutete auf den Schein. Erst jetzt fielen ihm die rostbraunen Flecken auf. »Was hat das zu bedeuten?«

»Was?«

»Das frage ich Sie. Geld und Blut, hat das nicht etwas zu bedeuten? Ob Staelens vielleicht Kontakte zur Mafia hatte?«

»Hier in Alegem?«

»Warum nicht?« Sie hatte einmal eine Folge von *The Untouchables* gesehen, sagte sie, in der ein wohlhabender älterer Mann als Geisel genommen wurde. Als die Familie sich weigerte, das Lösegeld zu bezahlen, bekam sie Fotos geschickt, auf denen die Geisel splitternackt an eine Pritsche gefesselt war.

»Im flämischen Fernsehen splitternackt? Das kann nicht sein«, sagte van Hoof.

»Dann war es eben ein anderer Sender. Auf jeden Fall ging es um einen reichen Mann, der mit Handschellen gefesselt auf einem Bett lag. Mit einem Rasiermesser hat der Gangster, ein junger Bursche mit krausem Haar, den Hals des Mannes angeritzt. Das Blut ist herausgespritzt, und dann, und dann, jetzt kommt's, dann hat der junge Gangster einen Hundertdollarschein auf die Wunde geklebt.«

»Es waren bestimmt tausend Dollar«, sagte van Hoof, »diese amerikanischen Bankknoten sehen sich von weitem sehr ähnlich.«

»Hundert. So stand es im Untertitel. Es sollte bedeuten, denke ich, daß sie, falls das Lösegeld nicht bald bezahlt würde, den Geldschein abnehmen und den reichen Mann verbluten lassen würden.«

»Wie die Massai in Kenia«, sagte van Hoof.

»Also sie kennen keinen Luc?«

»Tut mir leid.«

Als er sich verabschiedete, dachte er, sie wollte ihn küssen. »Warten Sie«, sagte sie, und einen schrecklichen Augenblick lang fürchtete er, sie würde jetzt ihre Hose ausziehen. Sie verschwand in der Küche und kam mit einem Farbfoto zurück.

»Hier. Damit Sie ab und zu an ihn denken können. Ich habe ein ganzes Dutzend gemacht auf seinem Sterbebett, er hat ja eine große Verwandtschaft.«

Man erkannte den Postboten hauptsächlich an seiner Mütze. Das runde Gesicht war hellblau.

»Die Belichtung war nicht ganz in Ordnung«, sagte van Hoof vorsichtig.

»Wegen dem Blau? Er hat so ausgesehen. Sogar sein Speichel war blau.«

Sie hielt ein zweites Farbfoto in der Hand.

»Sie können sich eins aussuchen, mit oder ohne Mütze.«

Auf dem mützenlosen Bild zog sich ein himmelblauer Streifen über die Stirn, einen Fingerbreit über den Augenbrauen. Blaue Haarbüschel klebten an dem kahlen Schädel. Auch die Ohrläppchen waren blau.

Auf der Rückfahrt, in Höhe des Letewaldes, überkam Hubert van Hoof ein Unwohlsein. Bei den Weißbirken am Fluß, hatte der Briefträger ihm gesagt. Van Hoof fand keine Birken. Er fluchte. Hatte er etwas Falsches gegessen? Seine Frau hatte nichts anderes gekocht als sonst. Beefsteak mit Pommes frites. Die Mayonnaise vielleicht? Die von *Devos-Lemmen,* weltbekannt im ganzen Land? Seine Frau hatte recht, er sollte so schnell wie möglich Doktor Vermeulen aufsuchen. Aber zuerst der Auftrag. Den er sich selbst gegeben hatte. Endlich ein Sensationsbericht in *Het Belang van Waregem.* Und ein zweiter Auftrag. Er würde es Hochwürden Lamantijn, diesem höhnischen Prälaten, zeigen.

Das Lenkrad seines Fiats zitterte. Es war der Fahrer, der bebte. Im gleichen Augenblick, als er beschloß, zu wenden und auf dem schnellsten Wege zu Doktor Vermeulen zu fahren, erblickte er die Weißbirken.

»Unser Reporter fand ... ermittelte ... entdeckte in unseren flämischen Wäldern zuerst die so charakteristischen ... Birken ... lateinischen Namen nachschlagen ... Lob und Dank wurden unserem Reporter zuteil von seiten der Militärpolizei und des Sonderdezernats der Kripo, deren Fahndung immer noch nicht in Gang gekommen ist ... was den internationalen Terrorismus ... verbunden mit dem illegalen Waffenhandel ...«

Er fuhr an den Birken vorbei, parkte den Wagen ordentlich auf einem Seitenpfad zwischen Brombeersträuchern, kehrte zurück. Ungefähr eine Viertelstunde später sah er den Lieferwagen, von dem der Briefträger gesprochen hatte. Auf das Lenkrad gelehnt, das Gesicht auf dem Unterarm, erkannte er René Catrijsse, der gerade schlief oder starb. Van Hoof wagte es nicht, sich dem Auto zu nähern. »Unser Reporter nahm den Verbrecher ... den Schuldigen ... den verdächtigen Deserteur in Augenschein, als dieser in ... in seinem Militärfahrzeug schlief.«

Ein Mann trat aus dem Gebüsch. Er hatte ein sympathisches Gesicht mit geschwungenen, weiblichen Lippen. Er trug einen Jeansanzug voll nasser Flecken auf den Oberschenkeln, als ob er durch die betauten Sträucher gegangen wäre. Er drehte einen Schraubenzieher in seiner Hand.

»Guten Tag allerseits«, sagte van Hoof.

Der Mann grinste freundlich. An seinen Haaren, den Schultern und dem Rücken klebten braunrote Hühnerfedern. Auch auf der Motorhaube waren Federn zu sehen. Ein kleine weiße Flaumfeder hing an der linken Hälfte seiner Augenbrauen, die zu einem buschigen Strich zusammengewachsen waren. Auf dem Foto auf der Titelseite von *Het Belang van Waregem* würde er wie ein Psychopath aussehen.

»Ich wollte Pilze suchen«, sagte van Hoof.

»Soso«, sagte der Mann. »Heute morgen wurden Sie wach und da dachten Sie, *tiens,* heut geh' ich mal Pilze suchen?«

»Genau.«

»Und wo wollten Sie die Pilze verstauen? In Ihrer Hosentasche? Wo sind Ihre Wanderschuhe? Wo sind Ihre Freunde?«

René Catrijsse bewegte sich nicht.

Van Hoof zögerte. Er machte eine ausholende Handbewegung, als wolle er eine Einheit Fallschirmspringer beschwichtigen, die auf dem Bauch im Gebüsch lagen.

»Ich bin allein«, sagte er.

»Ach«, machte der Mann. »Der kleine Däumling ganz allein im gefährlichen Wald. Und nicht ein einziger Wichtel vom Hauptmann oder von der Kripo im Gebüsch?«

»Haben Sie Catrijsse ermordet?« fragte van Hoof wie ein Detektiv, der sich kurz vor der Tür umdreht und fragt: *By the way, did you murder René Catrijsse?*

»Noch nicht«, sagte der Mann mit dem Schraubenzieher und dem sympathischen Gesicht. »Es ist übrigens unklug, René zu erkennen.«

»Darf er nicht erkannt werden?«

»Nicht von Unbefugten«, sagte der Mann. Es funkelte vieles an diesem Mann, drei goldene Ringe an der rechten Hand, ein silbernes Kreuz an einer Goldkette um seinen Hals, ein breites Armband mit eingelegten Rubinen und der mattsilbern schimmernde Teil des Schraubenziehers.

Aus einem Haufen schmutziger Hemden, Socken und Taschenbücher zog der Mann eine rußgeschwärzte Bratpfanne hervor.

»Sie möchten bestimmt ein Ei«, sagte er. »Oder? Ich will mich ja nicht loben, aber meine Omeletts sind allseits geschätzt. Ich nehme dazu keine Butter, sondern hervorragendes Olivenöl, erste Pressung. Aus diesem Kanister, Mister.«

Er sucht. Zieht das Gesicht kraus. Die zusammengewachsenen Augenbrauen sind die der Äffin Marie, unseres Maskottchens.

»Nun hab' ich doch tatsächlich keine Eier mehr! René, René, wach auf. Die Eier sind alle. Was soll ich mit einer Pfanne, wenn die Eier alle sind?«

In einem eleganten Bogen schießt die rußgeschwärzte Pfanne durch die Luft, kippt und saust schräg nach unten.

Der Rand trifft van Hoofs Schläfe und zerschmettert sein Ohr.

»Nein«, sagt van Hoof mit einer Kinderstimme. Er ist weiß wie Papier.

»Nein, nein«, sagt er verdutzt und sackt zusammen. Das zweite Mal landet die Pfanne auf seinem Schädel, auf der Fontanelle.

»Doch, doch«, sagt Charlie.

Van Hoof liegt auf einen Ellenbogen gestützt, in einer bequemen Haltung. Er wird rot, als ob jemand rote Mennige über ihn gießt. Sein Kinn lehnt auf seiner Faust, nicht lange, das Kinn rutscht an der roten, glitschigen Faust entlang und schlägt gegen ein Nummernschild, das auf dem Boden liegt. Van Hoof liest die Nummer auf dem Schild, so scheint es, mit seinem blutigen rechten Auge.

Charlie hockt sich hin und leert van Hoofs Taschen. Ringeltauben fliegen auf. René hat sich nicht bewegt.

Charlie lehnt mit dem Rücken, die Beine hochgezogen, an der eingebeulten Tür des Autos, liest die Angaben auf van Hoofs Ausweis, sagt verwundert: »Er ist in Gent geboren, das hätte ich nun wirklich nicht gedacht. Das ist kein Genter Gesicht.«

Charlie steht auf. Streichelt die Stämme der Birken. Behält den röchelnden Versicherungsvertreter im Auge, wie es eine Katze macht, wegblickend, desinteressiert, plötzlich lauernd, dann wieder vergeßlich wegblickend von dem toten Opfer. Die verdammten Tauben gurren, flattern, nähern sich dem scharlachroten Schädel mit den scharlachroten Augen.

»René«, sagt Charlie, ohne eine Antwort zu erwarten,

»René, jetzt schauen wir erst mal nach, ob dieser Herr aus Gent nicht gelogen hat. Die Genter sind nämlich Lügner von Geburt. Bleib du nur ruhig liegen. Falls noch jemand vorbeikommt, sag, ich bin zurück um, um, so gegen sieben.«

Charlie erkundet den Wald. Darin ist er gut. Van Hoofs Auto findet er sofort. Kein Wunder. Weißt du noch, wie wir über den ockergelben Schlammfluß getuckert sind, als Touristen verkleidet in Hawaiihemden und Hawaiishorts und so getan haben, als wollten wir die pittoresken Flecken im Urwald fotografieren, und wie wir dann den Platz für die bevorstehende Landung unserer Panzerwagen genau festlegen konnten?

»Charlie ist als Kundschafter unschlagbar«, sagte der Hauptmann. »Wenn Charlie dabei ist, brauchen wir keine Ferngläser. Aber man darf ihn nicht zu viel loben, er muß gehorchen. Der Hauptmann bin immer noch ich.«

Charlie kommt zurück. Ein Dutzend Hornissen sitzt auf dem puderhaft trockenen, roten Gesicht. Er verjagt sie, Gottes Geschöpfe.

»Das mußte aber nicht sein«, sagt René und dreht einen Joint.

»Was weißt du schon davon, was sein muß«, sagt Charlie. »Wir sind mit unserem Latein am Ende, mein Freund. Du etwas mehr als ich, das schon, aber trotzdem müssen wir was dagegen tun. Ich fahre jetzt mit dem Auto dieses Herrn aus Gent und mit diesem Herrn aus Gent selbst nach Ostende. Vielleicht mache ich sogar einen kleinen Umweg nach Damme und werfe diesen Herrn dort in den Kanal, ins dunkle Wasser der Verdammnis.«

Charlie holt ein Bündel Banknoten hervor, drei Viertel davon stopft er René in die Brusttasche.

»Wenn das mit dem Hauptmann danebengehen sollte ...«

»Dann sehe ich seine beiden Leute auf jeden Fall«, sagt René und kneift die Augen zusammen wie bei grellem Sonnenlicht.

Zwei breite Streifen getrockneten blauen Speichels ziehen sich von seinen Mundwinkeln über das Kinn bis zum Hals.

»Du hast die Telefonnummer in Ostende«, sagt Charlie. »Im Notfall holt dich dort jemand ab.«

»Du.«

»Ich oder ein anderer.« Charlie verjagt Hornissen. Auch eine Ringeltaube.

»Du.«

»Ich, ja.«

Sie rauchen den Joint zu Ende.

»Na komm«, sagt Charlie. »Haben wir in Kibombo gelacht oder nicht?«

»Wir haben gelacht«, sagt René. »Und wie.«

In Kibombo schnitt Michiels nur die längsten schwarzen Schwänze ab. Mit den kleinen hatte er Mitleid. Auch mit den sehr dünnen. Manchmal konnte man beobachten, wie er sich den Kopf mit dem strohblonden Haar kratzte, ein ratloser Arier, sich innerlich aufbäumend vor dem Problem, dem Hindernis, dem schwarzen Glied vor Augen. Klein oder groß, was war die Norm? Michiels allein war verantwortlich. Nach Kibombo unterließ er es, weil seine Verlobte, eine Lehrerin in Hasselt, es ihm verboten hatte. »So etwas weckt bei der Gegenpartei nur Rachegefühle«, stand in ihrem Brief.

In Kibombo gab es eine Straße, wo nur Bauern ohne Arme oder Beine wohnen durften. Die Stümpfe waren direkt über den Ellenbogen, direkt über den Knien abgehackt. Sie wurden gut ernährt. Regelmäßig, vor allem, wenn Stammeshäuptlinge zu Besuch kamen, wurden die Verkrüppelten mit einem Bus abgeholt und zum Palast von Simon Bukule gebracht, wo sie im Thronsaal Hallenfußball spielten.

In Kibombo waren der Hauptmann und seine Leute oft auf Feste eingeladen, bei denen Simon Bukule, fettsüchtig, taubengraue Haut, in einen blütenweißen Burnus gehüllt und von zwei Akkordeonspielern begleitet, *I can't get no-o satisfaction* sang. Bukule entlohnte den Hauptmann immer persönlich, mit Rohdiamten aus einem bestickten Leinensäckchen. Ab und zu gab der Hauptmann einen davon einem Kämpfer, der sich ausgezeichnet hatte. Manchmal war das der musikbesessene Charlie, manchmal Marc de Jong, der seine Ausbildung in Nordkorea erhalten hatte.

Bukule hatte neun Jahre in der Regierungsarmee gedient, bevor er zum Korporal befördert wurde. Nach seinen Rebellenjahren mit Hunger, Gefängnis, politischen Querelen, Sumpffieber, Verwundungen und Rachgier halfen ihm die belgischen Leihsoldaten in den Sattel. Drei Panzerwagen reichten aus, dazu etwas Sperrfeuer und ein paar Granaten, Erwürgen und Abschlachten mit dem gezackten Messer. Inzwischen ist Simon Bukule träge geworden, gewöhnt an seine Badewanne, seine Pediküre, seine weißen Huren.

»Simon«, sagte der Hauptmann, »ich würde Ihre Nachbarstaaten, alle drei, etwas besser im Auge behalten.«

»Hauptmann«, sagten die rissigen Lippen, »wenn zwei Elefanten gegeneinander kämpfen, wer leidet am meisten darunter?«

Wenn der Hauptmann nachdenkt, sieht er genau wie Michiels vorweltlich dumm aus. »Der schwächere«, sagte er.

Simon Bukule schnupfte eine Prise Kokain, lehnte sich zurück, blickte den Hauptmann gesättigt, spottsüchtig an. »Das Gras«, sagte er dann.

Am liebsten wäre René mit dem Lieferwagen zu seinem Elternhaus gefahren, aber das wäre unklug. Er geht ins Halbdunkel. Hält sich an Baumstämmen fest, die ihm nicht vertraut sind, muß sich mehrmals auf den nassen Boden setzen.

Er hört eine Dampflokomotive, er sieht, wie sich der Zug durch blaue, sandige Berge schlängelt. Der Duft von Gewürznelken steigt aus der Erde. Negerkinder mit schneeweißem Kraushaar verstecken sich, wenn René über seine Schulter blickt. Wenn er sich nicht umschaut, schwenken sie Papierfähnchen mit dem Logo von Solo-Margarine. Sie tragen khakifarbene Uniformhemden. Eines trägt eine Sonnenbrille mit nur einem Glas.

»Hierher«, befiehlt René der unsichtbaren Meute. Er vermißt Charlie. Er vermißt den Hauptmann, der Anweisungen gibt, befiehlt, trinkt und sagt: »Ein Soldat ohne Whisky ist wie ein Auto ohne Benzin«, durch die eintönige Landschaft stapft und »Dieu le veut« ruft mit dem Echo brennender Schulen, Bomben auf dem Markt, explodierender Tankstellen. Der Anweisungen gibt, wie man eine Antipersonenmine legt oder ausgräbt. Aber nie ist genügend Geld da, um Experten zum Entschärfen der Minen einzusetzen. Gliedmaßen, Därme fliegen in die Luft, fallen herab.

René erhebt sich. Auf allen vieren durchs Gebüsch. Ab und zu kann er den schrammenden Zweigen ausweichen. Seine Gliedmaßen verraten ihn und rutschen aus, er rollt zur Seite, seine Eingeweide brodeln. Bei jeder abrupten Bewegung brennt sein Rücken, das Hemd klebt ihm an dem versengten Rücken und den Schultern, an seiner abgeschälten Haut.

Er kommt in das Dorf, und die Dorfbewohner sehen ihn. Er hält sich aufrecht, keiner grüßt ihn. Alegem hat Angst. Wer weiß, welche Rache über sie kommen kann. Die Deserteure halten zusammen, mit ihren geheimen, gefährlichen Ritualen, wie die Fremdenlegion.

Nichts kündigt sein Kommen an in der Straße seiner Eltern. Die heisere Türglocke geht. René hält sich am Ladentisch fest, dann an der Türklinke, dann am Rand des Büfetts. Alma läßt ihr Strickzeug los, reibt sich über die Hüften. Dolfs Gesicht erhellt sich.

»Sieh mal einer an«, sagt Dolf.

»Ich mußte immer an dich denken«, sagt Alma. Es ist kein Vorwurf. Sie erwartet keine Antwort.

»Du kommst und du gehst und du fliehst. Und wir können nur immer warten.«

»Mutter«, sagt René. Speichel rinnt aus seinem Mund.

»Zwei Männer haben nach dir gefragt«, sagt Dolf. »Zuerst dachte ich, sie kämen vom Finanzamt.«

CELIA

Celia, die kleine Tochter des Molkereidirektors, spielte mit ihrem Hula-Hoop-Reifen. Weil niemand in der Nähe war, der sie bewundern konnte, beschloß sie, in den Wald zu gehen und den bösen Wolf zu suchen. Sie fand ihn nicht. Als sie nicht mehr länger suchen durfte, weil sie ihrer Mami versprochen hatte, um fünf zu Hause zu sein, fand sie einen Lieferwagen, dessen Türen offenstanden. Es sah so aus, als hätten vier, fünf Hühner im Auto gekämpft, die Sitze, der Boden, die Fenster, alles war voller Hühnerfedern. Sie krabbelte hinter das Steuer. Sie traute sich nicht zu hupen. »Tutututut«, rief sie. Ringeltauben antworteten.

Sie untersuchte das Gerümpel, das auf einem Haufen lag. Offenbar war der Besitzer etwas seltsam. Celia wollte den Spirituskocher anzünden, aber sie fand keine Streichhölzer. Sie trank aus einer Feldflasche, ein paar Schlucke verschaltes Bier. Mit drei Fingern grapschte sie in ein Glas lauwarme Orangenkonfitüre, leckte sich die Finger ab und rieb sie mit dem Ärmel eines Uniformhemdes trocken. Sie aß ein halbes, hartgewordenes Bounty und las sehr aufmerksam einen Comic mit Suske und Wiske, der ziemlich eigenartig war.

»Wo um Himmels willen hast du gesteckt? Du bist ja ganz erhitzt«, rief ihre Mutter. Und zu ihrem Vater: »Sie hat bestimmt Fieber.«

Er steckte ihr ein Thermometer unter die linke Achsel.

»Das Ding tut es nicht«, knurrte er. Er holte ein anderes Thermometer aus dem Schlafzimmer. »Das ist auch kaputt«, sagte er, »wie ist das möglich? Das ganze Quecksilber schießt nach oben.«

»Es könnte Typhus sein«, sagte Doktor Vermeulen.

»Sie hat den ganzen Abend gebrüllt«, sagte Celias Mutter.

»So etwas habe ich noch nie erlebt«, sagte Doktor Vermeulen.

»Ich werde verrückt von ihrem Gebrüll. Mein Mann auch!«

»Typhus oder Tetanus, das könnte es am ehesten sein!«

Am nächsten Tag steckte er Celia das Thermometer in den Mund, in den After, in die Harnröhre. Vierzig Grad Celsius. Am Tag darauf einundvierzig Grad.

»Das hält keine tierische Zelle aus. So seltsam es klingt, aber Ihre Tochter ist ein menschlicher Salamander.«

In den paar Stunden, die Celia noch bei Bewußtsein war, sang sie ein Weihnachtslied.

Das Lied verfolgte den Molkereidirektor noch Tage nach Celias Tod. Der ratlose Mann besuchte mehrere Buchhandlungen und blätterte in Dutzenden Comics von Suske und Wiske, fand aber nicht die geringste Ähnlichkeit mit dem zerknitterten, fleckigen Heft, das er zusammengerollt in Celias Manteltasche gefunden hatte und in dem es Suske – mit dem Glied eines Erwachsenen – mit seiner Schwester Wiske trieb, während die beiden auf einer Schaukel schwangen und Tante Sidonie mit einer Colaflasche beschäftigt war.

Der arme Vater wagte niemandem zu erzählen, wo er das schweinische Heftchen entdeckt hatte, nicht einmal seiner Frau. Hin und wieder bekam er Lachkrämpfe, mitten am Tag, was die Arbeitnehmer der Molkerei peinlich, aber auch begreiflich fanden.

»Neurose«, sagte Doktor Vermeulen. »Beeinflußt das vasomotorische System. Kann Hysterie verursachen.«

Wir redeten über nichts anderes mehr im *Stillschweigen*, im Dorf, in der Gegend. Stan, der Gendarm, sagte nach ungefähr zehn Bieren, von höherer Stelle sei keine offizielle Untersuchung angeordnet, im Gegenteil, der Kommissar fände, es sei reiner Zufall, daß die Toten von Alegem so schnell aufeinander folgten. Nächstes Jahr könne es ebensogut keinen einzigen Toten geben.

»Na, das beruhigt uns aber, Stan.«

»Notwendigkeit«, sagte Hochwürden Lamantijn nachdenklich. »Das steht fest, aber welche Not? – Diana, hol mir mal einen *Pommard* vom dritten Regal links.«

Unsere klapprige Diana ist manchmal etwas vergeßlich. Als sie im Keller beim dritten Regal links steht, weiß sie nicht mehr, welchen Château er bestellt hat. Aber er, in seiner eigenen Vergeßlichkeit, hat gar kein Château erwähnt. Und das hat sie vergessen. Es quält sie. Sie sieht den bitteren Morgen kommen, an dem sie ihren hochgewachsenen, gesalbten Meister im Stich lassen muß. Ohne sie wird er bestimmt, wie er es letzte Woche fertiggebracht hat in seiner vergrübelten Unschuld, wieder mit seinen karierten Pantoffeln mit den Kreppsohlen in die Kirche gehen, um die Beichte abzunehmen.

»Er leidet unter schwarzen Gedanken«, sagt unsere Diana. »Wo er doch immer so einen sonnigen Humor hatte und seine Schäfchen so aufmuntern konnte.«

»Schäfchen?« fragte ihr Bruder, ein heidnischer Pferdezüchter.

»Er ist doch Seelenhirte.«

»Ach so«, sagte ihr Bruder. »Vielleicht trinkt er ja einfach zu viel.«

»Er trinkt nur Wein. Und das hat Jesus auch getan. Du mit deinem Whisky, du trinkst in einer Woche mehr als er in einem Jahr.«

»Diana, das gehört zu meinem Beruf.«

»Es sind Gerüchte«, sagte Lehrer Arsène. Es war halb elf abends. »Und jedes Gerücht wird Geschichte. Und jede konkrete Geschichte entdeckt, daß das Objekt ihrer Faktizität bereits spezifiziert ist.«

»Da ist was dran, Herr Lehrer«, sagte Jules Piron.

»Aufgepaßt«, sagte Lehrer Arsène. »Bittesehr, aufgepaßt. Der Gesichtspunkt von Gerüchten, die Definitionen, die andere von Gerüchten geben, aufgepaßt, daraus werden schnell komplexe Interaktionen, und Worte tragen nicht viel Gutes dazu bei, Worte, Urteile, andermanns Einschätzungen.«

»Du nimmst mir die Worte aus dem Mund«, sagte Frans Godderis.

Es war zu der Stunde, in der man immer weniger lacht.

Und Medard der Metzger, der nebenbei bemerkt nach Fisch riecht, weil er morgens auf nüchternen Magen und abends nach dem Abendbrot eingelegte Heringe ißt, sagt: »Wenn wir ein bißchen Pietät hätten, dann müßten wir jetzt eine, nur eine einzige kleine Schweigeminute einlegen für Hubert van Hoof, den sie aus der Leie gefischt haben, ohne Gesicht.«

»Von den Aalen angefressen?«

»Gibt es noch Aale in der Leie? Ich dachte, unsere Aale kämen aus Taiwan.«

»Hubert war ja ganz in Ordnung, aber wenn man einen Unfall hatte, dauerte es doch ziemlich lange, bis seine Versicherung gezahlt hat.«

»Ich hab's noch miterlebt, daß es Aale in der Leie gab. In unseren kurzen Hosen standen wir bis zum Knie im Schlamm und mit unserer Holzgabel, schwupp ... Das waren schöne Zeiten.«

»Aufgepaßt«, sagte Lehrer Arsène. Er stockte, blickte in die Runde.

»Los, Schulmeister, spuck's aus.«

»Wir müssen ...«

»Das ist wieder typisch, wir müssen wieder was.«

»Wir könnten ...«

»Das klingt schon höflicher.«

»Einen Kranz auf van Hoofs Grab legen. Wir legen zusammen, zweihundert Franc zum Beispiel, und lassen einen Kranz binden in gelb und schwarz, bescheiden, mit Stil, und auf der Schleife eine Inschrift mit kleinen Frakturbuchstaben aus Silber: *Zum Stillschweigen* und Freunde.«

»Dann soll aber nur *Zum Stillschweigen* draufstehen, die Freunde sollen ihren eigenen Kranz bestellen.«

»Wir setzen darauf: Von den Stammgästen des Lokals *Zum Stillschweigen* zur Erinnerung an einen aufrechten Flamen.«

»Das ist zu lang.«

Aber der Lehrer sagte: »In kleinen Buchstaben.«

»Und warum gelb und schwarz, Schulmeister? Hubert war doch ein Belgier, er verdient alle drei Farben.«

»Ja, rot muß dabeisein, sonst könnte man denken, Hubert war flämischer Nationalist.«

»Das sind die Farben vom Verein Athena, dem Meister im Frauenfußball«, sagt Lehrer Arsène verlegen und ruft dann: »Jungs!«, als würde er die Schüler vom Schulhof hereinrufen. »Die Schweigeminute.«

Man wartete, das Glas in der Hand, die andere Hand in der Hosentasche, in einer relativen Stille, denn der Gesangverein *Hoffnung und Liebe* probte im Rathaus. Es war ein schwermütiges Lied, für die Beerdigung des Mannes ohne Gesicht.

Claudine, die Frau von Schuhmacher Bierens, steht im Laden. Sie hält einen Hundertfrancschein in der Hand. Alma wundert sich. So viel haben die Bierensens noch gar nicht anschreiben lassen.

»Alma, ich weiß nicht, wie ich es sagen soll, aber hier ist das Geld, was wir dir noch schuldig sind.«

Alma nimmt den Schein an.

»Vielen Dank. Und was darf es sein?« Sie gibt Claudine das Wechselgeld.

»Danke, vorläufig nichts.«

»Nichts ...«, sagt Alma. Langsam dämmmert ihr etwas.

»Und würdest du mir bitte diese Quittung unterschreiben.«

Alma unterschreibt mit dem Bic, der immer auf der Ladentheke bereitliegt.

»Ich habe auch Dolfs Schuh mitgebracht. Schau mal, wie gut er repariert ist, Jules hat sein Bestes getan.«

»Was bin ich euch schuldig?« sagt Alma mit matter Stimme.

»Nichts. Das hat er gratis gemacht. Du hast es schon schwer genug. Und jetzt sind wir quitt, und wir haben nichts mehr mit dir und deiner Familie zu tun.«

»Von mir aus.«

Almas gleichgültiger Ton macht Claudine nervös.

»Alma, im Supermarkt ist der Cognac viel billiger. Der französische Genever auch.«

»Das sind andere Marken.«

»Nein, Alma, dieselben Marken. Er trinkt immer dieselben Marken.«

Sie zieht die Ladentür auf, sagt in das Gebimmel etwas, was Alma nicht versteht, und dann: »Das hast du dir selbst zuzuschreiben, Alma.«

»Mach, daß du wegkommst, Claudine.«

»Du mußt deshalb nicht grob werden. In gewissem Sinne ist es doch deine eigene Schuld. Wir haben nichts gegen dich, das weißt du. Aber du hättest dich mehr um den Jungen kümmern müssen. René hat keine Erziehung gekriegt. Du kannst auch nichts dafür, du warst schwerkrank die ganze Zeit.«

»Raus!«

»Undank ist der Welt Lohn.«

Alma wirft mit Dolfs Schuh und trifft Claudine an der Wange.

Claudine schreit auf. »Du wirst noch von uns hören, du und dein verfaulender Sohn.« Sie reibt sich krampfhaft über die Wange.

Alma lacht, als die Tür zugeknallt wird. Sie zielt noch genausogut wie früher beim Volleyball. Viel früher.

– »Wie eine der Plagen in Ägypten. Die Plagen kamen aus der Luft. Oder aus der Erde. Woher soll man das wissen?«

– »Diese Hitze, die könnte ja doch eigentlich aus der Erde kommen, aus der Lava sozusagen.«

– »Wenn man nun mit einem Bohrer oder einem Radargerät von hier aus, hier unter meinen Schuhen im *Stillschweigen,* durch die Erdkruste und die Lava hindurchstechen würde, wo würde man dann rauskommen? Ich glaube, aber in Erdkunde war ich noch nie so gut, man kommt in Neuseeland raus.«

- »Man hört von seltsamen Krankheiten in Ägypten. Mich sehen sie da nicht so schnell. Und wenn sie die Reise noch so billig anbieten.«

– »Für eine große Plage braucht man nur ein ganz kleines Tier.«

– »Aus dem Kongo.«

– »Das darfst du nicht sagen, Leon, das sind Vermutungen, für die es keine Beweise gibt, es sind nur Gerüchte. Das müssen wir dem Staatsanwalt überlassen. Stimmt's, Mijnheer Blaute?«

– »Oder so etwas kommt ganz von allein, aus dem Nichts.«

– »Nana! Aus dem Nichts kann nur Nichts hervorgehen.«

– »Doktor Vermeulen wird steinreich. So viel hatte er noch nie zu tun.«

– »Und das Labor sagt, daß es nichts ist. Dabei hat sich der Schwager von Versmissen, ein Facharzt, zu Tode erschreckt, als er die Beulen gesehen hat, diese blauen Flecken mit den goldenen Rändern, wenn man draufdrückt, spritzt da so ein gelbliches Zeug raus. Und wenn sich ein Facharzt erschrickt, das heißt schon was!«

– »Versmissens Schwager? Fuhr der nicht einen Morgan?«

– »Ja, so einen kleinen englischen Wagen. Kriegt man ganz schwer Ersatzteile für.«

– »Er hat ihn verkauft. Jetzt fährt er einen Jaguar.«

– »Ach ja, die Fachärzte.«

– »Von Hormonen war auch die Rede.«

– »Wo man auch hinhört, heute sind es immer die Hormone.«

– »Hormone haben sie schon in der Zeit von Großherzogin Isabella von Portugal verwendet, und das war Anfang des siebzehnten Jahrhunderts.« (Das war natürlich Lehrer Arsène, der mit seinem dicken Kopf, den dicken Brillengläsern, der dicken Gestalt der klügste Mann der Gegend ist, und man sieht, wie weit er es damit gebracht hat. Ein Klempner verdient dreimal soviel.) (Später kam auch der ehemalige Kommissar Blaute zu Wort. Er kommt nicht oft ins *Stillschweigen,* er geht lieber ins Wirtshaus *Richelieu,* das schicker ist und wo er als Vorsitzender des Sparvereins Tschulala fungiert.)

– »Kongolesische Flöhe«, sagte Blaute, »springen von den Negern auf die Hunde der Weißen, meistens Labradors, und von da aus springen sie auf die weißen Besitzer dieser Labradors, und so hat man sie an den Eiern. Denn diese Flöhe, jedenfalls diese Art Flöhe, ich komme nicht auf den Namen, sie gehören zu den Flohartigen, die bleiben einem um den Schwanz herum sitzen, und wenn man dann eine etwas zu enge Hose anhat und man ist ein bißchen dicker geworden, dann hat man eine anomal hohe Temperatur, in der sich diese speziellen kongolesischen Flöhe vermehren wie verrückt, und wenn man einen davon auf dem Boden zertritt, ist man ihn immer noch nicht los, die Eier fliegen umher und sind nur gequetscht und die Viecher vögeln weiter.«

– »Gequetschte Flöhe, die noch vögeln«, sagte jemand verträumt.

– »Besser als Vögel, die sich flöhen«, sagte ein Witzbold.

– »Das wievielste Opfer ist es jetzt schon?« fragte ein anderer bekümmert.

– »Ich zähle lieber nicht. Wenn ich mein Geld zähle, fühle ich mich immer mies.«

– »Michel Blommaert – drei Tage hintereinander hatte er blauen Schaum vorm Mund und hat literweise Speichel erbrochen, ich hab's selbst gesehen, es war türkis.«

– »Ariane Verkest, die hat sich die ganze Zeit den glühenden Kopf gerieben, und zum Schluß hat sie sich sämtliche Haare ausgerissen. Ihre Großmutter, eine Frau vom alten Schlag, hat gesagt, sie solle es mal mit westflämischem Bier versuchen, das perlt ja so, im Fernsehen nennen sie es den flämischen Champagner. Ariane hat sich einen Kasten mit zwölf Flaschen gekauft, manchmal ist das schwer zu entkorken, und hat sich das ganze Bier über den Kopf geschüttet, das hat geschäumt und gespritzt, und es ging ihr besser, und dann nach vier Tagen nicht mehr.«

– »Und denk doch an Johan Debaere, einer, der nie starke Sachen getrunken, nie geraucht und nur für seinen Sport gelebt hat, das Tontaubenschießen. Er hat sich schlafen gelegt und immer weiter geschlafen. Doktor Vermeulen sagt zu Johans Frau: ›Lassen Sie ihn schlafen. Es wird ihm gut tun‹, und er ist nicht mehr aufgewacht. Johans Frau fragt: ›Aber Herr Doktor, warum, warum?‹ und weißt du, was

Doktor Vermeulen, ein Mann mit Diplom und so, sagt? ›Die Debaeres sind dem Leben nicht gewachsen‹, was ich persönlich nicht gerade besonders feinfühlig finde, wenn man bedenkt, daß sie Johans Vater, Wilfried Debaere, letztes Jahr unter einem Güterzug gefunden haben, *enfin,* das, was von ihm noch übrig war.«

– »Und was war mit Filipinne Geirnaert? Plötzlich, während sie mit Frida aus der Bäckerei schwatzt, worüber, wissen wir nicht, aber es läßt sich leicht erraten, über Männer natürlich, plötzlich fängt sie an zu stammeln. Frida sagt: ›*Tiens,* Filipinne, ich hab bei dir noch nie so drauf geachtet, daß du so stotterst. Hast du das nur bei mir oder auch bei anderen Leuten?‹ Na, wir wissen ja, Filipinneke war ziemlich schnell aufgebracht, sie dachte immer sofort, daß die ganze Welt im voraus, apriori, gegen sie war, und Frida denkt: Es wird vorbeigehen, sie ist ein bißchen nervös, aber es ist nicht vorbeigegangen, sie fängt an, mit den Zähnen zu klappern, mit den Füßen zu stampfen, zu schnauben, Frida dachte, sie kriegt einen epileptischen Anfall, und nervös wie sie ist, steckt sie Filipinne einen Windbeutel aus ihrer Theke in den Mund. Anscheinend darf man so was nie tun, Filipinne kann nicht schlucken, sie fällt, wie sie da steht, mit dem Hinterkopf gegen den Schrank mit den Eistorten, und sie sagt noch: ›Frida, mein Kind, mit mir ist es aus‹, und so war es dann auch.«

– »Man darf ja wohl mal lachen, aber man fragt sich doch: Warum, warum?«

– »Es scheint, daß Wellensittiche auch seltsame Krankheiten übertragen.«

– »Dann sollte unser Frans hier gut aufpassen bei seiner großen Voliere mit den vielen Wellensittichen. Was, Frans?«

– »Wenn das so weitergeht, kann Frans seine Voliere mit Rattengift aufräumen. Was, Frans?«

Frans' Blick haftete an dem Poster mit Marilyn Monroe. Er brummelte etwas in Richtung der sinnlichen, milchigen Göttin. »Wenn jemand auch nur einen Finger nach meinen Vögeln ausstreckt ...«

»Was dann, Frans?«

»Es geht nicht um deinen Vogel, Frans, es geht um deine Vögel. Mehrzahl.«

– »... dann«

»*Lovebirds*, so heißen sie auf Englisch«, sagte Jules Piron. »Weil sie sich gegenseitig nicht in Ruhe lassen können. Und ich pick' dir in den Po und du mir in den Hals, und wir picken von morgens früh bis abends spät. Na, nichts für mich.«

»Jetzt, wo ich nicht mehr im Dienst bin«, sagte Blaute, der Kommissar im Ruhestand, »bin ich ein freier Mann und kann laut sagen, was ich denke. Zu meiner Zeit wäre das anders gewesen. Die Ermittlungen kommen nicht voran, und warum? Auf Weisung des Gouverneurs. Die Ermittlungen sollen piano piano laufen. Zu meiner Zeit hätten schon mindestens zwei Verdächtige in Untersuchungshaft gesessen.«

Daraufhin herrschte Schweigen.

»Die Unabhängigkeit des Untersuchungsrichters. Ha ha. Daß ich nicht lache. Weisungen von höherer Stelle!«

Frans Godderis schien den englischen Text des Marilynposters zu lesen, als er sagte: »Alles Freimaurer.«

»Das habe ich mit keiner Silbe erwähnt.« Der Kommissar nippte an seinem Pernod, ein Getränk, das mehr zum sonnigen Süden gehört. »Aber seltsam ist es schon, daß das Elend, das über unsere Gegend gekommen ist, an dem Tag oder um die Zeit angefangen hat, als der älteste Catrijsse zurückgekehrt ist. Mehr sage ich nicht.«

Blaute war Kommissar, als er René Catrijsse jagte, gnadenlos die kleinste Übertretung zu einem Gesetzesverstoß aufbauschte, René anzeigte und ihn aus dem Knäuel junger Leute holte, die ausgelassen im *Nova* tanzten, leer deine Taschen aus, ein bißchen dalli, und ihn oft einsperrte wegen nächtlicher Ruhestörung und Widerstand gegen die Staatsgewalt, und später wegen dem Besitz von Betäubungsmitteln und einem Messer, dessen Klinge länger war, als das Gesetz erlaubte. Blaute war ein scharfer Hund damals, im Dienste des Gesetzes, als ob Vorschriften und Anordnungen ihn auf dem Quivive hielten, am Leben erhielten. Und erleben wir jetzt nicht, daß der unerbittliche Blaute von früher an die Oberfläche kommt? Sehen wir nicht, wie das überflüssige pensionierte Fett schmilzt? Wird nicht das frühere Gesicht des Henkers wieder erkennbar? Gerard, unser Wirt, Zeuge auch der kleinsten Ereignisse in unserem Leben, erkennt es wieder (und fürchtet es, denn wenn Blaute aufs neue das Joch des Ordnungshüters auf sich nimmt, wird er auch ihm nachstellen, zusammen mit der Steuerfahndung), und Gerard sagt: »Das müßten Sie doch melden, Herr Kommissar.«

»Wem?«

»Der höheren Stelle.«

Blaute zuckt die Schultern. »Ach, ihr Naivlinge, wenn ihr nur ein Hundertstel von dem wüßtet, was ich weiß, würdet ihr anders reden. Aber ich darf nicht.«

Während er kurz zuvor noch behauptet hatte, er sei ein freier Mensch. Da stehen uns noch seltsame Dinge bevor.

JENER MORGEN

An jenem Morgen war es frisch. Alma fröstelte in ihrem Morgenmantel, hatte aber keine Lust, sich oben einen Pullover zu holen und Dolf vielleicht zu wecken. Sie nieste mehrmals. Sie öffnete das Fenster und schob die Läden zur Seite.

Sie sah ein kleines, grasgrünes Auto in der Kurve stehen und einen Mann, der unbeweglich an der Fahrertür lehnte.

Sie öffnete die Ladentür und erkannte Frans Godderis, einen Kunden, der ab und zu scheu an ihr fummelte. Während sie die Läden einhakte, grüßte sie ihn mit einem Kopfnicken. Er reagierte nicht, einen Zigarettenstummel im Mundwinkel. Dann entdeckte sie, daß die Fassade mit mattschwarzen Teerstrichen beschmiert war. Sie stellte sich mitten auf die Straße, zog ihren Morgenrock fester zu und sah, daß es vier Hakenkreuze waren, die voller Spritzer und Streifen ineinander übergingen.

»Wer war das?«

»Was meinst du?« fragte Frans Godderis.

Sie blickte auf seine Hand, die den Stummel aus dem Mund nahm, ihn in ihre Richtung warf. Die Hand zeigte keine Teerspuren. Wer die Hakenkreuze aufgemalt hatte, war nervös, schlampig gewesen.

»Das kriegst du nicht so leicht wieder ab, Alma. Vielleicht mit Salzsäure.«

»Was habe ich dir getan?«

»Du überhaupt nichts.«

»Wer denn dann?«

»Rate mal.«

»Das sollst du büßen«, sagte Alma bitter.

»Na los.«

»Wenn du es am wenigsten erwartest.«

»Wie ein Dieb in der Nacht?«

»Wart's nur ab.«

»Ich habe alle Zeit, Alma.«

»Warum tust du so etwas?«

»Du weißt, daß ich dich nett finde.«

»Warum?«

»Du bist mein Typ. Du fackelst nicht lange. Du weißt, was ein Mann braucht.«

»Warum hast du das getan?«

»Sollen wir vergessen, Alma, daß du mit einem flämischen *Obergruppenführer* zusammen warst?«

»Ja«, sagte Alma.

Frans Godderis hob die Hand und grüßte die Schwestern Tanghe, die Erbinnen des Kenners der altgriechischen Sitten und Gebräuche, die untergehakt in die Messe gingen. Sie blieben stehen.

»Aber Alma!«

»Jetzt sieh dir das mal an!«

»Hat das denn nie ein Ende?«

»Warum nur immer wieder mit dem Krieg anfangen?«

»Alma, mach das sofort weg, was sollen die Leute denken? Daß wir in Alegem für die Deutschen gewesen sind?«

»Ja, mach das so schnell wie möglich weg.«

Frans Godderis löste sich von dem Auto. »Warum denn so schnell? Darf nicht jeder sehen, daß dies das Haus ist von den Plagen von ...?« Er wußte nicht mehr, von wo die Plagen kamen. Es war ein Land dort, wo Asien anfing, Israel vielleicht, aber er war sich nicht sicher.

»Wir haben davon gehört. Aber wir dachten, das seien wieder so Gerüchte. Irma, wir kommen zu spät.«

Sie gingen weiter, sahen sich ein paarmal um.

»Du mußt nicht meinen, Alma«, sagte Godderis und öffnete die Tür des grünen Autos, auf der mit schrägen, makellosen, silbernen Buchstaben *Möbel Godderis* stand, »daß es gegen dich persönlich ist, du weißt, daß ich dich auf Händen trage.«

»Wer gegen René ist, ist gegen mich.« Sie drehte ihm den Rücken zu.

Dolf und René schliefen noch. Alma setzte sich an den Küchentisch, stützte die Ellenbogen auf die karierte Wachstuchdecke. »Schneeungeheuer«, sagte sie. »Sie sind wieder da ...« Die saure, dicke Wolke der Vergangenheit drang ihr in die Nase, die Ohren, den Mund, der nach Luft schnappte, in die Augen, die brannten und nicht tränen wollten.

Noël kam von seinem täglichen Dreikilometerlauf zurück, den Doktor Vermeulen, der selbst den halben Antwerpener Marathon läuft, ihm verschrieben hatte. Er wollte die Hakenkreuze entfernen, aber Alma sagte, sie habe sich entschlossen, sie dranzulassen. Durch ihre Unterhaltung wurde Dolf wach, der – für seine Verhältnisse – schrecklich fluchte und sagte: »Das wird die Gemeinde bezahlen, so wahr ich hier stehe! Hakenkreuze, wer macht denn heute noch so was? Frans Godderis? Wenn ich dem begegne, reiße ich ihm die Ohren ab! Der Krieg ist seit mehr als zwanzig Jahren vorbei, Herrgottsakrament.«

In den nächsten Stunden kamen ständig Dorfbewohner vorbei, kichernd oder bekümmert. Keiner betrat den Laden. Außer unserer Diana, die die Grüße von Hochwürden Lamantijn überbrachte. »Nehmt es euch nur nicht zu Herzen«, war die Botschaft des Priesters. Und Julia, die Noël an der Hand nahm und mit sich in den Garten zog, in den Geruch des Plumpsklos.

»Ich muß für zwei oder drei Tage fort, mit Serge. Wir machen beim Festival von Abercrombie mit. Wir haben eine Einladung.«

Er erwartete, daß sie etwas Aufmunterndes sagte über die schwarzen Kreuze, aber offenbar hatte sie in ihrer Aufregung über das Festival die Schmierereien an der Hauswand nicht einmal wahrgenommen.

»Abercrombie soll eins der allerbesten, tollsten Festivals sein. Was soll ich dir von dort mitbringen?«

»Einen Hund«, sagte Noël.

»Jetzt im Ernst.«

»Zwei Hunde.«

»Noël, hör auf.«

»Drei Hunde, um dich zu bewachen. Wo du auch gehst und stehst in England oder hier im Dorf, immer laufen sie direkt neben dir und beißen jeden, der dir was antun will.«

»Mir will keiner was antun.«

»Das glaubst du, weil du selbst gut bist, aber du ahnst ja gar nicht, was los ist. Es gibt mindestens drei oder vier Männer, die dir die Ehre rauben wollen.«

»Du meinst Serge.«

»Ja, Serge.«

»Ach, wie kindisch du bist.«

Sie kitzelte ihn. Er lachte glucksend, bis er einen Hustenanfall bekam, der Alma ans Küchenfenster rief. »Julia, laß den Jungen in Ruhe!«

»Wann fährst du mit Serge los?« fragte Noël.

»Mittwoch.«

»Mittwoch. Noch viermal schlafen. Mittwoch ist schon bald.«

»Und bald ist auch schon Sonntag, dann bin ich wieder da.«

Als Noël sie zur Tür begleitete, begegneten sie René in T-Shirt und Khakihose.

»Du kennst aber auch keine Leute mehr, was?« sagte Julia, als René sie nur schweigend anstarrte.

»Sie fährt zum Singen ins Ausland«, sagte Noël. »Und unser Haus ist mit schwarzen Strichen bemalt. Mutter sagt, es sind Hakenkreuze, weil sie im Krieg bei Hitler gewesen ist.«

»Nicht bei Hitler, du Dummerjan, sondern in Deutschland. Deine Mutter hat geholfen, verwundete Soldaten zu pflegen. Das kann ihr keiner übelnehmen. Das meint dein Bruder doch auch, oder?«

René sieht aus wie ein bissiger Hund. Er zeigt die Zähne, die weiß sind vom Putzen, weiß mit einem leicht bläulichen Schimmer, wie der Diamant, den er mir gezeigt hat. Er glänzt von Schweiß.

»Ich habe es gar nicht gern«, sagt er, »wenn du meinen Bruder Dummerjan nennst.«

»Ich hab' es nicht so gemeint.«

»Daß ich das nicht mehr höre«, brummt er.

Ich könnte wirklich heulen, denn die beiden Menschen, die ich am meisten liebe, verstehen sich nicht.

Wir sehen uns zusammen die Hauswand an. Sie mit ausgiebigem Geplapper, er mit dem gesenkten Blick des Wolfshundes. In hundert Metern Entfernung steht ein Trupp Nachbarn, sie nicken, sie zeigen auf unser Haus. René geht hinein. Holt er seine Pistole?

Julia nimmt meinen Ellenbogen, kratzt in meinem Haar. Sie singt eine Strophe von den *Weinbergschnecken.* »Ach, das Leben, so ist es eben«, und radelt weg. Sie verschwindet aus meinem Leben, jedenfalls scheint es so.

Im Haus sind alle, Vater, Mutter, René und ich, von einer seltsamen Krankheit befallen. Wir blicken alle zu Boden, als würde dort etwas Wichtiges liegen, und halten den Mund. Nur René erholt sich von der Krankheit und sagt, daß er telefonieren geht.

»Mit deinem Freund?« fragt Mutter.

Er, gesenkten Blickes. Die blauen Lippen zusammengepreßt.

»Hast du ihn gern?« fragt Mutter.

»Nicht, was du denkst.«

»Woher weißt du, was ich denke? Du verschwindest, du kommst wieder, du schweigst, du sprichst, ohne auch nur einmal an uns zu denken. Sogar jetzt, wo du leibhaftig vor uns stehst, bist du schon wieder weg. Und wir können immer nur warten, bis du kommst und uns dann wieder im Stich läßt.«

Ich habe den Eindruck, daß sie sich mehr an jemand anderen als an René richtet, jemand, der nicht in diesem Zimmer ist, vielleicht längst tot ist oder vermißt.

»Charlie, dieser Freund von dir«, sagt Dolf, »ich will ihn ja nicht schlechtmachen, aber er hat die Bauern um den Wald herum ziemlich aufgebracht. Mindestens zehn Hühner hat er gestohlen und einen Jagdhund zum Teil gegessen. Die Polizei hat die Reste gefunden. Claerhout sagt, Charlie hätte auf die Gänse geschossen. Was hat er gegen Tiere? Er soll aufpassen, daß er nicht zu weit geht, dein Kumpel, wenn er bei den Leuten einbricht des Nachts, bei Claerhout hat er den ganzen Kühlschrank ausgeräumt, während Claerhout direkt über ihm geschlafen hat. Wenn er aus Versehen mal in die Nerzfarm von Mijnheer Cantillons eindringen sollte, wäre das der größte Fehler seines Lebens. Wer einen Nerz von Cantillon anrührt, der wird seines Lebens nicht mehr froh.«

Ich sehe, wie René nachdenkt. Er sitzt kerzengerade. Sein Rücken berührt nicht die Stuhllehne. Nur ich weiß, warum. Ich weiß, was er denkt, René denkt: Was brocke ich meiner Familie da nur ein? Warum bringe ich nur Streit und Zank, ungeahnte Schweinereien und Unglück? Habe ich das von Gott mitbekommen bei meiner Geburt? Wir tragen alle unser Päckchen wegen der Erbsünde, dem ersten Fluch, aber warum ich mehr (denkt René) als andere?

So etwas muß er denken. Obwohl, die Erbsünde, an die denkt man nicht, die hat man in den Knochen und auch sonstwo.

»Was haben sie eigentlich gegen dich?« sagt Vater.

»Gegen mich?« fragt René. »Wer?«

»Die Kerle, die unsere Hauswand beschmiert haben.«

»Das ist nicht gegen mich.«

Was hören wir da? René hat es geknurrt, ohne aufzublicken.

»So?« sagt Dolf, mein Vater, und es scheint so, als wollte er lachen. »Gegen wen denn sonst?«

»Wer möchte ein Stückchen Nußtorte?« ruft Mama, schrill und aufgeregt wie ein Mädchen, das Fußball spielt und ein Tor geschossen hat.

»Was siehst du mich so an, Noël? Warum machst du so ein miesepetriges Gesicht?« fragt sie dann.

Ich kann es ihr nicht sagen, keiner, aber ich denke die ganze Zeit an Serge, diesen gescheiterten Friseur, der Bob Dylan imitiert mit seinen spitzen Schuhen und seinem Streifenhemd und seinem Ziegengemecker und der mit meiner Julia verreist ist und in einem überheizten Hotelzimmer in ihre offene Muschel schaut.

HOCHWÜRDEN

Hochwürden Lamantijn hatte ein frisch gewaschenes und gebügeltes Taschentuch in seinem Ärmel. Während er vom Altar zur Kanzel schritt, war das Taschentuch klatschnaß. Er tupfte sich die Stirn ab, sie blieb naß.

»Liebe Gemeinde«, predigte er. »Da wir uns alle nach der Messe in brüderlicher Gemeinsamkeit zur Eröffnung des Wohltätigkeitsbasars begeben werden, wo uns unser ehrwürdiger Herr Dekan und das Orchester *Die Weinbergschnecken* erwarten, und aufgrund sonstiger Umstände, die ich im Augenblick nicht weiter erörtern möchte, aber die noch immer Verwüstungen in unseren Seelen anrichten, werde ich mich, hinsichtlich letztgenannter Erscheinungen, kurz fassen. Diese Erscheinungen, liebe Gemeinde, mögen auf den ersten Blick unerklärlich sein, doch wenn man genauer hinsieht, sind sie nur für den unerklärlich, der nicht gläubig ist, denn, wie es Seine Eminenz der Kardinal so treffend ausgedrückt hat, wenn man nicht gläubig ist, entbehrt man viel, sowohl Weltliches als auch Göttliches. Was zum Beispiel ist unser Herr Jesus für den, der nicht glaubt? Ein interessanter Bursche, über den man das eine oder andere lesen durfte, Erbauliches und Lehrreiches, aber nicht viel mehr; was ist die Heilige Schrift außer einem lesenswerten, um nicht zu sagen spannenden Buch mit vielen Wundern, aber nicht viel mehr; was ist die Heilige Messe selbst? Doch nur ein Ritual mit schönen Melodien, angenehm für das Gehör, aber nicht viel mehr. Und so weiter, und so fort. Faktisch also, eigentlich, wenn man anhand der Fakten die Faktizitäten ergründen will, das Wesen des Ganzen, den *Grund,* wie die Deutschen sagen, ist es auch für die Ungläubigsten sonnenklar, daß es nichts gibt, was irgendeinen Sinn hat, ohne daß es durch den Glauben erhellt wird.

Und das ist es, was ich Ihnen in diesen kummervollen Zeiten zu bedenken geben wollte, glaubt, meine lieben Freunde, und was bisher noch eine banale Ansammlung von Gerüchten, Ahnungen, Unwägbarkeiten ist, wird erhellt werden und seine wahre, tiefere Bedeutung enthüllen.«

Er segnete die sechs älteren Damen, die versammelten Schulklassen von Lehrer Arsène und Noël, den Hohläugigen, dem vor Staunen oder Begeisterung der Mund offenstand.

René hatte den Tag im Bett verbracht. Er zog sich an, ging ohne einen Blick oder ein Wort an seiner Mutter vorbei zur Haustür und atmete auf der Schwelle tief durch. Daß er jemals Heimweh empfunden hatte nach diesem Dorf, so dumpf, still, bang, stumpf, nach diesen Backsteinhäusern rund um den Friedhof, nach dem geköpften Turm einer Mühle und der Kirchturmspitze, als einzige Beleuchtung die Schaufenster mit Radios und Elektrogeräten, monotone Anhäufung mimetischer Gehorsamkeit, schale Sättigung!

Er ging durch das verlassene Dorf. Im Fernsehen lief die beliebte Show *Canzonissima.* Im *Stillschweigen* saßen zwei Gäste, Schuster Bierens und ein Mann mit einer Hornbrille, der im Takt einer unhörbaren Musik auf den Tresen trommelte und nicht aufblickte, als René eintrat.

»Gerard«, sagte René.

»Mensch, René. Daß ich dich noch mal wiedersehe, hätte ich ja nicht gedacht. Nach allem, was über dich so erzählt wird. Gut siehst du aus.«

Der Mann mit der Brille musterte René.

»Wenn der gut aussieht, bin ich Marlon Brando.«

»Mijnheer Mortelmans«, sagte Gerard, »ob Sie's glauben oder nicht, aber manchmal haben Sie was von Marlon Brando. Was kann ich dir anbieten, René?«

»Nichts.«

»Du willst mich beleidigen, stimmt's?‹

»Darf ich dir einen ausgeben?« fragte der Schuster. »René, das mit meiner Frau darfst du nicht so ernst nehmen. In gewissem Sinn mußt du das doch verstehen, eine Hausfrau, die muß bei ihrer Haushaltsführung ja an ihr Portemonnaie denken, das wirst du doch einsehen, die Preise im Supermakt sind nun wirklich niedriger als bei dir im Laden.«

»Ich besitze keinen Laden.«

»Als im Laden deiner Mutter.«

»Ich hab' mir sagen lassen, daß Blaute, der Kommissar, hier verkehrt.«

»Ex«, sagte der Bebrillte. »Ex-Kommissar. Im Vorruhestand, und die Gründe dafür werden unter allen Grabsteinen Westflanderns verborgen bleiben.«

»Was willst du von ihm?« fragte der Schuster.

»Folgendes. Wenn er kommt, wenn er den ersten Fuß hier herein setzt, dann sagst du ihm, ich bin hiergewesen und lasse ihm ausrichten, wenn er auch nur einen Finger ...«

René Catrijsse, eigentlich ein Mann in der Blüte seiner Jahre und vom Leben gehärtet, schien jetzt fast zusammenzubrechen; an die Musikbox gelehnt fuhr er fort: »Die schwarzen Kreuze, die bleiben an unserer Hauswand, damit jeder Besucher von Alegem sehen kann, wie verblödet dieses Dorf ist. Nicht für hunderttausend Franc kommt dieses lächerliche Brandmal weg. Und sagen Sie Mijnheer Ex, wenn er auch nur einen ... jemals ...«

Die Worte erschöpften ihn erschreckend schnell, hellblauer Schaum trat auf seine Lippen. »Genug«, murmelte er und ging zur Tür. Er hatte schrecklichen Durst.

Er unterdrückte diesen Durst, als er am Lokal *Hoogentroost* vorbeikam, wo Platten von Will Tura gespielt wurden.

Er ging langsamer, auf brennenden Sohlen. Pellagra? Nein, hatte der Hauptmann gesagt, du hast zwar die Symptome, aber das ist es nicht.

Er landete in der Bar *Tricky.*

Zwei Männer von der Brauerei luden Fässer ab. Sahen ihn nicht an.

»Du«, sagte Camilla. Sie schlug ein Buch zu, richtete sich auf mit all ihren geölten Scharnieren, ihren unveränderten Brüsten, ihrer drastisch geschnürten Taille. Sie küßte ihn auf den Hals, auf die Wange. Wie früher erklang Madame Butterfly.

»Ich erwarte heute keine Gäste«, sagte Camilla. »Mijnheer Cantillon ist bei Nedjma, es kann ein Weilchen dauern.«

Sie nahm seine Hand und führte in in ihr Büro, einen Salon mit einem Empire-Tischchen, auf dem Bücherstapel lagen, darunter ein Dutzend in Bordeauxleder eingebundene Bände mit Goldprägung. Er erinnerte sich an *Le Monde Animal,* handkolorierte Stiche, und wie preziös sie damals an einem Winterabend alle zwei Minuten eine Seite umgeblättert und gesagt hatte: »Ist die Welt nicht schön? So schön wie du.« Und wie er, um so vieles jünger, ihren holländischen Akzent imitierte. »So schön wie du, Tussipussi.«

Camilla sagte: »Was sagt denn deine Mutter dazu? Von einem Tag auf den andern der Prügelknabe des Dorfs, euer Geschäft ruiniert, die Hauswand beschmiert, und was steht euch noch bevor? Ziegelsteine durchs Fenster? Brandstiftung? – Ich hab' mich schon gefragt, wann du an mich denken würdest.«

Sie schenkte Genever ein. Sein Rücken glühte sofort, als hielte sie ein Feuerzeug dagegen.

»Jetzt bist du doch wieder hier gelandet«, sagte Camilla.

»Frag mich nicht wie.«

»Wie?«

Eine Viertelstunde später erzählte er es.

»Ein Freund, Charlie, hat mich begleitet. In Güterzügen, in Hubschraubern, in offenen Lastwagen zwischen Haufen sterbender Schweine, in Lastwagen mit Kranken, die sich gegenseitig mit Bajonetten und Macheten zerfetzten. Wenn der Lastwagen vor dem Krankenhaus anhielt, war kein einziger mehr heil. An jeder Straßensperre, Bushaltestelle, Bahnstation konnten sie uns festhalten. Länger als einen Monat unterwegs.

Nach Belgien zurückkehren? Der Konsul wollte uns nicht in seinem Konsulat empfangen. Dafür aber in der Bar Sans-Souci in Ngwabi. »Sie sollten besser heute als morgen das Land verlassen«, sagte er, »sonst kann ich als behördliche Instanz nicht für Ihre Sicherheit garantieren.« Monseigneur Ballard, der apostolische Nuntius, stand dabei, in seinem Jeansanzug, und sagte, wir könnten auch nicht mit *Sabena* fliegen. Als ich das Charlie erzählte, wurde er fuchsteufelswild. Er holte Wijnants dazu, einen Typen aus Lissewege, der Elefanten fotografierte und Minen lieber legte als räumte. Bevor wir ins Flugzeug stiegen, *Air-France*, ist Wijnants beim Konsul vorbeigegangen, an der Küchenseite. Der Haushälterin hat er gesagt, er wolle ein Päckchen für den Konsul abgeben. Kaum saß Wijnants wieder im Auto und schnallte sich an, flog das Haus des Konsuls in die Luft. Mit Haushälterin und allem Drum und Dran.«

»Hast du das diesem Wijnants befohlen?«

»Nein. Charlie. Der stand damals immer unter Speed. Die kleine Tochter des Konsuls ist auch hochgegangen, sie hat noch einen Tag gelebt, sie hieß Marie-Ange, es stand in

Le Soir. Natürlich wurden wir als erste verdächtigt, aber wir waren damals schon in Kenia, wo Wijnants einen Elefanten zu viel fotografiert hat.«

»Möchtest du dich nicht ein wenig hinlegen?«

»Nein.«

»Erzähl weiter.«

»Kenia. Sansibar. Zurück, ohne Papiere, in den Kongo. Hendriks tot. Morelon tot. Wir zwei sind übriggeblieben, Charlie dank Speed, ich dank meinem schlechten Charakter.«

»Du«, sagte Camilla, »du bist übriggeblieben, weil du ein Liebling der Götter bist.«

Cantillon kam die Treppe herunter. Camilla ging auf ihn zu, aber er schob sie beiseite, um René besser betrachten zu können. »Du siehst aus wie eine Leiche, Catrijsse.«

»Noch nicht.«

Camilla drückte mit einer Hand auf Mijnheer Cantillons prallen Bauch in einer karierten Weste, mit der anderen zog sie seinen Reißverschluß zu. Cantillon schrieb einen Scheck aus, Camilla steckte ihn in eine Schublade ihres Empire-Tischchens.

Ein Geruch von Aftershave und etwas Animalischem umgab die beleibte Gestalt des Nerzzüchters, der sagte: »Catrijsse, man hat das Auto gefunden, das in Calais gestohlen wurde. Das Auto, mit dem Sie nach Alegem gekommen sind, Sie und Ihr Freund. Blaute, ein Fachmann für solche Sachen, ist fest davon überzeugt, daß Sie beide mit diesem Auto gefahren sind. Man hat Indizien gefunden. Aber eins hätten Sie wirklich nicht tun dürfen: die Kampfhähne von Paul Reusens klauen und essen. Der Mann ist ganz aus dem Häuschen. Einer seiner allerbesten, Rosalie glaube ich, war der Sieger von Tourcoing. Nein, das ist ein Schönheitsfehler, Catrijsse. Naja, das soll der Freundschaft keinen Abbruch tun. Wenn Sie das eine oder andere mitgebracht haben aus unserer ehemaligen Kolonie, und Sie meinen: das könnte was für Herbert Cantillon sein, das kann ich Herbert Cantillon für einen Freundschaftspreis überlassen, Sie wissen schon, was ich meine, dann kommen wir ins Gespräch.«

»Steine«, sagte René. »Weiße Steine mit einem sehr hellen blauen Schein.«

»Voilà, das ist ein Wort. Mehr will ich nicht wissen. Steine, das reicht. Ich rufe meinen Cousin Lucien in Antwerpen an, damit er mit seiner Lupe kommt, und wir sind im Geschäft. Right?«

»Right.«

»Die dummen Gerüchte, die über Sie im Umlauf sind, Catrijsse, schmier ich mir in die Klöten. Die übrigens in prima Kondition sind nach meinen Übungen mit Nedjma.« Würdevoll nickte er Camilla zu, die sagte, sie sei erfreut, das zu hören.

»Nedjma hat Talent«, sagte Mijnheer Cantillon. »Aber sie kann selbstverständlich nicht an das tippen, was Camilla dem bieten kann, den sie liebt. Und zu meinem Bedauern sind Sie das, Catrijsse. Wie steht's übrigens mit Waffen? Für meine persönliche Sammlung.«

»Ein Slock 35, ein Smith and Wesson 374 Magnum, ein Colt 38 snubnose.«

»Eine Bazooka?«

»Nein. Jetzt nicht.«

»Er ist müde«, sagte Camilla.

»Ich verstehe«, sagte Mijnheer Cantillon.

Es gab tatsächlich keine Gäste mehr für die Bar *Tricky*. Als die ersten Sterne zu sehen waren, als René in den Garten pinkelte, als die Neonbuchstaben abgeschaltet wurden, als Nedjma in einem zitronengelben Bademantel in einer Ecke des Salons mit angezogenen Knien auf dem Teppich saß und in *Le Monde Animal* blätterte, im Bann der minuziös ausgeführten Illustrationen von Spinnen und Skorpionen, als Camilla mit dem Hinterkopf in Renés Schoß lag und Madame Butterfly ausgesungen war, sagte René: »Wir haben uns gegenseitig im Jeep abgelöst, Charlie, Schielauge und ich. Als wir geflohen sind, diese Arschlöcher im Nacken. Alle belgischen Soldaten mußten damals weg, weil bei der Schokoladenfirma Jacques die Aktien im Keller waren. Es müsse wieder Ruhe einkehren, hieß es, deshalb müßten alle unabhängig operierenden Gruppierungen ausgeschaltet werden, denn sie würden hauptsächlich mit Geldern der Russen aufrechterhalten. Johnson und de Gaulle wollten reinen Tisch machen. Als erste fielen die Simbas, krähend vom indischen Hanf.

Wir lösten uns gegenseitig ab, im Jeep. Durch die schmierige Staubschicht auf der Windschutzscheibe konnte man kaum was sehen. Vielleicht auch besser so, bei den Verwüstungen. Wir fuhren durch haushohe Staubwolken. Wie Kamele, sagte Charlie. Wie die Kamele, die durch ihre dicken Wimpern sehen können, aber auch durch ihre geschlossenen Augenlider, so dünn ist ihre Haut dort.

›Schielauge‹, sagte Charlie, ›es sind nicht die Dumdumgeschosse, die mich noch mal umbringen werden, sondern Undank, der Welt Lohn.‹

›Bin ich damit gemeint?‹ fragte Schielauge.

›Wer sonst?‹

›Bin ich undankbar? Sag es mir ins Gesicht.‹

›Ja, ein undankbarer Hund.‹ Ich konnte nicht dazwischengehen wegen meinem Rücken. Während der Jeep hin und her schaukelte, kämpften sie, bis Charlie den Schielenden mit einem Tritt aus dem Auto beförderte. Mit einem Schraubenzieher im Auge lag er im Sand. Charlie hatte immer ein Sortiment Schraubenzieher in unterschiedlichen Größen bei sich.«

Nedjma war eingeschlafen, Le Monde Animal lag in ihrem Schoß.

»Und dann?«

»Der Hauptmann stand auf gutem Fuß mit Ferdi Machoune, der nicht nur Sekretär der *Réunion des Peuples* war, sondern auch ein wichtiger Mann in der *Union Métallique,* wenn auch immer tief im Schatten des Präsidenten. Nun witterte Ferdi Machoune Unrat – eine Revolution stand bevor oder eine Palastrevolte oder eine politische Wachablösung –, er beschloß, nicht abzuwarten, bis die Luft brannte, und forderte den Hauptmann auf: ›Komm mit mir über den Fluß. Wir finden bestimmt Asyl bei Pater Emile Makonde.‹ Wir über den Fluß. In eine noble Villa. Pater Emile sagte: ›Solange ich dieses Land regiere, werde ich in Anbetracht der erwiesenen Dienste meine Hand über Sie, Ihre Familie und Ihre Ratgeber halten.‹ Er gewährte Ferdi Zuflucht mitsamt seinen Frauen, Kindern, Großmüttern und dem Personal. Wir lagen am Pool, spielten Karten, bekamen junge, knackige Weiber, diskutierten mit den Schwarzen, manche von ihnen hatten in Löwen studiert, bis der Hauptmann sagte: ›Bin mal gespannt, wie lange das noch gutgeht.‹ Der Hauptmann hatte einen Riecher für so was, und ob es nun daran lag, daß Ferdi Machoune seine gewohnte Umgebung und seinen Stamm vermißte und sich langweilte, er spielte nämlich weder Karten noch Boule, und außerdem mußte er sich ständig die Vorwürfe seiner vier Frauen anhören, die sich ebenfalls schrecklich langweilten, oder ob es daran lag, daß er spürte, wie sein Einfluß auf seine Anhänger schwand, oder ob er einfach die Macht vermißte, denn von der anderen Seite des Flusses bekam er keine Informationen, und ohne Informationen ist man von jeder Macht abgeschnitten, also, um es kurz zu machen ...«

»Wir haben keine Eile«, sagte Camilla. Aus ihrer zusammengerollten Haltung schenkte sie zwei Schwenkgläser Cognac ein und steckte sich eine Mentholzigarette an. Dann küßte sie flüchtig sein halb aufgerichtetes Glied und legte ihre kühle Wange daran.

»Und dann?« sagte Camilla.

»Zwei Bussarde, die herabstoßen und zusammen auf dem Kopf eines Wildschweins landen«, sagte René. »Das Schwein quiekt kläglich und schwankt, dann rutscht es aus und fällt in die stinkende Grube, aus der Stümpfe von Händen oder Füßen ragen, man kann den Unterschied nicht erkennen.«

»Nein, über deinen Aufenthalt bei diesem Pater, wo ihr gelebt habt wie Gott in Afrika.«

Er wollte aufstehen, sie hielt ihn zurück.

»Was willst du, mein Herz?«

Er sagte, er müsse pinkeln. Sie reckte sich, eine üppige Akrobatin, und fand den Sektkühler. Von dem Plätschern wachte Nedjma auf und lachte, nickte: »Très bien, mon grand.« Sie schlug das Insektenbuch zu. Beim Weggehen winkte sie mit klavierspielenden Fingern.

René blickte nachdenklich auf seine Hose, die auf seinen Knöcheln lag. Er kniff die Augen zu.

»Dann hörten wir über mehrere Ecken, daß Ferdi Machoune an verschiedene Botschafter herangetreten war, um in Erfahrung zu bringen, was der Präsident dachte von seiner ...«

»Fahnenflucht«, sagte Camilla.

»Fahnenflucht und von dem Aufstand und den Toten, zu Hunderten trieben sie im Fluß. Kurz darauf hörten wir, wie der Präsident im Fernsehen sagte: ›Ferdinand Machoune hat nichts zu befürchten. Keinen Augenblick lang. Ferdinand und ich sind Brüder, stammesverwandt. Als Präsident unserer mächtigen Nation sage ich: Ferdinand, komm zurück. Wir werden dich umarmen wie einen Bruder. Hab keine Angst, denn das Wort eines Stammesbruders ist heilig.‹

Der Hauptmann sagte: ›Ferdi, paß auf. Er ist der gerissenste Typ auf dem Kontinent. Sonst wäre er nicht Präsident.‹

›Das Gesetz der Brüderschaft zu übertreten, wäre das schlimmste Verbrechen gegen die Menschlichkeit‹, sagte Pater Emile Makonde.

Ferdi konnte seitdem nicht mehr schlafen, er holte sich Rat bei einer Zauberin aus seinem Stamm, einer alten Dame im Kostüm, und die sagte: ›Du wirst deine Mutter wiedersehen. Die Götter lieben deine Mutter.‹

Ferdi und seine Leibwächter, drei zeternde Frauen, zwei schwarze Nonnen, fünf Europäer, darunter Charlie und ich, nahmen die Fähre. Stromabwärts. Ferdi nach außen hin seelenruhig. Als ich den Anlegesteg sah, wußte ich sofort Bescheid, und auch Charlie merkte plötzlich, was los war, wir brauchten uns nicht mal anzusehen, wir rannten aufs Achterdeck und warfen uns flach auf den Bauch. Eine halbe Minute später brach es los. Maschinengewehrfeuer von drei Seiten. Die Nonnen tot, zwei von Ferdis Frauen, zwei Leibwächter. Wir, Charlie und ich, keine Schramme. Die Soldaten des Präsidenten brachten uns in die Nonnenschule und verlangten für jeden von uns dreitausend Dollar. Der Hauptmann sorgte dafür. Ferdi wurde auf den Schulhof gebracht. Er rief laut: ›Ein Hoch auf die guten Bürger, die mir in meinem Kampf für die Unabhängigkeit gefolgt sind. Rächt mich nicht, gute Bürger, die Engel werden mich auf ihren Flügeln zu den Wolken tragen.‹ Der erste Machetenhieb traf ihn im Nacken, aber seine Nackenmuskeln waren zu stark, Ferdi hat sein Leben lang Bodybuilding gemacht. Drei vier, fünf Hiebe. Alle Frösche im Teich hinter der Schule haben gequakt.«

René trinkt mit geschlossenen Augen. Sein Glied ist geschrumpft. Camilla streichelt seine Hüfte, seine Leiste.

»Die Eingeborenen schwiegen, schliefen nicht, warteten ab. Erst nach den drei Tagen der Trauer um Ferdi Machoune, als sich nicht ein einziger Gott gezeigt hatte, jubelten sie ihrem allgegenwärtigen, bestialischen Regenten zu, erkannten seine uneingeschränkte Macht an. Für sie war er nun mehr als ein Mensch, der sich an die Gesetze der Brüderschaft halten muß, er hatte dem Gott des Regens, dem Schildkrötengott, dem Himmelsgott getrotzt, ihnen ins Gesicht gespuckt, sie herausgefordert – und doch blieben die Götter unsichtbar, sie hatten eine Heidenangst vor diesem Präsidenten, der kein Mensch war.

›Wir hätten Ferdi besser beschützen müssen. Ein Flop‹, sagte der Hauptmann, ›aber so was kann passieren.‹

Ein Flop. Dann dachte ich nur noch eins: Ich war am Ende. Die drei Trauertage und die Tage danach habe ich gesoffen, mich zurückgezogen ins Hotel Albion, auf allen vieren bin ich über den Läufer gekrochen. Keiner durfte mein Zimmer betreten, ich habe einfach durch die Tür geschossen. Dann hat der Hauptmann eingegriffen. ›René, ist es vorbei? Falls nicht, kann ich meine Hand nicht mehr über dich halten. Ist jetzt Schluß damit?‹ Aber es war längst nicht vorbei. Es fing gerade erst an. Ich habe mich noch mehr zugeknallt.«

René steht auf, zieht sich die Hose hoch, stopft sein Hemd hinein und verbeugt sich. Es ist eine Art Abschied. Camilla glaubt, daß er nach vorn fällt, und packt ihn am Oberarm; wahrscheinlich denkt er, man will ihn verhaften, mit der Faust und dem vorgestreckten Knöchel des Mittelfingers schlägt er zu, in ihren Magen. Mit einem gurgelnden, glucksenden Geräusch knallt sie gegen den Sektkühler, der umfällt.

»Ein Flop«, sagt René. Er hilft ihr auf. Sie steckt sich eine Mentholzigarette an, hebt das in rotes Leder gebundene Buch der Tierwelt auf. Es ist mit Urin getränkt. Sie trocknet es mit dem Saum ihres Kleides ab.

»Und dann?« sagt Camilla. Sie erhält keine Antwort. Mit gesenktem Kopf (gebrandmarkt, denkt sie) geht René über den Kies.

Sie legt die Platte mit Auszügen aus Madame Butterfly auf.

HOCHWÜRDEN

Alle vierzehn Tage, nach dem Abendessen, versammelt sich im Pfarrhaus eine erlesene Gesellschaft. Unsere Diana ist an einem solchen Abend in ihrem Element, aber auch schrecklich aufgeregt. Obwohl sie weiß, daß die Gesellschaft einen etwaigen Schnitzer sofort verzeihen würde, schließlich handelt es sich um eminent christliche Herren, zittert sie vor Nervosität.

Sogar einer ausgesprochen dickfelligen Person wie der Frau von Beyers, dem Schlächter, fällt das auf, wenn Diana an so einem hohen Festtag in ihrem Laden ist. »Na, Diana, ist es wieder so weit? Treffen sich die sauberen Herren wieder heute abend?«

Eigentlich müßte man so jemandem Bescheid stoßen, aber dafür ist man zu gut erzogen. Man könnte auch zu einem anderen Metzger gehen, aber Hochwürden Lamantijn schmeckt der Bayonner Schinken von Beyers zum Bourgogne am besten. Und er hat nicht wenig Schinken gekostet. Sogar bis hin nach Parma. Beyers hat sich einmal abfällige Bemerkungen über die geselligen Abende bei Hochwürden erlaubt. Unsere Diana kann sich nicht mehr genau erinnern, aber es lief darauf hinaus, daß der Wein, der dann im Pfarramt so reichlich flösse, Menschen abgepreßt würde. Oder hatte er gesagt, es sei verwerflich, Wein zu trinken, wenn in der Dritten Welt Menschen vor Hunger umkämen? Woran sich unsere Diana noch haargenau erinnert, ist ihre Antwort. »Mijnheer Beyers, andere Männer geben viel mehr Geld aus für schlechte Frauen, für ein neues Auto, für Antiquitäten und für den Besuch gewisser Lokale.«

Bildet unsere Diana sich das ein oder verläuft das Treffen von heute abend (Apotheker Goeminne, Doktor Vermeulen, Notar Albrecht, Mijnheer Cantillon und Hochwürdens bester Freund, Kaplan Diels) ruhiger als sonst, weniger ausgelassen? Aber das beunruhigt sie nicht. Es wäre ja auch seltsam, wenn sich die Herren, die für die Seelsorge und die Belange der Alegemer Bevölkerung zuständig sind, wegen all dieser merkwürdigen Todesfälle keine Sorgen machen würden.

Beim ersten Tageslicht hört sie die Herren im Gang poltern. Sie jubeln gedämpft. Unsere Diana springt aus dem Bett und stellt sich ans Fenster, sie beobachtet, wie sich die Gäste verabschieden, sie schlagen einander auf den Rücken oder auf die Schulter, der Qualm ihrer Zigarren vermischt sich mit dem leichten Nebel.

Beruhigt sieht unsere Diana, wie Kaplan Diels auf seinem Fahrrad den Weg nach Oudenaarde einschlägt. Dann hört sie, wie sich die vertrauten, eleganten Schritte dem Pfarrhaus nähern, die Steinstufen heraufkommen. Die Tür fällt ins Schloß. Rasch geht sie nach unten. Im Nachthemd. Mit meinem Herrn stimmt etwas nicht, meine Eingeweide schlingen sich um meinen Herrn, mein Herr muß friedlich und geborgen in meinen Händen sein, auch wenn ich vor Müdigkeit umfalle.

Sie findet ihn im Ohrensessel, breitbeinig sitzt er da mit einem Plaid über dem Schoß, in seiner halblangen, schwarzen Trainingshose. In seinem Mund der Schnuller, die kalte Zigarre.

»Haben sich die Herren amüsiert?«

»Das glaube ich, und das hoffe ich.«

»Und Sie?«

»Ach, Diana«, sagt er, und sie findet Freude in ihrem Herrn, der sie beim Vornamen nennt.

»Wie fanden die Herren den *Domaine de la Gautière?«*

»Interessant.«

»Ist das alles?«

»Der Notar fand ihn nicht warmblütig genug.«

»Weil die Parzellen des *Domaine de la Gautière* nach Norden hin liegen!«

»Nicht so laut.«

»Deshalb ist der Wein auch lebendig. Wäre es dem Notar vielleicht lieber, er wäre überreif? Ich persönlich, Herr Pastor, finde, daß der Geschmack dadurch voller wird.«

»Angeblich hätte ich auch zu viel dafür bezahlt.«

»Keinen Franc zuviel. In dem Jahr gab es nur eine halbe Ernte.«

»Diels fand den *Domaine de la Citadelle ...«*

»Ich finde, für einen Kaplan redet Diels viel dummes Zeug. Was hat er gesagt?«

»Zu stark.«

Unsere Diana schnaubt. »Dreizehn Komma sechs Prozent Alkohol. Wenn er das nicht verträgt. Und der *Riesling de Beyers?«*

»Weich fließend, aber nichts Besonderes.«

»Denen kann man es aber auch nie recht machen«, sagt unsere Diana und trinkt einen Rest vom *Hermitage de Chave,* kostet und erschrickt. Das Plaid ist von den Knien ihres Herrn gerutscht.

Sie bemerkt die Flecken auf seinen Beinen, Knöcheln, Füßen. Sie schreit nicht, jammert nicht.

»Sie haben ja auch welche«, sagt sie zärtlich, und etwas später kniet sie vor ihrem gefleckten Herrn und taucht seine

Füße in eine Emailleschüssel; mit einem dampfenden Waschlappen reibt sie über die angegriffenen Waden. Wie Maria Magdalena, denkt sie.

Doktor Vermeulen verabreichte dem Priester ein paar Spritzen, und die Flecken schienen zu verschwinden.

Hochwürden Lamantijn dankte Gott, betete, brachte seine Buchführung in Ordnung, erlegte sich Enthaltung von französischen Weinen auf, trank Leitungswasser und stand eines Abends in seinem Garten, um die Milchstraße zu betrachten. Wie so oft war er sich bewußt, wie klein die Menschheit war; außerdem verspürte er einen Anflug von Angst. Schon den ganzen Abend hatte er sich unpäßlich gefühlt, etwas Unheimliches kündigte sich an, jemand, der sich zugleich in seinem Garten und auf der Straße und in der Gegend befand und ihn mit etwas aus der Vergangenheit bedrohte. Er bemerkte einen Schatten, der sich bewegte und hinter seinem Auto verschwand, das vor der Garage stand. Keine Panik. Hochwürden legte die Hände auf den Rücken und zwang sich, weiterhin zum unwirtlichen Firmament hinaufzublicken. Dann schritt er würdevoll zur Küchentür. Einmal im Haus, preßte er beide Hände auf die Brust, in der es hämmerte. Die Polizei anrufen? Diana wecken? Wie oft hatte der widerliche Blaute ihn nicht angehalten, wenigstens eine Pistole mit Nervengas (oder war es Lachgas?) im Haus zu haben. Ruhe bewahren. Hochwürden legte eine Platte auf, seine heimliche Liebe Ludwig van. Dann kam ihm der Gedanke: »Das ist mein Pfarrhaus, mein Garten, mein Auto«, und er trat wieder in den Garten hinaus, fast wohlgemut, auf Zehenspitzen, in den Schatten. Ein hagerer Mann beugte sich zu seiner Autotür und schabte, kratzte daran herum.

»Guten Tag. Oder besser, guten Abend«, sagte der Priester. Der Mann hatte etwas Militärisches, eckige Schultern, kurzgeschnittenes, graues Haar. Er stand breitbeinig da, steckte etwas in seine Hosentasche, stellte den rechten Fuß vor, er trug Stiefel, die mit gelblichem Lehm bespritzt waren. Sein Gesicht wirkte nicht unfreundlich, hatte aber etwas Brutales, weil die Augenbrauen zusammengewachsen waren, ein borstiger Strich.

»Früher war ich einer der Besten«, sagte der Mann mit Antwerpener Akzent. »Hundert Autos geknackt, im Handumdrehen. Aber die Finger wollen nicht mehr so wie früher. Verschleiß, wie bei allem, was?«

»Was wollen Sie mit meinem Auto?«

»Leihen. Ehrenwort. Sie kriegen es wieder, ohne eine Schramme.«

»Sie sind aus Antwerpen.«

»Aus Borgerhout.«

Ich muß etwas tun, dachte der Priester, etwas Mannhaftes, das diese schäbige Sünde verhindert.

»Ich gehe zurück nach Borgerhout«, sagte der Mann wie am Tresen in der Kneipe. »Zu meiner Freundin. Sie heißt Mooike.«

Mooike. Der Name einer Kuh oder eines sehr dummen Mädchens. Sie ist dumm, aber bestimmt »mooi«, hübsch.

Der Priester räuspert sich, er muß etwas Beschwichtigendes sagen, etwas, das sie beide beschützt vor einer unausweichlichen Geste, einem nicht zu stillenden Blutschwall. Aber ich bin ein Hase im Scheinwerfer des Wilderers.

»Es wird Zeit, daß ich verschwinde«, sagt der Mann. »Ich hab' hier nichts mehr verloren. Ich kann mich an die Gegend hier nicht gewöhnen. Das hat sich jetzt gezeigt. Ich sage Mooike und meinem Kumpel hier Adieu.«

»Catrijsse?«

»Catrijsse René. Er muß ja hierbleiben. Er ist gekommen, um hier zu sterben.«

Der Mann war einmal Krankenpfleger, so viel müde Erfahrung in diesem Gesicht mit dem weichen Mund.

»Ist das nicht das A-Dur-Quartett aus Opus 18? Das Menuett?« fragt der Krankenpfleger.

»Ja. Inspiriert vom Quartett in A-Dur von Mozart, KV 464. Die vier Instrumente sind gleichzeitig, eigentlich selten in Beethovens Frühwerk.«

Eigentlich müßte ich die Aussegnung sprechen , die letzten Gebete, bevor der Sarg die Kirche verläßt. Denn auch er ist gekommen, um zu sterben.

Sie lauschen dem vierten Satz, dem Allegro, und dem Schnarchen unserer Diana.

Dann sagt der Mann: »Ich habe keinen einzigen Fleck. Sie können mich von Kopf bis Fuß untersuchen. Erklären Sie mir das mal, wo Sie doch das Schicksal studieren, warum gerade René Catrijsse und ich nicht. Ich habe nämlich viel mehr gesündigt als er, sehr viel mehr. Warum läßt die Gnade ihn im Stich, und warum wird sie den anderen zuteil, seinem Vater, seinem Bruder, den Auserwählten?«

»Seiner Mutter.«

»Seiner Mutter nicht«, sagt der Mann kurz.

»Nein?« sagt der Priester, und ihm wird keine Gnade zuteil, sondern eine ungeheure Beklemmung, er drückt die

Hände wieder auf sein hämmerndes Herz. »Dann ist René der Täter?« stößt er hervor.

»Wer nicht? Der eine etwas mehr als der andere, aber was macht das schon im Unterschied der Differenz. Los jetzt.«

»Wohin? (Zur Schlachtbank.)«

»Die Autoschlüssel.«

»In der Küche«, sagt der Priester und geht vor. »Vorsicht, die Bodenfliesen sind ziemlich lose.«

In der Küche steckt sich Charlie eine Flasche *Mont Redon* in die Jackentasche. Dann nimmt er die Autoschlüssel aus der zitternden Hand entgegen.

»Sie«, sagt Charlie, »Sie sind unwürdig.« Als er zum Auto geht und Hochwürden Lamantijn auf der Treppe stehen bleibt, sagt er: »Ihr Auto steht übermorgen auf dem Parkplatz vor dem Bahnhof in Deurne. Wahrlich, wahrlich!«

Scherzo.

Am nächsten Tag geht Hochwürden Lamantijn in den Laden mit den Hakenkreuzen.

»Du wirst das doch entfernen, Alma, das ist nicht zum Ansehen!«

»Niemals.«

»Das ist Provokation. Ich wußte nicht, daß du so störrisch wie ein Maultier sein kannst.«

Sie schenkt ein *Metserke* ein, schwachen Genever für die *Metselaars*, die Maurer, die in den rauhen Wintern viel davon trinken können, ohne vom Gerüst zu fallen.

»René? Er läßt sich von mir nichts sagen«, sagt Alma, »das war schon immer so. Und in seinem Zustand ...«

»Kein einziger Zustand darf einen viel schlimmeren Zustand entstehen lassen.«

Alma steckt sich eine *Groene St. Michel* an, den bitteren Tabak, »der das Zahnfleisch wach hält«, wie Lehrer Arsène es einmal formuliert und an die Zeitung *Het Belang van Waregem* eingesandt hat, die den besten Werbeslogan suchte.

»Alma, ich muß mit René sprechen.«

»Er ist im Wald.«

»Zusammen mit diesem Verbrecher Charlie.«

»Die frische Luft tut ihm gut. In der Zeit, die ihm noch bleibt.«

Dolf kommt mit einem Bündel Porree herein. »Selbst gezogen, Herr Pfarrer, garantiert ungespritzt. Unsere Diana wird sich freuen.«

»Dankeschön, Dolf.«

»Ich geh' mal die Erde abwaschen.«

»Alma, du begreifst nicht, welche Tragweite das hat, was René anrichtet.«

Vor ihrem verschlossenen, harten Gesicht findet er keine Worte mehr.

Als Dolf mit dem Porree aus der Küche kommt, geht der Priester schon über die Straße.

HOCHWÜRDEN

Hochwürden Lamantijn stand auf der Kanzel aus dem späten achtzehnten Jahrhundert vor seinen treuesten Gemeindemitgliedern, zwei Dutzend leeren Stühlen und dahinter einem Trüppchen Pfadfinder, acht ungehobelten, zotteligen Jungs. Man sah den Atem des Priesters, der seinen Mund verließ.

Und was er sagte, war folgendes: »Liebe Gemeinde, ein Bauernjunge ging die Straße entlang, die zum Hof seiner Eltern führte. Vater und Mutter hatte er zwei Jahre lang nicht mehr gesehen, weil er im Gefängnis gesessen hatte wegen Totschlag im Affekt. Neben ihm ging ein unsichtbarer Mann, vielleicht war es auch kein Mann, sondern eine undurchschaubare Kraft, die man früher Engel oder Teufel genannt hätte, und diese Kraft flüsterte dem jungen Bauernsohn zu: ›Was willst du in Gottes Namen in deines Vaters Haus? Du bist Gesindel, in deines Vaters Haus ist kein Platz für dich. Tu uns allen einen Gefallen und erhäng dich an dem Birnbaum dort.‹ – ›Wenn du mir das befiehlst, dann will ich gehorchen‹, sagte der junge Mann und warf ein Seil über einen Ast des Birnbaums; er vergaß dabei, daß Selbstmord eine der schlimmsten Sünden ist, die den Menschen heimsuchen kann, denn die Gabe, die Gott einem verliehen hat, das schönste Geschenk, das des Lebens, schmeißt man nicht zurück in Gottes Angesicht. Doch wie durch ein Wunder mußte der Junge plötzlich an seine Mutter denken. Er sah sie vor sich, und sie schien so betrübt, daß der Junge sofort den Strick losband und nach Hause rannte.

Zuletzt rannte er so schnell, daß er kurz vor seinem Ziel stolperte und im Misthaufen landete. Seine Mutter, die

Bäurin, die gerade mit ihrem Krug zum Brunnen ging, um Wasser zu schöpfen, erblickte ihren Sohn. Und er erblickte sie, und er erschrak, denn in diesen zwei unglückseligen Jahren war ihr Haar und ihr Gesicht schneeweiß geworden. Herzerschütternd schreit er: ›Oh Mütterlein, was habe ich dir angetan in der törichten Unbesonnenheit meiner Jugend?‹

›Sag so etwas nicht‹, stammelt sie und legt ihre alten Arme um seinen Hals. Alles ist vergessen und vergeben. ›Ach, Jungchen, ich bin so überglücklich, daß du zu unserem Hof zurückgefunden hast, denn Vater ist inzwischen gestorben. Er sieht uns von dort droben hinter den Wolken, er würde es auch am liebsten sehen, daß du die Leitung unseres Gutshofes auf deine Schultern nimmst. Du brauchst nicht mehr in die gefährliche Welt hinaus, du kannst hier auf unserem Acker schaffen und in unserem Dorf gedeihen.‹

Diese pastorale Parabel, liebe Gemeinde, gehört einer Zeit an, die heute leider hinter uns liegt und nicht mehr wiederkehrt.

Und du dort hinten, bei den Pfadfindern, würdest du bitte den Kaugummi aus dem Mund nehmen! Denn das neue Gleichnis, das ich jetzt erzählen werde, ist sicher auch an dich gerichtet in diesen neuartigen Zeiten. Hör zu. Ein Bauernsohn kam nach zwei Jahren Gefängnis auf den Hof seiner Eltern zurück. Keine übersinnliche Kraft, ob schlecht oder gut, begleitete ihn. Er betrat den Hof, erblickte seine Mutter und sagte: ›Mutter, ich habe eine Krankheit, über deren Natur ich in deinem Beisein nicht reden möchte, die jedoch lebensbedrohlich ist. Gleichwohl bin ich so frohgemut, daß ich dich trotzdem umarmen möchte. Komm in meine Arme, und auch du, Schwesterchen, umarme und küsse mich, und du auch, Großmutter, und auch du, treuer Wachhund, der die Fremden mit seinem Gebell verjagt, und du, jüngster Sproß unseres Stammes, du Kind meines Bruders in deiner Wiege.‹ Denn, liebe Gemeinde, auch dem allerunschuldigsten Kind bläst er die verseuchte Luft seiner Lungen in das makellose kleine Gesicht. Innerhalb von zwei Tagen liegt der Hof dieser Leute voll mit Toten und wimmernden Sterbenden. Nun erhebt sich die Frage: Was soll die Mutter tun? Darf das Ungeheuer weiterhin seinen tödlichen Atem über seine Mitmenschen blasen, bis die Vernichtung landesweit, weltweit, planetarisch zuschlägt? Oder sollte man diskret, so hygienisch und nachhaltig wie möglich, die Quelle des Unheils austrocknen, das Übel im Keim ersticken? Ich gehe noch weiter. Muß nicht die Mutter selbst, die ja in gewissem Sinne diese Katastrophe in der Person ihres Sohnes in die Welt gesetzt hat, die Entscheidung treffen, die ihn in die ewige Finsternis stürzt?

Die Frage ist also, sollte man auf Römer zwölf, Vers einundzwanzig hören: ›Laß dich nicht vom Bösen besiegen, sondern besiege das Böse durch das Gute‹, oder sollte man sich entscheiden, dem, der das alles angerichtet hat, ein Ende zu bereiten, ein radikales, unerbittliches, notfalls auch grausames und unmenschliches Ende?«

Bei den Pfadfindern wurde es immer lauter. Die anderen Kirchgänger drehten sich nach den Jugendlichen um. Ihr Anführer, der an Pubertätsakne litt, bat darum, etwas sagen zu dürfen.

»Nur zu«, sagte Hochwürden Lamantijn, krampfhaft den Rand der Kanzel umklammernd. Seine Fingerknöchel wurden schneeweiß.

Der Anführer sagte: »Also wir meinen – als Jugend und mit Blick auf die Zukunft –, dieser Mann muß hingerichtet werden, nachdem er zuerst gestanden hat, wo der Ursprung dieser üblen Krankheit zu finden ist. Es ist nicht erwiesen, daß sie aus der Dritten Welt kommt.«

»Das stelle ich euch anheim, auf Ehre und Gewissen«, sagte der Priester. Was auch immer der Grund war – wurde ihm unwohl oder wollte er die Kanzel verlassen, um sich in einer demokratischen Haltung zu seinen Zuhörern zu begeben und mitten unter ihnen eine Diskussion über Vorbestimmung und freien Willen führen, oder erlitt er vielleicht einen akuten Gichtanfall? – jedenfalls setzte Hochwürden Lamantijn einen Fuß nach hinten, rutschte auf der von unserer Diana spiegelglatt gebohnerten Stufe aus dem späten achtzehnten Jahrhundert aus, landete todunglücklich auf einer Grabplatte aus Stein und stand nicht mehr auf.

»Das ist ja die Höhe«, sagte Notar Albrecht. Wir pflichteten ihm bei. Wir saßen im Lokal *Riviera,* als die aufgeregten Pfadfinder uns von dem Vorfall berichteten. Die Pfadfinder tranken Bier, um sich von dem Schrecken zu erholen. Ihr Anführer behauptete, es sei verdammt schade, weil Hochwürden gerade im Begriff gewesen sei, mit ihm von Mann zu Mann ein gründliches Gespräch über den Gegenwartsbezug der Kirche zu führen.

Als der Krankenwagen den Toten mit Sirenengeheul wegbrachte, betraten auch ein paar Frauen das Lokal. Soweit wir es mitbekamen, denn die Frauen plapperten alle durcheinander, war der Pfarrer in Hochform gewesen. Und es stimmt, erzählen konnte er, unser Hochwürden. Aus nichts macht er im Handumdrehen eine Fabel oder ein Gleichnis.

»Ja, aber na ja«, sagte Hedwige, die Frau von Rombouts. »Hinter und zwischen diesen Gleichnissen, wie dem vom Verlorenen Sohn, hat er doch immer gesagt, was er sagen wollte.«

Hedwige Rombouts ist nicht so unser Fall. Ihre beiden Töchter Julia und Alice gehen ja noch, aber die Mutter! Sie kann schwer alt werden, das ist es. Aber auch wenn sie sich noch so viel parfümierten Putz ins Gesicht schmiert, ihr Alter und vor allem ihr mißgünstiger Charakter kommen durch, wie Risse in einem ausgetrockneten Flußbett. Nein, unter Hedwige Rombouts würde ich nicht gern liegen.

Während wir Dart spielen, hören wir, wie sie mit dem pickligen Oberhaupt der Jungen spricht.

Wie es möglich ist, daß der Mensch so bösartig sein kann, darüber reden sie. »Seltsam«, sagt Hedwige Rombouts, »daß jemand, der keiner Fliege etwas zuleide tun konnte, so viel mitmachen muß. Ich denke dabei auch an Unseren Heiligen Vater, der am Schluckauf gestorben ist. Und an meine Nichte, die einen Tumor hat.« Der Pfadfinder sagt mit spitzem Mund, daß die Erfahrung des allgegenwärtigen Bösen es unglaubwürdig mache, daß ein allmächtiger Gott existiere, aber daß wir darum trotzdem auf das hören müßten, was gut sei in uns und daß wir das Böse bekämpfen müßten, auch wenn im Himmel droben gähnende Leere herrschen sollte.

»Na schön«, sagt Hedwige Rombouts, »dann fang damit an und bekämpfe René Catrijsse.«

»Wer ist das?«

»Der verlorene Sohn, von dem unser unglücklicher Pastor gesprochen hat. Der, dem was in den Knochen steckt, was nicht mehr heilbar ist. Hochwürden hat es rundheraus und unverhohlen gesagt. René Catrijsse ist der Kranke.«

»Und wo steckt der Kerl?«

»Im Wald. Oder bei seiner Mutter.«

Leipe Nietje, der immer ein bißchen hinterherhinkt in der Konversation, sagt: »Ich vertraue Gott nicht mehr. Er ist klug und weise, und ich habe den Eindruck, daß es ihn gibt, damit er uns hilft, aber er sagt uns niemals, wann.«

Das ist so ungefähr das, was wir aufgeschnappt haben im *Riviera,* das so heißt, weil unser Bürgermeister und Besitzer des Etablissements einmal eine Freundin in Italien hatte, die an einem *riviera* wohnte, Fluß auf Italienisch.

Im Flur. Eiskalte Füße. Der Kreislauf, der nichts taugt. Auch das von Mutter geerbt. Ich habe meine Brille aufgesetzt, weil ich blöde Ziege glaube, daß ich dann besser hören kann. Die Eltern machen Julia fertig. Vater sonor, Mutter, die alle Stationen des Kreuzweges durchmacht, im Klageton. Oh, wie ich sie hasse, wenn sie die Märtyrerin spielt.

Sie, Julia, höre ich nicht. Fast nicht. Sie läßt alles über sich ergehen. Seit meiner frühesten Erinnerung gelingt ihr das, anmutig und makellos.

»Wir können es nicht ändern«, ruft Vater. »Die Leute im Dorf wollen es, und wir müssen uns damit abfinden.«

»Der Wille des Volkes?« sagt Julia verächtlich.

»Es liegt nicht in unserem Vermögen ...«

Warum nur diese seltsamen Wörter. Vermögenssteuer.

»Die Catrijsses sind unten durch. Für immer.«

»Hector, laß mich ...«

Schade, daß ich sie nicht sehen kann. Den beleidigten Hector, Hedwige, die Märtyrerin, und Julia, die aufsässige Tochter, in der abgedroschenen Komödie: Eltern und Kinder.

Durchs Schlüsselloch ist nichts zu sehen, nur etwas Grauwollenes, der Pullover meiner Mutter. Durchs Schlüsselloch weht ein kalter Luftzug. Bevor jemand eine Stricknadel hindurchsteckt.

»Willst du, daß sie nachts auch bei uns Hakenkreuze an die Hauswand oder an das Magazin schmieren?«

»Hedwige, mach's kurz. Sie muß auf ihre Eltern hören und damit basta.«

»Du bist aus einer Zeit weit vor dem Krieg, Vater.«

Meine Schwester, unantastbare Geliebte. Ihr Brustumfang ist ideal nach dem Test in der *Marie Claire.*

»Julia, laß Noël vorläufig links liegen. Schlag dir die ganze Familie aus dem Kopf.«

»Wer soll denn dann überhaupt noch mit ihm umgehen?«

»Das ist nicht unser Problem. Er ist alt genug.«

Meine hinterhältige Mutter. Natürlich ist Noël nicht alt genug. Ich muß an mich halten, sonst stürme ich in das Zimmer.

»Ich habe nicht gesagt, daß er nicht anständig ist.«

Wie gehässig das klingt. Anständig.

»Hedwige, hier geht's nicht darum, ob jemand anständig ist oder nicht. Das brennende Problem ist, daß unser Dorf von etwas bedroht wird, das schlimmer ist als damals die Nazis, und daß es René Catrijsse ist, dem wir den ganzen Ärger zu verdanken haben. Die Behörden mit Kommissar Blaute vorneweg halten das für wissenschaftlich bewiesen. Daraus müssen wir Konsequenzen ziehen. Die Wurzeln des Übels müssen raus.«

»Eins versteh' ich nicht«, sagt Mutter. »Warum haben sie René nicht längst ins Kittchen gesteckt? Da sind doch hinter den Kulissen große Interessen im Spiel, denkt an meine Worte.«

»Weil es keine Beweise gibt«, sagt Julia trotzig.

»Ihren Laden können sie auf jeden Fall vergessen«, sagt mein praktisch denkender Vater. »Jetzt dürfen sie ihren Vorrat selber trinken.«

»Vater, du solltest dich schämen«, sagt Julia, meine eigenwillige, unwillige Schwester, deren Seele furchtbar verletzt sein wird, wenn sie entdecken sollte, daß Noël mir gehört, mir und keiner anderen.

DOLF

Dolf Catrijsse, ohnehin ein seltener Gast im *Stillschweigen,* kommt nun gar nicht mehr. Vermutlich schämt er sich. Wir mögen ihn, den Dolf, und wir hätten nichts dagegen, daß er auf ein Glas hereinschaut, vielleicht könnten wir über ihn noch etwas in Erfahrung bringen. Aber er läßt sich nicht blicken. So wie er sich geschämt hat, wißt ihr noch? bei der Befreiung, als er im Rathaus beantragen wollte, seinen Vornamen zu ändern. Ist ja wohl verständlich, daß alberne Witze gemacht wurden und daß vor allem die jungen Burschen den rechten Arm ausstreckten und Heil, Dolf riefen. Im Rathaus sagte Elga, die Nichte von Hedwige Rombouts mit ihrem Berg von einem Bauch, das sei nicht möglich.

»Alexander«, sagte Dolf, »das schwebt mir so vor.« Und Elga prustet vor Lachen und sagt: »Alexander, alles-für-mich-und-nichts-füreinander.«

»Adhemar«, sagte Dolf, »nach meinem Missionarsonkel im Fernen Osten.«

»Nein, Dolf«, sagte sie, »du mußt einen plausiblen Grund haben, Dolf bleibt Dolf. Daran hättest du früher denken sollen.«

»Wann?«

»Als sie deine Geburt angezeigt haben.«

»Aber damals konnte mein Vater doch nicht wissen, daß Dolf der Name von so einem deutschen Schweinehund war.«

»Ein Österreicher, willst du sagen. Nein, Dolf, vergiß es. Aber apropos Alma, deine Verlobte«, fragte Elga spitz, »will sie auch ihren Vornamen ändern?«

Warum sollte sie?

»Nur so«, sagte Elga leichthin. »Vergiß es.«

Er vergaß es. Schamhaft.

Wir haben gehört, daß Alma nicht mehr mit dem Erbe ihrer Tante Yvonne rechnen kann, und das ist kein Pappenstiel, ein Appartement in Sint-Idesbald, eine Reihe Arbeiterhäuser in Ieper, hier und da ein paar Ländereien, und bis jetzt rede ich nur von den Immobilien, man muß ihre Sammlung Silber aus den zwanziger Jahren sehen, das ist heute aus der Mode, aber wenn wir lange genug warten, kommt das wieder. Die ewige Wiederkehr.

Die Musikbox spielt. Es wird frischer. Wir bekommen *Sur ma vie* zu hören, von diesem französischen Zwerg mit Polypen, wo soll das noch hinführen mit den Schlagern heutzutage? Jemanden mit so einer Gurgelstimme, ob französisch oder nicht, hätten wir früher aus jedem anständigen Lokal geworfen.

»Ich weiß nicht«, sagt Leipe Nietje nachdenklich.

»Was weißt du nicht, Nietje?«

»Das mit der ewigen Wiederkehr. Ob ich noch einmal zurückkehren möchte. Geschweige denn für ewig.«

»Aufgrund der in letzter Zeit aufgetretenen seltsamen Erscheinungen in dem sonst so friedlichen Dorf Alegem, einer Perle in unserer flämischen Krone, erscheint die Familie Catrijsse in einem Licht, welches sie gewiß nicht als wünschenswert erachtet.« So begann der Artikel in *Het Belang van Waregem.* Der Nachfolger des verstorbenen Hubert van Hoof besaß weder dessen Zaghaftigkeit noch dessen adäquaten Stil. Der Artikel strotzte von Anspielungen, Verdächtigungen, Lügen. Wir, der Familie Catrijsse und insbesondere Alma wohlgesinnt, wußten das nur in Maßen zu schätzen. Ein Satz störte uns vor allem, und zwar:

»Während der Besatzungszeit, deren Greuel und blutige Exzesse im kollektiven Gedächtnis Südwestflanderns frisch bewahrt geblieben sind, war Alma Moens dem Feind unseres Landes nicht abgeneigt; noch manch ein Bewohner Alegems, der die germanische Terrorherrschaft überlebt hat, kann sich lebhaft daran erinnern, wie sie in ihrer deutschen Schwesterntracht durchs Dorf stolziert ist.«

Historisch-ikonographisch ein grober Irrtum. Alma wurde damals gesehen, gewiß, unser Widerstand hatte auch hinten Augen, und sie trug eine Schwesterntracht, gewiß, aber niemals eine deutsche, perlgrau mit weißer Haube. Sie trug die Uniform der *Dietser Meisjesscharen,* einer antibelgischen Bewegung, gewiß, aber an und für sich, meinen wir, nach dem Gesetz nicht strafbar. Was weiß so eine journalistische Rotznase schon davon?

Wir, die wir damals jung waren und schlau und schön und brünstig, kämpften um Alma. Wie sie mit Hüften und Hintern durch die Hauptstraße ging, mit diesen Schultern und diesem hochmütigen Blick! Waren wir, sogar am Ende der Feindseligkeiten, als Deutschland in den letzten Zügen lag, nicht sofort bereit, ihr beim Abzug in die zerbombte Heimat zu folgen, in die letzten Monate des Tausendjährigen Reichs?

Na?

Wenn ich sage »Wir«, dann wissen Sie schon, wen ich meine. Folgen Sie meinem Blick. Die beiden alten, kahlköpfigen Männer, die Billard spielen und so tun, als ob sie nichts hören, nichts verstehen. Es sind die Herren Kooiman und Blabink. Als *Flämische Wächter* sind sie Alma bis in die deutschen lodernden Trümmer nachgelaufen. Sie konnte sich nicht für einen von ihnen entscheiden und ließ sich mit den beiden ein, die jetzt schweigend Billard spielen und es nie unter sich ausgetragen haben, im Gegenteil, sie sind zusammen ins Kittchen gegangen, aber nicht gleichzeitig wieder rausgekommen, Kooiman bekam nämlich zwanzig Jahre und Blabink fünfzehn, das fanden sie skandalös, nicht die Anzahl Jahre, sondern die unterschiedlich hohen Strafen. Nach ein paar Jahren Haft waren sie mürbe. Jeden Freitagabend treffen sie sich zum Billard und wechseln dabei kaum ein Wort. Sie sind auch nicht verheiratet, und daß der Blitz des Liebesgottes sie jemals berührt hat, haben sie vergessen. Was mit Alma in Deutschland genau gewesen ist, darüber gibt es Gerüchte.

Aber vom Krieg wollen wir lieber schweigen, denn sonst tun sich Abgründe auf.

Ich habe von einer Telefonzelle aus bei Julia angerufen und zu ihr gesagt: »Julia, hier ist Noël. Ich erwarte dich an der Linde, gegen fünf, wenn's dir recht ist, wenn nicht, dann um halb sechs.« Sie hat gesagt, sie würde um fünf kommen. Und ich habe gewartet, und dann war sie da, und ich habe gedacht, wer sie auch nur berührt gegen meinen Willen, den mache ich fertig, ich gieß' ihm Benzin über seine Kleider, und dann war sie da, und wir sind zum See von Moerbeke gefahren, wo wir schwimmen, wenn es noch warm ist und keine anderen Leute da sind, und sie sagt: »Du hast dich bestimmt gefragt ...«, und ich sage: »Ja, wo bist du gewesen, in Italien oder sonstwo im Ausland?« und sie sagt: »Auch in Italien, aber die meiste Zeit bin ich im Land geblieben, ich darf nur nicht mehr zu dir kommen, sie haben mir jeden Umgang mit dir und deiner Familie verboten, nicht mal mit dir sprechen darf ich mehr, sonst setzen sie mich vor die Tür.«

»Glück im Unglück«, habe ich gesagt, denn das sage ich gern, es paßt fast immer, und sie lacht laut und küßt mich. Sie sagt, sie findet es unmöglich von ihren Eltern, uns beide büßen zu lassen für etwas, was René getan hat oder tun wollte oder auch vielleicht gegen seinen Willen getan hat, denn wo René schon genug gestraft ist und Buße tut mit seinem Leben und seinen schlimmen Wunden, dürfen wir dann auf die Strafe Gottes noch eins draufsetzen? »Schau«, sagt sie und ich schaue, es ist nichts zu sehen als ein Teich mit Entengrütze und in der Ferne ein Angler unter einem Regenschirm. »Schau«, sagt sie, »wenn wir beide nun in einem Fernsehfilm leben würden, dann würden wir zusammen ins Wasser springen, Hand in Hand, jeder mit einem Mühlstein um den Hals.«

»Wo kriegt man so einen Mühlstein? Und was kostet der?«

»Aber weil wir nicht im Fernsehen leben, mache ich das hier.« Sie kniet sich hin und knöpft meine Hose auf. Zuerst lasse ich sie gewähren.

»Du hast Knoblauch gegessen«, sagt Julia, »das schmecke ich.«

»Mit Lammfleisch«, sage ich, weil Frauen immer über Kochrezepte reden. Und weil ich befürchte, daß Julia mich jetzt ausfragt über das Wie und Was und Wie lange von Lammfleisch, gebraten oder geschmort, ziehe ich sie hoch.

»Wir dürfen uns nicht mehr sehen«, sagt sie. »Du weißt, wie das ist in so einem Dorf, alles kommt gleich heraus.«

»Nicht alles.«

»Ich trau mich nicht mehr ...«

»Hast du Angst vor deinen Eltern?«

»Ich will nicht, daß sie mich rausschmeißen.«

Wir stehen uns gegenüber wie zwei Angeklagte im Gerichtssaal. Ich strecke die Hand nach ihr aus. Sie drückt meine Hand.

»Na dann«, sage ich, »alles Gute ...«

»Schade, daß du kein Telefon hast.«

»Und was sollte ich dann sagen? Daß es aus ist?«

»Wenn man mit jemand über seinen Kummer reden kann, geht er schneller vorbei«, sagt Julia.

»Das wird behauptet. Ich werde immer an dich denken, noch mehr als vorher.«

»Mach das nicht.« Sie läßt meine Hand los.

»Du gehst jetzt direkt zu Serge. Wirst ihn heiraten.«

Ich darf nicht wütend werden, aber als ich den Namen ausspreche, schießt mir das Blut in den Kopf.

»Vielleicht«, sagt Julia.

Ich darf es nicht sagen, aber ich sage es trotzdem. »Er kann nicht singen.«

Sie blickt in eine andere Richtung, auf die Schwalben, die dicht überm Boden fliegen.

»Wenn du mit ihm verheiratet bist, darf er dich voll stechen.«

»Halt den Mund.«

Wieder sage ich etwas, was ich nicht sagen will. »Das habe ich nicht verdient.« Warum sage ich so etwas? Wer hat denn schon, was er verdient? Meine Mutter, die sich seit ein paar Tagen die Lunge aus dem Leib hustet, während mein Vater, obwohl er raucht, nicht mal hüstelt?

Ich will weg von hier. In den Wald. Rennen bis zum Sanatorium. Aber ich setze mich ins Gras. Sie setzt sich neben mich. Sie piekt mir den Zeigefinger in die Magengegend. »Warum läßt du dich immer von den anderen gängeln?« fragt sie. »Ich kann das nicht ertragen, daß du den anderen recht gibst und dir selbst nicht.«

Frauen drehen immer alles um, schamlos, von Kindheit an.

»Und was ist mit dir?«

»Daß ich das alles schlucke, ist meine Sache. Aber du darfst das nicht. Du brauchst nicht zu gehorchen.«

Sie lächelt, als täte es weh.

»Ich schlucke alles«, sagt sie. »Auch von dir. Aber jetzt schau.«

Sie hebt den Rock. Sie trägt ein violettes Spitzenhöschen, das die braunen Löckchen zu beiden Seiten der luftigen Spitze frei läßt. Sie zieht es herunter, hebt den Hintern an, streift es über ihre Knie und wirft es ins Gras. Der Angler am anderen Ufer blickt in unsere Richtung.

»Er kann uns nicht sehen«, sagt Julia.

»Doch, wenn er ein Fernglas hat.«

Sie läßt sich fallen, hebt diesmal ihr Kleid bis zu den Schultern, nestelt an ihrem blütenweißen BH. Sie legt den BH ins Gras und zieht sich dann ungeduldig das Kleid über den Kopf. Sie streckt sich aus. Von den vorigen Malen weiß ich, was von mir erwartet wird, ich sauge an ihren Brustwarzen, streichle ihre Hüften, aber es ist nicht wie sonst, sie schiebt meine Hand weg und kniet im Gras, stützt sich auf die Ellenbogen. Sie nimmt ihr Höschen und zwängt es sich zwischen die Schenkel, schiebt es halb in sich hinein.

»Komm«, befiehlt sie. Als ich mich aufrichte, nimmt sie meinen Schwanz, reißt daran wie an einem Steuerknüppel und führt ihn zu ihrem Hintern.

»Das darf sonst keiner«, sagt Julia heiser. »Nur du, mein Noël.«

Sie begräbt das Gesicht in ihrem Kleid, ihre Stirn ruht auf ihrem Oberarm. Eine Hand gleitet über ihre Pobacken, zieht sie auseinander.

»Hier«, sagt Julias Stimme, gedämpft durch das Kleid. »Hier und nirgends anders.«

Ich möchte nicht gehorchen. Ich warte. Julias rechte Hand umklammert meinen steifen Schwanz und drückt ihn gegen die Spalte.

»Vertu dich nicht im Loch«, sagt sie. Ich drücke gegen das verschrumpelte Seesternchen. Ich komme nicht dazwischen, nicht hinein. Julia seufzt. Weil sie seufzt, als ob ich wieder etwas falsch mache, weil der Angler immer noch zu uns herüberstarrt, weil ich mich darüber ärgere, daß ich so ein tolpatschiger Trottel bin, weil das weiße, liebliche Fleisch der Schenkel Cellulitis aufweist, worüber die Damen im Frisiersalon oft sprechen, und weil ich Julia sagen möchte, daß ich gehört habe, man kann sie vollkommen loswerden, die Orangenhaut, stoße ich mit wollüstigem Triumph in den Spalt zwischen den beiden weißen Hälften, in die sich Julias Hände wie Klauen gekrallt haben. »Ja«, sagt sie und preßt mit voller Kraft ihr Hinterteil gegen meinen Unterleib, ich zähle die Ja's, und dann zähle ich nicht mehr und beiße sie in den Nacken, in das Nest aus Haaren, und falle auf ihren Rücken. »Bleib liegen«, sagt sie, im Befehlston wie ihre Mutter, und ich bleibe mit geschlossenen Augen liegen. Sie singt »Petit Papa Noël«, ganz nah, und dann sagt sie: »Bleib liegen. Es ist das letzte Mal. Sag nichts!« Ich gehorche. Ich bin glücklich, und ich weiß es.

»Wer hat dem Präsidenten, von dem jeder weiß, daß er ein blutiger Tyrann ist, tausend Schlagstöcke geliefert, mit denen man Elektroschocks von 150.000 Volt auf die Hoden eines Häftlings verabreichen kann? Unsere Regierung weiß es.

Wer hat eine Sondertruppe des Präsidenten im Umgang mit elektronischen Sicherheitseinrichtungen ausgebildet? Unsere Regierung weiß es.«

Das ist wieder Lehrer Arsène, der im *Stillschweigen* auf seinem Steckenpferd reitet, den Menschenrechten. Keiner hört ihm zu. Es heißt, daß Leipe Nietje im Koma liegt.

»Koma, Koma, das ist schnell gesagt. Welches Stadium, darum geht es! Es gibt mehr Stadien, als man denkt.«

»Ach Schulmeister, willst du uns jetzt auch noch Medizin beibringen?«

»Zuerst«, sagt der Lehrer, und in seinem runden Gesicht zeigt sich eine ehrfurchtgebietende, massive Begeisterung, die von dem Drang herrührt, andere zu belehren, »zuerst ist man in einem schlafähnlichen Zustand, einer anhaltenden Bewußtlosigkeit. Keine Reflexe, keine Reaktionen.«

Er läßt die Zunge aus dem runden Gesicht hängen, eine planetarische Dummheit zieht über die dicken Brillengläser, die gerunzelte breite Stirn, die Hängebacken.

»Rein vegetativ kann der Kranke trotzdem seine Gliedmaßen bewegen. Er kann grinsen, wenn er Lust dazu hat – und warum sollte er keine Lust dazu haben? – aber er nimmt seine Umgebung nicht wahr, was an sich auch ein Segen sein kann, laßt euch das gesagt sein. Und dann kommt das, was man das Syndrom des Eingeschlossenseins nennt, das hat Leipe Nietje jetzt, er ist gelähmt und kann nicht sprechen, aber geistig ist er voll da und kann durch Bewegungen der Augen kommunizieren. So, und jetzt ihr.«

Leipe Nietje war mit Geschwüren übersät. Von Kopf bis Fuß. Auch mit seinem Todeskampf hatte er länger zu tun als der Alegemer Normalbürger. Seine Haut vertrocknete zusehends, fiel ab. Er erwachte aus dem Koma, teilte mit, er würde sterben, und so war es dann auch.

Ich wartete, hielt ein Handtuch bereit, ein frisches aus dem Schrank. Doktor Vermeulen wusch sich die Hände an der Pumpe. Aus Gewohnheit, er hatte René überhaupt nicht angefaßt. Dann trank er mehrere Genever. Mutter wäre ihm am liebsten um den Hals gefallen, denn er hatte der Justiz offiziell erklärt, daß ihr Sohn René nicht vernehmungsfähig sei. Er hatte den Herren vom Gericht mit ihren Aktentaschen mitgeteilt, René leide an Antikryptogamen, die auf der Basis von Arsen Krebs verbreiten. So dumm kann ich nicht sein, daß ich mir das nicht merken kann, und trotzdem, auch wenn ich mich noch so sehr anstrenge, bis mir der Hinterkopf weh tut, irgendwas entgeht mir immer. Nicht, daß ich es verstehe, aber ich sollte mir doch wenigstens die Laute merken können, bevor sie sich verflüchtigen.

Die Hochspannung der Neuronen, die elektrische Spannung mit obskuren Entladungen in unserem Metrobolismus. Oder so ähnlich.

Mittlerweile zeichnet sich in Renés Gesicht ein Totenschädel ab. Ich sitze an seinem Bett. Ich wünschte mir, Gott würde mich statt René töten. Ich wünschte mir, Gott hätte mich anders geschaffen, aus Jux. Aber Gott tut nichts aus Jux. Er muß auch gehorchen. Frag mich nicht, wem. Aber Gott sollte vielleicht bedenken, daß er damals, als er mich vom Tandem stürzen ließ, doch das eine oder andere verpfuscht hat, daß die zweite Version von Noël Catrijsse nicht besonders gut gelungen ist.

Renés Atem pfeift, knarrt, wird schneller.

»Er geht«, flüstere ich, »Mutter, er geht.«

»Wohin?« fragt sie laut.

»Das weiß keiner.«

»Zu den Schneeungeheuern«, sagt sie. Worauf Vater ruft, dies sei nicht der Augenblick, Unsinn zu faseln und sich blöd zu stellen. »In so einem Augenblick, verdammt noch mal!«

Doktor Vermeulen sagt, daß es hundertachtzig Franc mache. »Weniger als letztes Mal«, sagt Mutter.

»Ich hatte auch weniger zu tun.«

»Geht es zuende?« fragt Vater.

»Schon möglich. Ich muß gehen. Er darf sich vor allem nicht erkälten. Auch, wenn er schwitzt, die Decken nicht von ihm wegziehen.«

Nur gut, daß René das nicht hört, wo er Hitze doch nicht ertragen kann. Die des Äquators nicht und auch nicht die von unseren Öfen.

»Ich muß gehen. Zu den Hendriksens, die haben eine Kuh, die muß sich ständig übergeben und beißt die anderen Kühe in den Euter. Ein interessanter Fall. Dann zu Fredje Delooi, der mit seinen vierundvierzig Jahren die Masern hat. Und dann zum Gesundheitsamt. Wir Ärzte haben in so einem Fall Meldepflicht, aber was ich melden muß, sind selbstverständlich nur die Mischinfektionen.«

Dann untersucht er Mutter, allein, in ihrem Schlafzimmer, und als sie wieder in die Küche kommen, schweigen sie. Doktor Vermeulen geht, und Mutter stellt Blutwurst und Apfelmus auf den Tisch, und mit mir stimmt was nicht, das ist längst bekannt, aber diesmal ist es ungewöhnlich, nämlich sonst läuft mir bei Blutwurst und vor allem bei der mit Rosinen im Blut das Wasser im Mund zusammen, aber heute habe ich keinen Appetit darauf. »Was hat der Arzt über die Streifen auf seinem Rücken gesagt?«

Mutter sagt: ›Die gehn wieder weg. Es ist nur etwas mit seiner Milz, ein Riß, dabei hat er ziemlich viel Blut verloren, aber besonders schlimm ist das nicht.«

Sie lügt. Es stimmt, daß man ohne Milz leben kann bis zu seinem Tod. Aber sie lügt über all das andere. Sie darf das.

»Und was sagt er von dir?«

»Nichts Besonderes«, sagt sie.

»Du lügst.«

»Ist was nicht in Ordnung mit der Blutwurst? Du läßt sie ja stehen!«

Sie preßt die Hände an ihre Augenhöhlen, in denen sich die Tränendrüsen befinden. Sie jammert: »Ich habe es verdient, aber warum kommt die Strafe über mein Kind?«

»Alma«, sagt Vater. »Bitte, Alma.«

»Ja, bitte, Mutter.«

»Ich habe alles von meinem Sparbuch abgehoben.«

»Alles?« sagt Vater plötzlich schnell.

»Ich muß ins Krankenhaus von Waregem«, sagt sie. »Ich stehe allein da. Wir haben nichts mehr. Keine Flasche verkauft. Und meine Stricksachen wollen die Nonnen auch nicht mehr. Wochen habe ich daran gestrickt, und Schwester Clara sagt: »Ich würde sie ja nehmen, aber Mutter Oberin hat es verboten.« Schwestern aus ihrem Orden sind nämlich von Weißen in Fallschirmspringeruniformen vergewaltigt und erschossen worden, und sie schwören, daß unser René dabei war.«

»Mutter Oberin«, sagt mein Vater. »Sie stammt aus Izegem, das sagt schon alles.«

Wenn ich doch wüßte, was ich für René und meine Mutter tun kann. Oder für meinen Vater. Oder sogar für die

Leute im Dorf, die blind und dumm sind und glauben, wir, die Familie Catrijsse, sind schuld daran, daß es diese Krankheit gibt. »Die westflämische Pest breitet sich aus«, hieß es im Radio zwischen den Nachrichten über Mord und Totschlag in Vietnam und Hungersnot in einem Land, das hauptsächlich aus Wüste besteht, was bringt die Leute eigentlich dazu, dort zu leben?

Später am Abend kommt ein Medizinstudent, der ein Mittel gefunden hat. Er trägt schwarze Lederhandschuhe. Er ist viel zu jung, viel zu unbedeutend, er hat eine in Staniolpapier gewickelte Flasche dabei. Wir müssen alle Läden schließen, denn das Mittel darf kein Licht abbekommen. Cipadenobol. Oder so ähnlich. Es greift das Gewebe an. Der junge Quacksalber träufelt René mit einer Pipette drei Tropfen in den Mund. Mutter hat die Arme verschränkt, innerlich zappelt sie vor Ungeduld.

Der angehende Akademiker nimmt Renés Handgelenk und fühlt den Puls. Bei zehn kotzt René einen dicken Klumpen grünen Eiter aus. Das Pfeifen in Renés Kehle erinnert an das Kläffen von Julias Dackel.

René erkennt mich. »Na, du Dummerjan«, sagt er.

An der Ladentür sagt der junge Wunderarzt, er sei selbst nervös gewesen, denn das Wundermittel helfe nur in drei von zehn Fällen.

»Sie haben aber Mut«, sagt Mutter.

»Für die Forschung, Madame, muß man Risiken auf sich nehmen.«

Ich bin so erleichtert, daß René auf dem Wege der Besserung ist, daß ich an Julia denke, wie sie im Gras kniet, das Kinn auf dem Oberarm. Ich seh' ihren Hintern vor mir, den sie auseinanderzieht, und das Seesternchen.

»Woran denkst du?« fragt Mutter.

An Julia, die meine Julia war. Mit drei gekrümmten Fingern um mein Glied, als ob sie einen Windbeutel äße in einer Konditorei. Ich muß Julia aus meinem Gedächtnis verscheuchen, sonst muß ich um Mitternacht zum Haus von Hector und Hedwige gehen und es in Brand stecken.

ALMA

Alma hat sich vor zwei Stunden zu Haus mit kaltem Wasser gewaschen. Sie möchte lebendig, geistreich, gelassen bei IHM ankommen. Sie hat vergessen, daß die Straße vom Bahnhof zu SEINEM Haus so lang, so kurvenreich war. In all den Jahren sind auf dieser Straße vier, fünf Autowerkstätten dazugekommen und zwei Supermärkte. Neue Straßen, eine Schule. Erst bei dem Felsblock mit der Inschrift »Arkadien« erkennt sie SEIN Grundstück wieder, die Zypressen, die Platanen, die Büsche, den einst so kunstvoll angelegten Park, der nun überwuchert ist und an vielen Stellen verdorrt. Das rostige Tor steht offen. Auf der Auffahrt stehen vier Autowracks.

Vorhin, als sie am Kanal entlangging, nein, vorher schon, als sie aus dem Bahnhof trat und an den Lokalen mit dem Geruch von Bier und Kaffee vorbeikam, hat sie ihre Ankunft bei dem Haus mit den drei Dächern, wo ER vor dem Portal warten wird, im Geist durchgespielt. ER würde sie fragen, wo sie die ganze Zeit gewesen sei, und sie würde antworten: »Diese Frage sollte ich besser dir stellen.«

Darauf er, nicht rhetorisch: »Wie lange ist es her?«

Darauf sie: »Du kannst es dir ausrechnen, ich nicht, ich habe zu viel gelitten.« Nein, das ist zu larmoyant.

Wie weit der Weg ist. Das Haus in der Ferne, ein umgebautes Klostergut. Die verschiedenen Ziegel auf den drei Dächern, ungleich und unterschiedlich rot. Zwei Dächer mit dunkelgrauem Ried. Auch der Schafstall ist zu sehen, mit den geschwungenen Backsteinmauern. Alma lehnt sich an den gefleckten Stamm einer riesigen Platane. Zu ihren

Füßen winden sich bucklige Wurzeln wie versteinerte Schlangen.

Als sie wach wird, steht in zehn Meter Entfernung ein Mann, breitbeinig, in einem grünen Lodenumhang, und mustert sie. Er verbeugt sich und stützt sich dabei auf eine Heugabel. Eine irrwitzige Sekunde lang denkt sie, daß ER vor ihr steht, runzlig, zahnlos, kahlköpfig, denn um die Ohren und den Hinterkopf des Mannes, der eine Mütze trägt, ist kein Haar zu entdecken. Der Mann ist zweifellos ein Diener, ein Knecht. Er verbeugt sich noch einmal.

»Ich nehme an, Sie haben sich verlaufen«, sagt er.

»Nein. Ich möchte IHN sehen.«

»Das ist unter den heutigen Umständen nur möglich, Mevrouw, wenn Mijnheer seine ausdrückliche Genehmigung erteilt hat.«

»Ich muß meinen Zug nach Hause noch erreichen.«

Auf dem alten, bäurischen Gesicht erscheint ein verschmitztes Lächeln.

»Den Zug nach Hause erreichen, das ist nicht jedem vergönnt.«

Sie geht an dem Diener vorbei auf das Haus zu.

Sie geht langsamer, sie darf sich nicht vor IHM zeigen, wenn sie außer Atem ist. Sie wartet vor dem Haus.

»Sie haben sich verändert«, sagt der Mann. »Ich weiß Ihren Namen nicht mehr, aber Sie haben sich verändert. Waren Sie früher nicht blond?«

»Aschblond.«

»Und jetzt schwarz und grau.«

Er nickt. Ein Domestik.

»Sie haben geglaubt, Sie könnten hier die Herrin sein. Geben Sie's zu. Ich hab' schon einiges gesehen.«

»Kann ich mir vorstellen.«

Ein schalkhaftes Lächeln. »Sie haben hier herumspioniert. In allen Zimmern. Vor mehr als zwanzig Jahren. Er war damals schon in Argentinien. Als Sie weggelaufen sind, haben Sie das Tor offenstehen lassen. Drei von unseren Kühen sind damals auch weggelaufen.« Er hält ihr die massive Eichentür auf.

Drinnen hat sich nichts verändert an der Aufstellung der Möbel, an den marmorierten Wänden. Alma findet das Haus wieder, das sie sich jahrelang vergegenwärtigt hat, meist vor dem Einschlafen. Nur das Licht ist anders. Durch die Glastüren mit den eigenartigen Proportionen, drei Meter hoch, einen Meter breit, fällt nicht mehr das grelle Sonnenlicht von damals.

Sie fühlt sich wie eine Passantin, die zufällig ein Provinzmuseum betreten hat.

»Setzen Sie sich doch.« Er schlurft weg, ein respektvolles Schlurfen.

Sie hätte am Bahnhof ein Taxi nehmen sollen. So müde.

Der Boulle-Schrank, eingelegt mit Kupfer und Zinn und Perlmutt. Die beiden großen Barockspiegel mit Vermeilrahmen. Der holländische Kronleuchter aus Kupfer. Der achteckige Tisch aus dem siebzehnten oder sechzehnten Jahrhundert. Eine bronzene Empire-Vase, von der ein Henkel abgebrochen war, als eine holländische Geliebte von IHM damit geworfen hatte, eine Holländerin, die nichts anderes aß als Käsebrote oder Schokolade, hingegen alles trank, was sich in ihrer Nähe befand. Das hatte ER ihr in der Gummifabrik von Eschwege erzählt. Als sie ihn fragte, ob er auch mit sehr häßlichen Frauen ins Bett ginge.

Die Vorhänge aus perlgrauem Taft, voller Staub. Der Mann ist zurück.

»Er schläft noch. Er wird uns ein Zeichen geben, wenn es ihm beliebt.«

Uns. Ich und der Diener auf einer Stufe. Zu ihrem Erstaunen setzt sich der Diener in einen Empire-Sessel, mit übergeschlagenen Beinen, direkt vor dem Gobelin mit einer Jagdgesellschaft und einem Hirsch, der blutend in der linken Ecke liegt.

»Wie heißen Sie?« fragt Alma.

»Brauns.«

»Und Ihr Vorname?«

»Sagen Sie nur Brauns.«

Sie schaut in ihren Taschenspiegel. Sie hat hochrote Wangen. Sie zieht sich die Lippen nach, tiefrot, nuttig.

»Geben Sie sich keine Mühe«, sagt Brauns, »er sieht praktisch nichts mehr.«

»Praktisch?«

»Graue Flecke. Da ist nichts zu machen. Er wird Sie nicht erkennen. Er hat kein visuelles Gedächtnis wie Ihr Diener.«

»Ich muß den Zug ...«

»... nach Hause noch erreichen. Wenn Sie erlauben, werde ich Sie mit unserem Wagen zum Bahnhof bringen. Darf ich fragen, wohin der Zug fährt, oder möchten Sie das lieber für sich behalten? In diesem Fall fahre ich den Wagen bis vor den Bahnhof. Wir können Ihnen auch einen Schirm leihen, denn wie Sie vielleicht bemerkt haben, regnet es bereits seit einer Weile.«

Es hört nicht auf zu regnen.

Nach einer Viertelstunde ertönt leise eine Glocke, ein schwaches Echo unseres Ladens, mein Leben wird von Glocken reglementiert.

»Er ist wach.«

Brauns sieht, daß Alma aufstehen will, und hebt die Hand.

»Daß er wach ist, heißt nicht, daß er die Gesellschaft anderer ertragen kann.«

Alma geht in die Halle mit den schwarzweißen Marmorfliesen und der Büste des Fürsten de Ligne, von dem ER ihr erzählt hat. Sie ist die Herrin in diesem Haus. Wie sie es einen Tag lang war, als sie herkam, mit dem Kind unter ihrem Herzen.

Sie geht die imposante Treppe hinauf. So wie damals an dem einen Tag in dem leeren Haus. Nun langsamer, schwerfälliger, kurzatmig, aber nicht daran denken. Sie findet das Schlafzimmer am Ende des Flurs, öffnet die Tür und sieht IHN – wer sonst könnte es sein, wer sonst als ihr Verlangen?

ER ist bedenklich fett, hat keinen Hals. Sein nackter Oberkörper, der zu sehen ist, weil er seinen brokatenen Hausmantel nicht zugeknöpft hat, glänzt, als wäre er mit Öl eingerieben. Sein Bauch ruht auf seinen Schenkeln. Er ist größer und breiter als jeder andere Mann, den Alma je gesehen hat. Er schläft in einem Sessel, breitbeinig, mit den Knien eines Kalbes, das ziselierte Silberglöckchen in der fleischigen Hand.

Alma erkennt die Gesichtszüge unter den blutleeren Fettschichten wieder. Brauns tritt hinter sie, geht an ihr vorbei, er hat die Schuhe ausgezogen. Alma hat das Gefühl, daß ER sie durch äußerst dünne Augenlider hindurch sieht. Sie erkundet das Zimmer. Hinter dem Sofa steht eine Tür einen Spaltbreit offen; dahinter befindet sich das Ankleidezimmer. Alma riecht Leder, als Brauns hineingeht, auch als er zurückkommt, in der Hand ein Seidentuch mit einem Flammenmotiv in orange, rot und hellgrün. Er breitet das Tuch über SEINE Schultern. Die Fleischmasse reagiert nicht. Doch. Sie öffnet einen Mund, der graue Zähne zeigt. Sie schnappt nach Luft, man könnte meinen, daß sie lacht.

»Er muß seinen Schal haben«, sagt Brauns unerwartet laut. »Ohne seinen Schal ist er nicht imstande, jemandem Rede und Antwort zu stehen, aber der Schal von gestern ist klatschnaß vom Schnodder, der kommt gleich in die Waschmaschine.« Brauns zieht ein Tuch mit ebenso grellen Farben unter SEINEN Schenkeln hervor, riecht daran. Auf dem Kaminsims steht die Terrakottabüste eines SEINER Vorfahren, ein korpulenter Mann mit Backenbart und Vatermörder, der unter König Leopold I. Finanzminister war. Alma räuspert sich. Das Geräusch scheint IHN aufzuwecken. Die schrägstehenden Augen, zwei Striche in den Fettwülsten unter den schütteren Augenbrauen, suchen den Ursprung des Räusperns.

»Die Frau hier lag im Gras«, sagt Brauns. »Aus lauter Liebe ist sie in Ohnmacht gefallen. Sie muß Sie wirklich sehr gern haben.«

»Ja«, sagt Alma und tritt näher.

»A ... a ... a ...« ER äfft einen Patienten nach.

»Komm«, sagt Alma. »Komm. Tu dein Bestes.«

»Alma«, sagt er deutlich, und Alma rinnen die Tränen aus den Augen. Sie sagt nicht: »Wie herrlich seid Ihr, mein Gebieter, und wie gern gehöre ich Euch, wie könnte ich jemals genug bekommen von Euch, von Eurem Duft nach Öl, oh, spuckt mir in den Mund so verachtungsvoll Ihr könnt, denn Ihr verabscheut die katzenhafte frivole wankelmütige Rasse der Frauen, ach, laßt mich noch dummes Zeug reden, nur noch kurz, ich habe es nicht mehr laut getan seit Ihr mich zurückgelassen habt, seit ich eingetaucht bin ins laue Bad der Liebe zu meinem Nächsten, der zufällig mein Ehemann geworden ist.

Oh, mein Herr, das Mark meiner Gebeine, mein ganzer Körper weiß es, spürt es, erkennt es und jubelt.«

Sie wischt sich die Tränen nicht ab, ihre Augen brennen.

ER legt seine mit Leberflecken gesprenkelten molligen Hände auf seine Knie, eine Bewegung, die notwendig ist, um den maßlosen Körper in die Senkrechte zu bekommen.

Hat er Almas Geräusch mitbekommen? Er streckt die rechte Hand aus. Es kann nicht, darf nicht sein, daß er den Hitlergruß zeigt.

»Alma«, sagt er von neuem klar und deutlich. Seine Hand sinkt herab und findet ihre nasse Wange, ihr nasses Kinn, streichelt.

»Welch ein Tag, welch ein Tag!« sagt Brauns. »Das wir das noch erleben dürfen.«

»Alma«, sagt ER. Prüfend nun.

»Was möchten Sie trinken?« sagt Brauns.

»Nichts.«

›Krug?‹

»Nein.«

»Roederer Cristal?«

»Nein.«

Sie umfaßt SEIN Handgelenk. Ihr Körper nimmt in seiner Nähe wieder die etwas barsche, aber nicht unsanfte Haltung einer Krankenschwester an. Sie sitzt auf der Sofakante.

Er quillt nach allen Seiten über und strahlt.

»Warum ich hier bin? Ich wollte dir von dem Kind berichten. Dich informieren.«

»Das Kind«, sagt er, fast munter, weil sein Gedächtnis arbeitet.

Es hat den Anschein, als ob die beiden eine Szene von früher spielen, die Zeit ist durcheinandergeraten, es ist damals, ein gefährliches Territorium. Sie sagt: »Ich muß wieder nach Hause, sofort. Ich bin dieselbe törichte Braut wie früher. Aber nur bei dir.«

Er zieht den Schal aus seinem Kragen, legt ihn sich über den Kopf und verbirgt seinen mit dem hauchdünnen Stoff verhüllten Kopf in den Händen. Sie ist ihm dankbar, nicht, weil er ihr den Anblick seines Verfalls erspart, sondern weil das, was sie erzählen will, abgefangen, absorbiert wird durch die Finsternis seiner Augen und Ohren.

»Du hast ein Recht, informiert zu werden. Auch wenn du dich nie gefragt hast, was aus mir geworden ist, und falls du dich doch gefragt hast, hast du nichts unternommen, um es zu erfahren. Allzuleicht hast du es dir gemacht und erwartet, nicht erhofft, erwartet, daß ich am Leben bleiben, daß es uns nicht vergönnt sein würde, zusammen ins Walhalla einzugehen. Hörst du mich? Nicht im Traum hätte ich daran gedacht, dir jemals ein Lebenszeichen von mir zu geben, wenn das Kind nicht gewesen wäre. Als ich hörte, daß du zurückgekommen bist aus Argentinien, wo du, den Gerüchten nach, Millionen verdient hast, zurück in deine Heimat, wie ein sizilianischer Mafioso, der aus Amerika zurückkommt, hat die dunkle Seite meines Wesens, wie man so sagt, danach verlangt, dich wiederzusehen, um dir von dem Kind zu berichten, aber es war zu spät.«

»Thema wechseln«, sagt er, und sie gehorcht, wieder blindlings, und berichtet ihm von der Seuche, die in ihrem Dorf die Leute schneller, seltsamer, unerwarteter sterben läßt und daß die Ärzte machtlos sind und es eher für Zufall halten als für Notwendigkeit, wie Lehrer Arsène behauptet.

»State your business«, sagt ER. Sie versteht es nicht.

»Business«, sagt sie. Und wartet ab.

»Ich habe genug gehört«, sagt der noch immer vorgebeugt sitzende Koloß mit den dünnen weißen Beinen und den langen Zehen eines Asiaten.

Sie kniet und küßt seinen Knöchel, den Rist, die Wade. In einem schmerzhaften Krampf kniend erzählt sie von dem Sohn, daß er René heißt, weil er wiedergeboren ist, das erste Mal ist er in Deutschland geboren in dem Moment, als er gezeugt wurde zwischen den lodernden Mauern des *Reviers,* in jener phosphoreszierenden Stadt in den Bergen, und ein zweites Mal, aus ihrem Leib, in einem totenstillen Dorf.

»Ich halte nichts von Überraschungen«, sagt ER und steht auf. Der Schal fällt auf seine Schultern, dann auf den Teppich. Er geht seltsam elegant von ihr weg, zieht die Vorhänge auf, sinkt auf sein zerwühltes Bett mit den verschlissenen Laken, hält die Schöße seines Hausmantels in einer Faust zusammen.

»Mein Gedächtnis ist zerstört«, sagt er, »und auch meine Urteilsfähigkeit, meine *cognitive abilities.* Das wurde gerichtlich bestätigt.«

Der gewaltige Körper dreht sich um. ER zieht die Schublade des Nachttisches auf und holt ein Päckchen Ingwerwaffeln hervor. Er bietet ihr eine Waffel an, sie lehnt ab.

»Was macht René?« fragt ER.

»Er liegt nur noch im Bett.«

»Womit verdient er seinen Lebensunterhalt?«

»Er war eine Zeitlang beim Militär, im Kongo.«

»Welcher Dienstgrad?«

»Das weiß ich nicht.«

»ist er verheiratet?«

»Nein.«

»Ist er für die Männer?«

»Nicht daß ich wüßte.«

Dann erzählt sie ihm, daß in ihrem Dorf alle glauben, Renés Krankheit sei die Ursache des allgegenwärtigen Grauens.

ER ißt das Päckchen Ingwerwaffeln zur Hälfte auf.

Sie sagt, daß ihr manchmal der Gedanke kommt, eine allgemeine Heilung sei nur möglich, wenn es René nicht mehr gäbe. Sie wird überrascht durch ein meckerndes Lachen, das das Ungetüm auf dem Bett durchschüttelt. ER verschluckt sich. Sein Gesicht läuft violett an, die vier, fünf Warzen auf seinen Wangen bleiben weißgrau.

»Oh, oh, oh!« ER schlägt vor Vergnügen auf die aufgestapelten Kopfkissen. »Natürlich ist er mein Sohn. So erkenne ich ihn. Ich und sterben? Dann soll der ganze andere Krempel mit draufgehn. Wenn das nicht meine Gene sind!«

ER läßt das silberne Glöckchen klingeln. Er wirkt zehn Jahre jünger.

»Alma.«

»Ja.« (Immer ja. Für dich und für keinen anderen.)

»Er war eine Bedrohung für das Dorf, und er ist es noch immer. Selbst wenn morgen früh die Sterbenden aufhören würden zu sterben und am Leben blieben bis zur Bitteren Sühne, auch dann hat er mehr Böses getan, als einem Menschen erlaubt ist. Ach ja, ich glaube, ich bin allergisch gegen Erdnüsse. Wenn ich Erdnüsse esse, kann ich nicht atmen, mein ganzer Körper juckt.«

»Eine Spritze mit Antihistaminika«, sagt Alma, die Krankenschwester von damals. Brauns kommt auf Socken ins Zimmer.

»Die Ingwerwaffeln sind alle«, sagt ER.

»Da wird sofort was unternommen«, sagt Brauns und verschwindet schmunzelnd ebenso geräuschlos, wie er gekommen ist.

»Es ist deine Schuld«, sagt Alma. »Du kannst es nicht leugnen, alle Wege führen zu dir. Alle Ursachen müssen dir zugeschrieben werden, und so ist es richtig. Wer sich darüber beklagt, wird zu Recht bestraft. Was sollen wir mit Mitbestimmung oder Beschlüssen, wenn es dich gibt, so daß wir uns nicht nervenzehrend abquälen müssen, um zu wissen, was gut oder schlecht für uns ist. Das bestimmst du, und was dir gefällt, ist gut, so einfach ist das.«

Brauns hat die Schlafzimmertür offenstehen lassen. Wahrscheinlich ein ungewöhnlicher Verstoß. Es zieht. ER versucht, seinen Hausmantel zuzuknöpfen, der an eine Soutane erinnert und vermutlich maßgeschneidert war, bevor er so bemitleidenswert aufgequollen ist. Warum durfte Alma diesen Mantel nicht zuschneiden, nähen, anprobieren, streicheln?

Alma schaut IHN an, als wäre es das letzte Mal; sein Schädel mit den spärlichen, sepiafarbenen Strähnen ragt aus dem Kragen wie der Kopf einer Schildkröte, bestaubt mit ockerfarbenem Talkum. Der Kopf wackelt. Er hat Parkinson. Wie abstoßend ist der Gegenstand ihrer Liebe.

Nicht abstoßend genug, denn er lehnt sich behaglich in die Kissen und sagt, seit er unpäßlich sei, tauchten plötzlich aus allen Winkeln der Erde Kinder von ihm auf. Ihm vollkommen unbekannte Mütter hätten sich gemeldet mit ihrer Frucht, von ihm, von niemand anders, mit unumstößlichen Beweisen und Attesten von Anwälten und Notaren, und manche dieser Mütter hätten sich an der Tür gezeigt, aber Brauns hätte sie verjagt.

»Warum mich nicht?«

»Brauns mag ab und zu ein wenig Ablenkung. Das hält ihn jung.«

Brauns sagt in der Türöffnung: »Es waren auffallend wenige darunter, die so schön Trauer trugen wie Madame.«

»Ist es mir so sehr anzusehen?«

»Für den, der Augen hat, ja.«

Brauns bringt eine funkelnde Silberschale mit Ingwerwaffeln ans Bett. Während ER in einer religiösen Stille abbeißt und mit den Zähnen mahlt, blickt Alma aus dem Fenster. Die Auffahrt ist seit damals verbreitert worden, die Orangerie abgerissen, das Licht ist auch weniger hart als das grelle Licht von damals. ER sagt: ›Ich bin allergisch geworden gegen die meisten Dinge. Ich spüre, wie meine Warzen wachsen, wie ich verhorne, verkalke. Manchmal prickeln die Warzen, dann bin ich lebendig. Was hat René? Malaria? Beriberi? Laß ihn Seilhüpfen. Wenn er die Fersen nicht vom Boden bekommt, hat er Beriberi. Ach, die Füße, die Füße! Der dicke Hermann konnte kaum laufen, gehen, nachdem er ein Leben lang in seinen zu engen Stiefeln herumstolziert ist. Er hat sie schön hereingelegt in Nürnberg.«

Ein Drittel der Schale Ingwerwaffeln ist alle.

»Komm her.«

Sie tritt näher, bis ihre Knie an die Kante stoßen.

»Näher.« Sie stützt sich auf ein Kopfkissen. Das Weiße in seinen Augen ist von roten Äderchen durchzogen, die Iris grau.

»Was willst du, mein Kleines? Einen Scheck? Welche Summe?«

»Deshalb bin ich nicht gekommen.« Sie stockt.

»Nicht weinen!« befiehlt er. »Sag, hat René langes Haar? Trägt er ein Blümchenhemd? Raucht er? Schnupft er? Welche Drogen nimmt er?«

»Nichts. Ab und zu Amphetamin.«

ER murmelt beifällig. »Adolfin. Hitler hat das den Piloten der Wehrmacht gegeben.«

Bevor er in seine Vergangenheit entgleitet, sagt sie: »Morgen oder übermorgen wird man ihn verhaften, verhören, in eine Zelle stecken. Ich ertrage das nicht. Ich möchte, daß du die Hunde von ihm fernhältst. Daß du den Staatsminister anrufst, er hat schon früher das eine oder andere für dich getan.«

»Und ich für ihn.«

»René hat das Recht auf ...«

»Sprich nicht über Rechte«, schnaubt ER. »Nicht in meiner Anwesenheit. Brauns, schaff die Person weg.«

»Wenn du es nicht machst, schreibe ich an die Zeitungen, an das Fernsehen, sie werden deinen Fall mit Vergnügen aufgreifen.«

»Ich bin nicht verurteilt worden.«

»Aber ja. In Abwesenheit.«

»Das Verfahren ist eingestellt worden«, sagt ER schwer atmend.

»Kannst du mich sehen?« Alma zieht an seinen Schultern. Fast Nase an Nase.

»Wenn ich will.« Das gequälte formlose Gesicht behält seinen störrischen Ausdruck.

»Dann siehst du, daß ich für ihn durchs Feuer gehen werde. Da ist ein ehemaliger Kriminalkommissar, Blaute heißt er, der muß gestoppt werden. Merk dir den Namen.«

»Blaute«, sagt er, wie er »Alma« gesagt hat.

»Und die Leute von der Kripo-Sonderkommission. Bitte um Aufschub. Lange kann es nicht mehr dauern, bis dein Kind stirbt.«

Sie läßt IHN in die Kissen fallen.

Brauns sagt: »Komm.« Und: »Komm, Alma.«

Ist es, war es nicht mehr als das? Alma weiß, wie bitter sie es bereuen wird, daß sie gekommen ist, daß sie auf diese weibische Tour aufgetreten ist, daß sie die Erinnerung zerstört, die Vergangenheit ihrer verzehrenden Kraft entledigt hat.

»Ich werde dich nicht mehr wiedersehen«, ist das einzige, was sie herausbringt, und der Gott der Liebe hört es und erfüllt sie weiterhin mit seiner Freude, denn ER sagt, den Mund voll Ingwerwaffeln: »Ich weiß noch alles. Alles von den drei Tagen in der Phönix-Gummifabrik in Eschwege.«

»Wirklich?« fragt sie ungläubig.

»Alles. Auch das mit den Schneeungeheuern.«

In ihrer Kehle bildet sich ein Kloß. »Dankeschön«, sagt sie, und sie prägt sich alles ein, die mit goldenen Tupfen gesprenkelten Motten auf dem Kopfkissen, die unordentlichen Laken, die schmutzigen Fenster, hinter denen die Zypressen und der leere Swimmingpool mit dem Stacheldraht drumherum und der verdorrte Gemüsegarten zu sehen sind, den asketischen Brauns und das Ungeheuer ihrer Liebe, das sprachlos und reglos bleibt. Und dann geht sie, die ungestüme Braut aus der Vergangenheit, zur Tür, blickt sich nicht mehr um, geht die Treppe hinunter, kerzengerade, unbesiegt.

Dolf in seinem Garten. Die Katze der Nachbarn streicht ihm um die Beine.

Zuweilen findet man in der Zeitung eine Rubrik, in der prominente Flamen, bekannt aus Presse und Fernsehen, gefragt werden, was sie denken und tun würden, wenn sie noch einmal fünfundzwanzig wären. Darauf weiß ich keine Antwort. Ich war zufrieden mit fünfundzwanzig, was will ich mehr? Aber wenn ich gefragt würde, was anders hätte sein sollen, als ich um die vierzig war, brauchte ich keine Sekunde nachzudenken. Wenn es irgendwie möglich wäre, hätte ich Alma gern ein paar Jahre früher kennengelernt, im Jahr zweiundvierzig zum Beispiel, oder, wenn ich mir nun schon etwas wünschen darf, lieber noch direkt vor dem Krieg, als ich zum Militär eingezogen wurde.

Aber sie veralbern die Leute mit solchen Gedankenspielen. Man bildet sich etwas ein, und das kann nur auf einen Dämpfer hinauslaufen. Alma, die schon drei Tage im Bett liegt, bildet sich etwas ein. René bildet sich etwas ein. Noël bildet sich etwas ein.

»Schau mal, Dolf, die Knospen«, sagte Alma jeden Frühling. Sie stand neben mir und zeigte auf die Zweige. Dieses Jahr hat sie die Knospen nicht bemerkt, nicht ein einziges Mal. Ich habe sie verloren, ich habe es nicht kommen sehen, und auch jetzt noch kann ich nicht richtig glauben, daß sie mich in den Schmutz zieht. Ohne es zu wollen. Vor einer Viertelstunde habe ich nach ihr gesehen. »Alma, möchtest du nicht eine Tasse warme Milch mit Honig?«

»Nein, Dolf, danke. Ich brauche nichts.« Sie lag mit geschlossenen Augen da. Sie atmete. Das ist schon was.

Der andere in seinem Zimmer, auch schon seit zwei Tagen.

Manchmal begegne ich im Garten meinem toten Vater, er geht in die Hocke, scharrt mit den Händen in der Erde und prüft, ob die Erdbeeren schon reif sind, ob sie nicht verfault sind durch die langen Regentage, und er fragt mich, mausetot wie er ist: »Junge, warst du unglücklich, hast du in Verzweiflung gelebt? Ja. Dann kenne ich dich nicht mehr, dann habe ich dich nie gekannt, und wenn du einmal tot bist, wirst du immer noch verzweifelt sein.« Immer schwer zu begreifen gewesen, der Alte, der noch im Priesterseminar von Roeselare studiert hat, umsonst, gratis. Also gehe ich besser rasch ins Haus, zu meinen beiden, die ohne Hoffnung in ihren Betten liegen, und frage sie, ob sie etwas brauchen.

Und René sagt: »Vater.«

»Ja, Junge.«

»Ich mach's nicht mehr lange.«

»Ich auch nicht, Junge. Der eine ein bißchen länger als der andere.«

»Ich habe dir Kummer gemacht, Vater.«

Wenn ich ein Italiener wäre oder ein Araber, würde ich ihn auf beide Wangen küssen. Aber wir sind nicht so erzogen.

»Kann ich etwas für dich tun?« frage ich. Wie ein Kellner.

»Ja«, sagt er. »Wenn es geht. Ich würde gern noch ein paar Worte mit Lehrer Arsène reden.«

»Ich werde ihn bitten, heute abend vorbeizukommen.«

»In seiner Schule. Es muß in der Schule sein.«

»Schaffst du es so weit?«

»Zu Fuß nicht. Aber jemand könnte mich hinbringen.«

»Mit dem Rad? Du kannst auf der Stange sitzen.«

»Dann ziehe ich mich an.«

Vorher, in seinem trotzigen Schweigen, war er mir lieber. Ein Motorroller knattert, brummt, surrt, stoppt. Die Ladenglocke. Ich gehe hinunter, und da steht Julia, Haare im Wind, eine gesunde Farbe. Ich sage ihr, daß Noël beim Notar ist, der in der Sache mit der Brauerei vermittelt, und daß er erst spät zurückkommt.

»Welche Sache?«

»Die Brauerei will Schadensersatz, weil das Reklameschild für ihr Bier an unserer Hauswand mit Strichen von den Hakenkreuzen beschmiert ist.«

Sie sieht René, der die Treppe herunterkommt, sich an der Wand festhält, vorsichtig einen Fuß vor den anderen setzt.

»Ah, unser Kranker«, sagt sie. »Ich wollte eigentlich fragen, ob Noël nicht Lust hat, auf der Vespa mitzukommen. Die Vespa hab' ich von Serge, weil sie unmodern ist. Letzte Woche war Serge in Amsterdam, und da war in der ganzen Stadt keine Vespa zu sehen.«

»Du kommst wie gerufen«, sagt René.

Ins *Stillschweigen* kommen in letzter Zeit weniger Gäste. Wir reden nicht von den Halbstarken, die fahren heutzutage in die Diskothek *Voodoo* oder ins *Paddock,* zu acht in einem Auto, und mit wie vielen sie bei Tagesanbruch zurückkommen, ist eine Frage, für die wir keine Sekunde unserer Nachtruhe opfern würden. Auch nicht für die Frage, mit welchem Pülverchen, welcher Pille oder Spritze sie durch die Nacht kommen. Offenbar gibt es heute eine Pille, durch die man seine Geburt noch einmal erlebt, den Augenblick, in dem man aus seiner Mutter herauskommt. Nichts für mich. Nein, ich meine die ernstzunehmenden Kneipengäste, Leute von unserem Schlag, die jetzt mehr und mehr zu Hause bleiben, vor dem Fernseher. Und das wird auch nicht besser werden, wenn sie erst einmal Farbfernsehen haben.

Inzwischen reden Leute wie unsereins mit aufrichtiger Teilnahme und ehrlicher Trauer über Michel Pesseroy, dreißig Jahre, der gestorben ist, hören Sie gut zu, nicht daran, daß er eine Woche lang nicht austreten konnte, sondern an dem blauen Schweiß, der ihm von Stirn und Wangen lief, an der blauen Galle, die er in Flocken ausspie. Michel bekam dieses Blau nicht mehr weg. Waschen und schrubben? Vergiß es. Doktor Vermeulen versuchte, es mit Äther abzuwaschen, vergiß es, das Blau wurde dunkler mit roten Flecken vom Scheuern, salzhaltige Abführmittel haben sie ihm eingeflößt, nichts hat geholfen, und Michel hat zu seiner Frau gesagt: »Andrea, ich geh' lieber Tennisspielen, vielleicht nützt es was, wenn ich mich bewege.« Man sieht von hier aus, im Verein wurde nicht wenig gelacht, einen blauen Tennisspieler, und Michel serviert, wobei er sich natürlich reckt, und da zerreißt sein Herz glatt in zwei Stücke.«

– »War er frisch verheiratet?«

– »Michel? Nein.«

– »Man hört das doch oft von Jungverheirateten, die ziemlich heftig miteinander zugange sind, was man ja verstehen kann, und dazu dann noch Tennis.«

Nun ist und bleibt es ein Skandal, daß weder Gericht noch Verwaltung, weder Grenzschutz noch Kripo, weder Gouvernement noch Provinzregierung etwas gegen den Verursacher unternehmen wollen. Wer hält eigentlich seine Hand über diesen Burschen, wie und aus welchem Grund? Es gibt keine Gerechtigkeit mehr in der Welt, nicht einmal in Belgien. Da muß etwas unternommen werden, ob mit oder ohne Gesetz. Wir werden doch nicht abwarten, bis wir alle samt Eltern und Kindern umfallen? Bis wir alle blau aussehen?

So redeten wir unter uns, bei Bier und Schnaps, und was zeigt sich auf unserer Netzhaut, während wir am Tresen stehen?

Eine Vespa, die sieht man heutzutage nicht mehr oft, mit Julia Rombouts am Lenker, und auf dem Sozius der Gegenstand all unserer Gespräche, der Gebrandmarkte persönlich, René Catrijsse, und er hält sich direkt unter ihrem Busen fest, der sich, nebenbei gesagt, sehen lassen kann, vor allem im Sommer, wenn sie luftig gekleidet ist.

Godderis flucht und springt nach draußen. Wir hinter ihm her! Aber Sie verstehen, wenn man seine volle Ration westflämisches Bier intus hat, reagiert man etwas unkoordiniert, und an der Tür gibt es ein Geschiebe und Gestoße, weil wir so drängeln, es kommt zu einem Stau, kurz, als wir endlich draußen sind, sehen wir gerade noch, wie die Vespa in die Straße nach Vijve-Sint-Elooi einbiegt.

Ein paar von uns behaupten, Catrijsse hätte sich noch nach uns umgeschaut und gewinkt, als ob er sagen wollte: »Leute, ihr könnt mich mal.« Andere versichern, er hätte in diesem Augenblick ein Taschentuch nach uns geworfen, verseucht mit den schrecklichen afrikanischen Bazillen. In beiden Fällen wäre es eine vorsätzliche Provokation. Wir gingen wieder in unsere Kneipe, beleidigt, verhöhnt. Wir tranken noch ein Glas. Wir wollten sofort zum Laden der Catrijsses, denn wir waren nicht mehr verantwortlich für unsere Taten, mildernde Umstände kamen ins Spiel, wir hätten im Affekt gehandelt (gemäß Strafgesetzbuch Artikel 77, so der ehemalige Gerichtsvollzieher Jules Piron), aber Sie kennen uns, wir tranken das letzte und das allerletzte Glas und beschlossen dann, unseren Ärger in einem passenderen Moment herauszulassen.

René Catrijsse und seine Familie, die sich mitschuldig gemacht hat, sind an diesem Tag um Haaresbreite dem kollektiven Zorn von Alegem entgangen.

LEHRER ARSÈNE

»So wie ein Athlet einige Male in seinem Leben, eventuell unterstützt durch chemische Substanzen, die Grenze seines Könnens verlagert, um in jenes Niemandsland vorzudringen, in die Glorie des Übermenschlichen, wobei jedes Neuron, jede Zelle heimgesucht und angefeuert wird von ungeahnten, inneren Kräften ...« notierte Lehrer Arsène in sein Tagebuch. Er legte seinen *Waterman* nieder, wechselte die Brille und beobachtete seine Frau, die auf dem Schulhof versuchte, den Kleinen Volleyball beizubringen. Sie sprang hoch, sie warf den Ball, sie reckte sich, sie jubelte. Laßt uns lachen und leben mit den unsern, mäkeln und sterben bei den Fremden.

Er ging wieder zu der Holzplatte auf Böcken, die er seine Schreibplatte nannte, wechselte die Brille, las noch einmal die letzten Sätze in seiner unleserlichen Handschrift, konstatierte, daß seine unsicheren Buchstaben immer noch deutlicher waren als die Handschrift von Montaigne oder Thomas von Aquin, setzte sich knarrend und schrieb:

»So, in einem solchen Zustand, kam R.C. zu mir, gestützt von J.R., der er mit einer herrischen, fast feindseligen Geste befahl, bei der Molkerei auf ihn zu warten. J.R. gehorchte, sie hat einen interessanten Hintern, obwohl ich persönlich den demütigeren Hintern ihrer Schwester A. vorziehe.

R.C. hat mich zur Rede gestellt wegen der Vergangenheit, die er offenbar mit sich schleppt wie eine Bürde. Ich hätte ihn, so behauptete er, in seiner Bildung gebremst, weil ich ihn in der Klasse auf auffällige Weise ignoriert hätte, gerade dann, wenn er sich bemüht hätte, beachtet zu werden, sei es durch Grimassen, unanständiges Betragen und maßlose Frechheit. Ob ich denn nicht gemerkt hätte, sagte er mit Nachdruck, daß das ein Schrei nach Zuwendung gewesen sei, nach der Herzenswärme, die er im Hause C. samt Getränkeladen hätte entbehren müssen. Er stellte fest, daß ich gut aussähe, was ich selbstverständlich nicht ungern hörte (da meine Frau meint, ständig bemerken zu müssen, ich sähe einer französischen Dogge immer ähnlicher), aber erst später wurde mir klar, daß er das mit dem guten Aussehen höhnisch meinte.

Inzwischen zählte er noch ein paar Lappalien auf, die er als Grund nannte für *a.* sein provokantes Verhalten damals, *b.* die Exzesse, die er sich zusammen mit gleichgearteten Jugendlichen erlaubt hatte und bei denen an jedweder Autorität gerüttelt wurde, *c.* die Ohnmacht, in der er sich befand, um seine Ideen (sic!) zu verkünden.

Ich fragte ihn unumwunden, womit ich ihm zu Diensten sein könnte und sagte, im Gegensatz zu früher mache er einen milderen Eindruck (selbstverständlich traf das nicht zu, sondern war ein taktischer Zug meinerseits, um die wirklichen Gründe seines Besuchs herauszufinden).

Er sagte, er wolle noch einen letzten Blick auf den Schulhof seiner Kindheit werfen. Das erlaubte ich ihm. Der Anblick schien ihm nicht die Freude zu bereiten, die er erwartet hatte. Er sagte, daß er die Linde vermisse, die sich früher (als indogermanisches Symbol für Gastfreundschaft, aber das weiß so ein Lümmel nicht) in der Mitte des Schulhofes befand.

Die Konversation, die darauf folgte, betraf hauptsächlich den Begriff des Mangels und bekam dadurch eine recht melancholische Färbung. Darf ich zwischendurch kurz ein vielsagendes Detail erwähnen? R.C. schminkt sich. Es entzieht sich meinem Verständnis, welche Verführungsmanöver er erfolgreicher zu gestalten glaubt, indem er sich die Lippen blau anmalt, mich kann es auf jeden Fall nicht erregen. Was hat mich noch mehr beeindruckt an diesem unerwarteten, finalen, bizarren Besuch? Daß R. nicht gewillt war, über seinen Aufenthalt auf dem afrikanischen Kontinent etwas Vernünftiges von sich zu geben. Oder war er in seinem momentanen Zustand nicht in der Lage, einen zusammenhängenden Kommentar abzugeben? Ich befürchte letzteres, denn als ich ihm eine konkrete Frage bezüglich des schwarzen Kontinents stellte, nämlich die, wie er unsere Rolle und Aufgabe als reiche Europäer gegenüber den unterdrückten Bevölkerungsgruppen dort definieren würde, antwortete er mit Schnalzlauten, die offenbar die Sprache der Eingeborenen imitieren sollten. Darauf konnte ich mir keinen Reim machen, um es platt auszudrücken. Übermütig schnalzte ich zurück, aber das rief bei ihm so heftigen Widerwillen und einen so wütenden Gesichtsausdruck hervor, daß ich mein letztes Schnalzen herunterschluckte.

Ich wiederholte meine Frage mit knapperen Worten und stellte ihm eine weitere Frage, und zwar, ob ein gewisses Einvernehmen zwischen den meist unwissenden Bevölkerungsgruppen nicht durch eine vereinfachte Form des Esperanto erreicht werden könnte. Ich verriet ihm natürlich nicht, daß ich mit Leib und Seele Esperantist bin und meine Frau in einem Verein dieser Sprache der Hoffnung erobert habe. Ich stieß auf tiefes Schweigen.

Daraufhin fragte ich ihn noch einmal rundheraus, wie er es rechtfertigen könne, zur belgischen Armee gegangen zu sein, die ja die Ausbeutung der Dritten Welt unterstützt hat.

Hierauf, vielleicht weil die Frage so direkt war, wollte er offenbar etwas entgegnen, aber leider beschränkte sich das auf die Wiederholung des Wortes »Ausbeutung«. Meiner Berufung treu hielt ich es für meine Pflicht, ihm, als säße er noch in kurzen Hosen auf der Schulbank, *succinctus* den Prozeß zu erklären, bei dem eine Gruppe von Menschen zuerst für minderwertig erklärt und anschließend ein System von Ideologien geschaffen wird, durch das sie minderwertig sind, so daß diese Minderwertigkeit andere darin bestätigt, zu systematischer Ausbeutung berechtigt zu sein.

Darauf wußte er keine Antwort. Schade, denn er hätte mir erklären können, inwieweit sein eigenes rebellisches Verhalten, als er noch mein Schüler war, Parallelen zur Rebellion unterdrückter Völker aufwies. Warum hat er rebelliert, und warum legen die Aufständischen in Afrika alles in Schutt und Asche? Ist es nicht gegen alle Vernunft, seinen eigenen Hausrat, seine Hütte, seine Stadt, in Brand zu stecken?

»Und trotzdem«, sagte ich mit einigem Aplomb, »ist dieses Destruktive, diese Selbstzerstörung, die einzige Wahl, die einzige Lösung (das hatte ich diese Woche noch irgendwo gelesen, aber darüber selbstverständlich *motus*).« Aber dieser Argumentation folgte er nicht mehr. Er war eingenickt wie in einer langweiligen, sonnenbeschienenen, nie endenden Schulstunde. Ob meine Ausführungen daran schuld waren oder eine noch in seinem spindeldürren Gerippe schlummernde Geilheit ihn zu der draußen wartenden J.R. trieb? R.C. stand auf.

An der Haustür, als ich ihm alles Gute wünschte und ihm versicherte, daß ich zu ihm stünde in seiner Prüfung, sagte er beiläufig: »Sie sind und bleiben ein Schulmeister mit einem Gesicht wie ein beschissenes Dachfenster.« Mit allem außer Mitgefühl sah ich ihn über die Straße schwanken.

René hielt die Hände unter Julias Busen verschränkt, dessen Rundungen sich gegen seine Daumen drückten. Das Straßenpflaster war holprig, ihre Brüste hüpften auf und ab, warum fuhr sie nicht über den Sandweg neben der Straße, unter den Bäumen, die sich im Seewind neigten?

Zuerst fragte sie ihn noch, ob es ging. Je näher sie der Abtei von Moerskapelle kamen, deren gestauchte Masse mit dem riesigen Schindeldach bereits eine Weile zu sehen war, vergaß sie ihn, ausgeliefert dem Gehoppel der Vespa, dem Auf und Ab ihres Unterleibs. Pferdchen hopp, Fohlen hopsasa, er spürte die Wärme ihres Rückens und ihres Hinterns, in ihrer Wärme fuhr er zur Hölle. Hin und wieder machte sie einen Schwenk, und er zog sie dichter an sich. Manchmal dachte er, sie führe mit geschlossenen Augen, wenn sie die Fahrt beschleunigte oder verlangsamte.

Endlich hielt die Vespa an. Der Schmerz, der sich dröhnend in sein Zwerchfell gekrallt hatte, breitete sich in seinem ganzen Körper aus. Sie half ihm, und er lag auf der Seite, an der Böschung des Kanals. Bis zuletzt werden Frauen mir geholfen haben. Julia saß ein paar Meter von ihm entfernt. Sie beobachtete den graziösen Tanz einer Libelle über dem gekräuselten Wasser.

»Ich hab' gehört, du singst«, sagte er.

»Nicht besonders gut. Das ist mir erst jetzt klar geworden. Hast du Schmerzen?«

Die Fabrik in der Ferne mit den Wolken eisig weißen Wasserstoffs antwortete mit ängstlichem Sirenengeheul.

»Es geht vorbei.«

»Vorhin bei der Fahrt hatte ich dreimal einen Orgasmus.«

»Herzlichen Glückwunsch.«

»Zwischendurch hab' ich gedacht, ich falle von der Vespa.«

»Na, besten Dank.«

»Ich hab' mich stürzen sehen, aber ich hab' die Arme ausgestreckt, und du bist sanft auf mich drauf gefallen.«

Die Libelle schwebte in der Luft, mit ihren gläsernen Augen, dem dicken, runden Kopf, den schwirrenden, transparenten Flügeln, auf denen das Sonnenlicht flirrte.

»In wie vielen Ländern bist du gewesen?«

René versuchte zu zählen.

»Genug.«

»Du hast bestimmt seltsame Sachen gesehen.«

»Das kannst du wohl sagen.«

»Seltsame Gewohnheiten.«

Er zog das nasse Hemd von seinem brennenden Rücken.

Es wurde zur Gewohnheit, daß wir rennen mußten, schlittern, zusammenstoßen, ausrutschen in dem weichen gelben Schlamm, wenn uns diese Scheißkinder verfolgten, die sich Gott sei dank, übergeschnappt vom *khat,* nicht einmal die Mühe machten, ihre Maschinengewehre in Stellung zu bringen. Sie rutschten ebenfalls aus mit ihren Turnschuhen, brüllten vor Lachen, manche sangen *I can't get no satisfaction.* Bis plötzlich einer auftauchte, neun, zehn Jahre alt, epileptisch tanzend und die Machete schwenkend, der so unglaublich schnell auf uns zurannte, daß ich erstarrte. Ich bekam keinen Laut heraus. Die Machete peitschte an Charlies Kopf vorbei. Abends im Café Matadi sagte Charlie, die Machete hätte seine Zigarette halbiert.

Wir haben dann etwa ein Dutzend von ihnen erschossen. Wie viele genau, weiß der Hauptmann. Auch ein paar Mädchen. Wir ließen sie liegen. Als abschreckendes Beispiel. Am nächsten Tag sahen wir in der Hütte, die als Laden diente, ihre Schädel und Geschlechtsteile – zum Verkauf angeboten. Wenn man einen Schädel in seinem Garten vergräbt, bringt das geschäftlichen Erfolg. Die Augen werden gegen Kurzsichtigkeit aufbewahrt. Abgeschnittene Brüste garantieren Fruchtbarkeit.

»In einer anderen Zeit, in einem anderen Land, hätte es etwas werden können mit uns«, sagte René.

»Wer weiß das schon?« sagte Julia.

»Der Gott der hundert schnellen Fürze.«

Julia prustete vor Lachen.

»So nennen die Ubangis ein Maschinengewehr.«

»Das hast du dir jetzt gerade ausgedacht.«

»Nein. Frag doch meine Kumpels.«

»Mit denen rede ich lieber nicht.«

»Dann nicht. Du hättest übrigens Schwierigkeiten, sie zu finden. Im Kongo waren wir zu zwölft. Sechs sind noch übrig, und vier davon sitzen im Knast. Man überquert immer einen Fluß zu viel.«

Sie legte sich neben ihn, leckte das Salz von seinem Gesicht.

»Berühr nicht meinen Rücken«, sagte er und schob sie von sich, drückte ihre Schultern ins Gras.

»Vorsichtig.«

Es war fast wie das, was sie gelesen hatte in »Schwester Silke von Station sieben«, etwa so: »Ihre Brüste, geweckt durch das Geknatter und Geholper des italienischen Metallponys, wurden warm und weich und schwer und preßten sich heftig an ihn, sein Mund streifte ihre Wange und sagte mit einer Stimme zwischen Miauen und Knurren, daß er sie liebte, und ihre flaumigen Nackenhärchen zitterten. Vor lauter Genuß spürte sie, wie ihr Körper schwach wurde, und während er zum Höhepunkt gelangte, saugte er wie ein Kind an ihrer Nase.«

»Warst du noch Jungfrau?‹ fragte er.

»Findest du das komisch?«

»Ja.«

»In meinem Alter?«

»Ja. Im Ernst, hat vorher noch keiner seinen reingesteckt? Nicht ein einziges Mal?«

»Nein.«

»Weil du katholisch bist?«

»Nein. Ich hab' es aufgespart.«

»Für den Prinzen auf seinem Schimmel?«

»Für dich.«

Kapitel vier von »Schwester Silke von Station sieben« endete: »Wie konnte die Liebe selbst der Tod werden, indem sie sich diesem animalischen Spiel hingab?«

»Hör mal«, sagte Julia, »kein Wort darüber zu Noël. Versprochen?«

»Versprochen«, sagte er und leckte das Blut von ihrem Schenkel.

Das zehnjährige schwarze Kind tänzelte auf der Stelle. Es hob die Machete hoch in die Luft. Charlie sprang schreiend beiseite. Mit aller Kraft schlug ich meine Maschinenpistole an die Schläfe des nachtschwarzen, geölten Kinderkopfes. Das Kind stürzte zu Boden. Ich hob die Machete auf. Immer die Waffe des Feindes benutzen. Ich spaltete den Schädel, das weiß-rosa Gehirn fiel aus seinem Gehäuse auf die bebende Brust.

Daß etwas ernsthaft schiefläuft in der Familie Catrijsse, das macht schon eine Weile die Runde. Manche von uns sind darüber nicht traurig, den anderen ist es einerlei. Gerard, bring uns noch ein Bier und eine Tafel Nußschokolade für Muttern daheim. Noch andere finden, daß das, was den Catrijsses widerfährt, ein Klacks ist im Vergleich zum Elend in der Welt, aber so könnte man endlos Vergleiche anstellen, in der Natur gibt es keine Gerechtigkeit, das habe ich schon oft gesagt, es nützt nichts, endlos zu lamentieren, immer gibt es etwas noch Schlimmeres, man denke nur an den Fernen Osten, wo sie sich gegenseitig nach wie vor zerfleischen, bestimmt hat jeder von ihnen seine Wahrheit, Gerard, wo bleibt mein Würstchen?

Oder nehmen wir mal Tijtgat, der hat lila Flecken gekriegt mit goldenem Rand, zuerst dachte er, es käme von einer unreinen Frau und vom Flötenspiel ohne Ton, und er hatte keine Zeit, zu Doktor Vermeulen zu gehen, weil die Prüfer vom Finanzamt bei ihm waren, zwei Tage lang, und als die Herren gegangen waren mit der Empfehlung, er solle sich schleunigst nach einem guten Steuerberater umsehen, sie wüßten da einen sehr zuverlässigen, ein ehemaliger Kollege von ihnen, bekam Tijtgat von unserem Heiland nicht einmal mehr die Zeit, diesen zuverlässigen Menschen anzurufen; er spuckte blau, und es war soweit. Und die Professoren in der Uniklinik kratzten sich am Kopf. Wie vor fünfzehntausend Jahren, als sie sich wunderten, wie es möglich war, daß der Keuchhusten vom Schwein auf den Menschen übergesprungen war.

»Gab es damals denn schon Professoren?«

»Sozusagen! Du mußt aber auch alles wörtlich nehmen!«

»Und du mußt immer in Bildern reden!«

Es geschehen noch Zeichen und Wunder, denn in diesem Augenblick kommt, ohne einen Ton zu sagen, Noël Catrijsse in unsere Kneipe!

Er ist betrunken. Vielleicht zum erstenmal im Leben.

Wir haben nichts gegen Noël, das möchte ich unbedingt vorausschicken, aber sein Besuch im *Stillschweigen* ist zumindest merkwürdig. Und weil es etwas so Sonderbares ist, sind wir alle, ausnahmslos, bereit, ihm zu vergeben, daß er ein Catrijsse ist. Wir sagen: *»Tiens, Noël!«,* »Je später der Abend, desto schöner die Gäste«, »Setz dich zu uns und trink einen mit«, »Mancher würde Eintritt bezahlen, um dich auch mal zu sehen.« Und so weiter. Noël stellt sich an dem Tresen, mit dem Rücken zu uns, und rührt sich nicht.

Gerard, der als Kneipenwirt schon so manches erlebt hat, reicht ihm ein Bier. Noël nimmt das Glas und betrachtet es, als hätte er noch nie ein Bier gesehen. Dann dreht er sich um und sieht uns an, als wollte er sagen: Wer sind all die fremden Leute? Und mit Schwung gießt er sein Glas Stella über uns aus, fast ohne Ausnahme, und ruft: »Apollo! Hier ist Apollo.«

Am nassesten ist Jules Piron in seinem frisch gebügelten Gerichtsvollzieheranzug, der Noël am nächsten stand. Am wütendsten ist natürlich Schamphelaere, Leon, der von Natur aus jähzornig ist und schon einmal verurteilt wurde, weil er im Affekt seinen Schwager krankenhausreif geschlagen hat. Leon steht auf, aber Gerard packt Noël am Arm und sagt: »Noël, Sportsfreund, jetzt sagst du meinen Gästen, daß es ein Malheur war, an dem dein Zustand schuld ist, und bittest sie höflich um Entschuldigung, sonst sehe ich mich gezwungen, dir eins aufs Maul zu geben, Apollo oder nicht, und dich mit einem Tritt in den Hintern vor die Tür zu befördern.«

Gerard ist unverheiratet, manchmal ein Grobian, und man braucht ihn nicht zu fragen, wie die Hauptstadt von Spanien heißt, aber wie man mit Menschen umgehen muß, das weiß er, und ob Sie's glauben oder nicht, Noël sieht uns wieder an, er sieht wahrscheinlich dieselben fremden Leute wie vorher, aber nun klatschnaß, bespritzt.

»Gerard«, sagt Noël. »Du hast recht, Gerard, ich bin kein Typ, der in Kneipen gehen sollte. Tut mir leid. Wirklich, es tut mir leid.« Und er fängt an zu weinen. »Ich – einer der nichts anderes will, als daß alle in Frieden und Zufriedenheit leben, der seinen Nächsten liebt, ohne Ausnahme, der sich ein Bein ausreißen würde für euch alle –, ich baue jetzt solchen Mist. Verzeihung. Bitte, verzeiht mir.«

Wir vom *Stillschweigen* sind nun mal von Natur aus feinfühlig, und wenn jemand weint, sowieso, auch wenn er kein Stammgast ist, aber immerhin aus Alegem stammt, aus unserer Heimat. Wir sagen: »Noël, mach dir nichts draus, das kann jedem passieren, daß er sein Bier umstößt oder fallen läßt. Komm, laß uns noch einen trinken.«

Noël hat noch ein Bier getrunken und dann noch eins. Ab und zu hat er gesagt, so wie ein stiller Säufer oft vor sich hinmurmelt: »Ich sage nie im Leben mehr Apollo« und »Das Fleisch ist willig« und »Eine Runde von mir«. Schamphelaere, Leon, hat sich neben ihn gestellt und gesagt: »Du hast Glück, daß ich mich beherrscht habe, Noël, das hätte nämlich übel für dich ausgehen können, so übel wie für Marcel, meinen Schwager«, und zum fünfzigsten

Mal dürfen wir uns die stolze Litanei der Blessuren von Schamphelaere anhören, Leons Schwager, der noch im Krankenhaus liegt. »Prellung linkes Schulterblatt, Prellung und Würgemale am Hals, Druckschmerz in den Bauchmuskeln, Schlagschmerz im Nierenbereich, Prellung linkes Schienbein.«

Noël war danach ganz still. Wir längst mürbe.

Nach schätzungsweise sieben oder acht Bieren hat Noël versucht, beim Dart mitzuspielen. Aber seine Pfeile landeten alle in der Tapete, einer sogar in dem Plakat mit Rik van Looy, der für die Weltmeisterschaft spurtet. Dann schwieg er wieder eine Zeitlang, man hätte genausogut zu der Klagemauer von Jerusalem sprechen können, und dann hat er einen Schraubenzieher aus seiner Innentasche geholt und gesagt, wir sollten seinen Bruder in Ruhe lassen, denn das, was im Dorf vor sich gehe, sei seine Schuld. »Ja, ich bin schuld, Noël Catrijsse, und ich werde dafür büßen, das schwöre ich bei allen Heiligen.«

»Und bei Apollo«, sagte ein Witzbold.

»Ja, auch bei Apollo«, sagte Noël grimmig. Er dreht den Schraubenzieher zwischen Daumen und Zeigefinger und bohrt sich die abgeflachte, scharfe Spitze in die Handfläche, erst jetzt sehen wir, wie tief, mitten durch die Hand, und bevor wir uns von unserem Schreck erholen, macht er dasselbe mit der anderen Hand, das Blut quillt heraus, und der Witzbold von vorhin sagt: »Noël, bist du ein Fakir geworden?« Schamphelaere, Leon, geht hinter den Tresen, nimmt dort das Tuch, mit dem Gerard die Gläser abtrocknet und sich manchmal den Schweiß abwischt, und reißt es in zwei Stücke. »So was kann ich nicht sehen« sagt Schamphelaere, Leon, und bindet die Fetzen um Noëls Hände.

Noël blickt auf den Verband, als wäre er um die Hände von jemand anderem gewickelt.

Nicht, daß wir uns an die meisten Formen von Gewalt gewöhnt hätten, aber eigentlich haben wir kein Mitleid mit Noël. Wir sehen weg. Was sich hier direkt vor uns abspielt, beginnt nach hirnloser Gewalt auszusehen, und davor fürchten wir uns. Haben wir uns nicht durch Kriege durchgewurstelt, haben wir nicht widernatürliche Katastrophen überlebt? Und sind wir nicht immer mit ein paar Blasen am Hintern davongekommen, weil wir gekuscht haben und gut aufgepaßt, woher der Wind weht?

Schamphelaere, Leon, der Jähzorn in Person, hat Noël nach Hause gebracht.

Wie konnte sie so dumm sein? Wie lange hat sie geschlafen?

Alma kriecht aus dem Bett, der Geruch verbrannter Kartoffeln mischt sich mit dem Geruch ihres Fiebers. Sie eilt auf die Treppe, in den Flur. Der Geruch aus der Küche wird stärker. Sie macht das Licht an. »Oje oje oje.« Die Bratkartoffeln mit Speck sind fast verkohlt, sie reißt das Fenster auf.

Aus dem Wohnzimmer äfft jemand sie im Halbdunkeln nach. »Oje oje oje.«

»René?«

Ein kurzes, meckerndes Lachen ist die Antwort.

»Noël?«

Er liegt auf dem Sofa, die langen Locken kleben an seinem verwildert aussehenden Gesicht. Er streckt seine verbundenen Hände nach ihr aus.

»Ich hab' was Dummes gemacht. Diesmal ich.«

Während er erzählt, nimmt sie die schmuddeligen Lappen von seinen Händen. Nichts bleibt mir erspart.

»Was hattest du denn in der blöden Kneipe zu suchen?«

»Ich wollte so wie alle sein.«

»Du bist so wie alle. Irgendein Leiden hat jeder. Deins sitzt im Kopf, das ist alles. Dummes Kind.«

Sie streicht Quecksilbersalbe auf seine Handflächen.

»Du weißt nicht mal, wie ich heiße.«

»Red keinen Unsinn.«

»Als du hereingekommen bist, hast du gesagt: René.«

Sie wickelt ihm saubere Binden um die Hände.

»Tut es weh?«

»Nein.«

»Noël«, ruft sie. »Tut es weh oder nicht?«

»Ein bißchen.«

»Dummes Kind.«

In der Küche kratzt sie die Kartoffelreste aus der Pfanne, überlegt sich, daß es Sünde ist, selbst dieses ärmliche Essen wegzuwerfen, stellt die Pfanne auf einen Untersetzer und ißt sie leer.

»Du hättest mich gleich nach der Geburt ins Klo werfen sollen«, sagt Noël. Er steht vom Sofa auf, setzt sich auf einen Stuhl, die Füße ordentlich nebeneinander auf einer Sprosse, und ißt die letzten Krusten.

Wie schutzlos er ist. Was ist in letzter Zeit nur mit mir los, daß ich bei jedem Wort oder jeder Geste meiner Jungs den Tränen nahe bin?

»Ich könnte Renés Platz einnehmen«, sagt Noël. »Wenn Gott in eine andere Richtung sieht, es gibt ja so vieles auf der Welt, um das er sich kümmern muß, so daß er nicht Tag und Nacht ununterbrochen auf uns achten kann, dann könnten René und ich unseren Verstand und unsere Haut tauschen.«

»Warum?«

»Damit er es leichter hat.«

»Wie meinst du das?«

»Na«, sagt er ernst, »damit er seine schwere Last leichter tragen kann.«

Sie nimmt seine formlose rechte Hand und legt sie an ihre Wange.

ALICE

Alice Rombouts behauptet sich im Eßzimmer der elterlichen Villa gegen ihren Vater Hector. Sie hat das Köfferchen mit ihren wertvollsten Sachen auf den Acajoutisch gestellt, um noch rasch ein allerletztes wertvolles Stück hineinzuwerfen.

Sie glaubt nicht, daß es zu Handgreiflichkeiten kommen wird, das ist nicht der Stil des Hauses Rombouts, aber ganz sicher ist sie sich nicht, wenn sie das schnaufende, scharlachrote Gesicht ihres Vaters sieht.

Zu dritt haben sie gerade eine Konversation hinter sich, bei der sich beide Parteien angebrüllt haben wie nie zuvor; die Auseinandersetzung gipfelte in Hectors Drohung, wenn Alice die Türschwelle überschritte, brauche sie sich nie wieder blicken zu lassen.

»Ich versteh' ja sehr gut, daß du diesen Leuten helfen willst«, sagt Hedwige Rombouts. »Du hattest schon immer was von Florence Nightingale.«

»Mehr etwas von Pater Damiaan«, sagt Hector. »Der war auch übersät mit Pusteln und Pickeln.«

»Aber daß du darum in dieses Seuchennest einziehen willst, das geht mir nicht in den Kopf.«

»Sie haben nicht mal ein Badezimmer.«

»Hector, darum geht es hier nicht.«

»Womit habe ich das verdient?«

»Alice«, sagt ihre Mutter, »geh in dein Zimmer, stell den Koffer wieder in den Schrank, komm herunter, bind dir eine Schürze um, hilf mir beim Bügeln, und wir reden nicht mehr darüber.«

»Jemand muß Alma pflegen.«

»Natürlich, aber warum du?«

»Weil es sonst keiner macht.«

»Du willst diesen Schwachsinnigen pflegen, gib's zu.«

»Auch.« Alice mustert ihren Vater, von dem sie den energischen Unterkiefer, die tiefliegenden Augenhöhlen geerbt hat. Er sagt: »Weil du dir Chancen ausrechnest. Weil Julia verschwunden ist und ein Platz frei ist bei dem bekloppten Pollo. Weil du eifersüchtig bist auf deine Schwester und ihr sozusagen einen Tritt in die Eier geben willst!«

»Hector, achte auf deine Worte.«

Bei der Vorstellung, daß Julia in ihrem Slip auf einmal männliche Geschlechtsorgane beherbergt, muß Alice schallend lachen.

»Lache nur, lache, Bajazzo«, ruft Hector Rombouts. »Womit habe ich das verdient?« fragt er die beiden Frauen, das Dorf, die Sterne. »Wie soll ich meinen Kunden noch unter die Augen treten? Meine beiden Töchter helfen, die Lungenpest zu verbreiten! Wir haben garantiert auch bald Hakenkreuze am Haus. Wenn das keine Zeitbombe ist.

Überleg dir gut, was du tust, Alice. Daß ihr uns allein zurücklaßt, du und Julia, die schon drei Tage weg ist mit diesem Lumpenhund René. Wenn es nach mir ginge, hätte ich längst die Polizei eingeschaltet.«

»Und dann noch die eigene Mutter anlügen! Als ich sie gefragt habe, wo sie ist, hat sie gesagt: »Irgendwo in der Gegend.« Dabei habe ich, und du weißt, wie fein mein Gehör ist, im Hintergrund verdammt noch mal das Postschiff von Ostende tuten hören. Diese gottverdammte Schlampe!«

»Mama, achte auf deine Worte!«

»Lach nur.«

»Bajazzo«, sagt Hector Rombouts matt.

Es schneit dicke Flocken. Das Gebirge ist ein Brocken körniges Weiß mit schwarzen Äderchen, die Kiefern mit ihren langen Nadeln. Im Tal liegt der Schnee zwei Meter hoch. Jeder Fußabdruck ist sofort wieder mit Schnee bedeckt. Es hat keinen Sinn, die Baracke zu verlassen. Trotzdem geht dort ein einzelner Mann im langen Mantel mit Pelzkragen und einer Sonnenbrille durch das verschwenderische Weiß. So sieht Alma ihn zum erstenmal, ein Rücken, eine kerzengerade Gestalt, das Jagdgewehr. Er geht bis zur Schlucht und verschwindet, ein paarmal denkt sie, daß er über den Rand gefallen ist, mit ausgebreiteten Armen wie ein Fallschirmspringer ohne Fallschirm.

(Es war an einem Mittwoch, denn an diesem Tag wurde das dunkle, säuerliche deutsche Brot nicht abends, sondern mittags ausgeteilt. Die Bäckerei arbeitete mit halber Kraft. Alma stand in der Schlange, und als man ihr das Stück Brot reichte, griff sie sofort zu, ehe eine ranghöhere *Schwester* es für sich beanspruchen konnte.)

In dem Wirbel der monoton torkelnden Flocken versucht sie den Kern, das Auge des Schneesturms zu entdecken, und dabei sieht sie die Gestalt, um die der Wind kreist. Er trägt einen Fallschirmspringerhelm. Er hält das Gewehr unter dem linken Ellenbogen, wahrscheinlich ein erbeutetes amerikanisches. Er geht in Richtung Schlucht, bewegt sich manchmal seitlich fort, als wolle er dem Wind weniger Angriffsfläche bieten, und verschwindet hinter dem Rand des Hügels.

(Es war vierzehn Tage, bevor die Amerikaner kamen, Befehle wurden nicht mehr erteilt, die Offiziere waren fast alle geflohen.)

An jenem ersten Tag begegnet sie ihm später noch einmal, als er in den Operationssaal stürmt, mit wehendem Mantel. Sie hilft ihm aus dem Mantel, auf seinen Augenbrauen und Wimpern ist Schnee, die Iris seiner Augen ist blau und golden. Er ist effizient, barsch, mürrisch. Die *Schwestern* himmeln ihn an. Er entfernt eine Milz und schient einen Oberschenkel.

Dann hört er an ihrem Akzent, daß sie keine Deutsche ist, und ruft jungenhaft: »Muß ich deshalb den ganzen Weg hierher machen, um eine Landsmännin zu treffen? Wie lange sind Sie schon hier?«

»Eine Woche«, sagt sie verlegen. Er sieht gut aus und ist gebräunt wie Luis Trenker, der Weltmeister im Bergsteigen. Er hat breite, bronzefarbene Arbeiterhände. Er ist einen Kopf größer als sie.

Er sagt: »Wir sehen uns später« und wischt sich die Hände an einem Handtuch ab, das Helena, die *Hauptschwester,* bereithält. Alma hätte am liebsten, daß er sich die Hände an ihren Haaren abwischt.

»Wenn es so weiterschneit, wird kein Amerikaner in der Luft zu sehen sein, diese Hosenscheißer. Udet würde keinen Augenblick zögern, im Gegenteil, er ist verrückt nach dieser Art Wetter.«

»Udet?«

»Sie wissen nicht, wer ...?«

»Nein.«

»Gehen Sie in die Kantine. Da liegt ein Stapel ›*Der Adler*‹, in jeder Ausgabe ist ein Foto von ihm.«

Er hält mich für eine beschränkte Bäuerin, eine blöde Gans erster Güte.

»Woher kommen Sie?« Sie stellt die Frage zu leise, zu schüchtern, denn er antwortet nicht.

Sie hilft ihm, seinen ockerfarben und rot befleckten Kittel auszuziehen, es ist eine Zeremonie, sie legt den Kittel über ihren Arm, als wäre es eine Soutane. Er geht in die Baracke. Es hat plötzlich aufgehört zu schneien. Über den Feldern hängt eine stille, drückende Luft. Der Geruch der Fabriken, der Öfen.

Die Amerikaner kommen nicht. Er auch nicht.

Sie hat an diesem Abend gewartet. Die Dusche gab nur ein paar gelbliche Tropfen frei. Sie drehte sich Locken, besprühte sich sparsam mit ihrem Eau-de-Cologne. Sie lag auf ihrem Bett, wütend, traurig. Sie befingerte sich ein wenig, nicht richtig.

Dann ging sie, getrieben von ihrer plötzlichen, unbändigen Liebe, in die Kantine, wo er betrunken tanzte, umschwärmt von den deutschen und den drei flämischen Krankenschwestern. *»Wir machen Musik, da geht euch der Hut hoch«* und *»Wie is Loesje, wie is toch dat snoesje?«* von den Ramblers.

Aber er tanzt dazu wie ein Bayer mit stumpfsinnigen Klapsen auf Hintern und Schenkel.

Erst eine Viertelstunde später, als sie gerade betete: »Du Lümmel, schau doch in meine Richtung, du wirst es nicht bereuen«, bemerkte er sie. Er ließ Helga, eine Elektrikerin aus Lübeck, mitten im Tanz stehen, und wie selbstverständlich ging Alma auf ihn zu. Er tat so, als ob er zu einem neuen, plumpen Tanzschritt ansetzte, und zog sie an seinen Unterleib.

»Brr«, sagte sie. »Brr.«

»Was heißt hier Brr?« sagte er. »Ich bin kein Pferd.«

»Nein. Kein Pferd. Aber ein feiger Hund.«

»Schlafende Hunde soll man nicht wecken«, sagte er. Sie lachte nicht, sie mochte keine Wortspiele. Er hatte sich mit Sunlightseife gewaschen.

»Komm mit«, sagte er.

»Ich muß ...«

»Du muß nichts. Gar nichts mußt du.«

Sie landeten, er schwankend, sie triumphierend, in seinem Zimmer. Sie blieb dort drei Tage, zwischen den Bombenangriffen. Er nahm sie, sie nahm ihn. Die Stunden, die sie im Lazarett verbrachte, waren verlorene Stunden in der Zeit, die ihnen noch vergönnt war. Dann, obschon in den Klauen seiner Liebe, begann sie IHN abstoßend und verrückt zu finden. Als er, manchmal mit einem befreundeten Arzt, meist allein, im Schnee auf Jagd ging nach entflohenen *Untermenschen.* Ohne daß er es merkte, in einem Schneesturm, machte sie ein Foto von ihm. Für später, wenn die Alliierten ihn erschossen hätten.

Soweit wir das Ganze rekonstruieren konnten, hielt sich Adhemar, der Hausdiener von Mijnheer Cantillon, der für die Nerzkolonie verantwortlich ist, an diesem Abend noch ziemlich spät in der Bar *Tricky* auf, wo er ein gerngesehener Gast war. Laut Nedjma, die sich an diesem Abend Notar Albrecht widmete, nebenbei bemerkt mit wenig Erfolg, hatte Camilla ziemlich viel getrunken und war in Weltuntergangsstimmung. Das kam in letzter Zeit öfter vor, eigentlich seit dem Besuch von René Catrijsse in ihrem Etablissement. Nedjma hat sogar erzählt, Camilla hätte ein Buch auf den Knien liegen gehabt und die Abbildungen darin mit einer Lupe betrachtet, wobei ihr Tränen über die Wangen flossen, so daß Nedjma dachte: Gleich fallen die Tränen noch auf das schöne, lehrreiche Buch, und *tiens,* schon war es geschehen, die Farben des Bildes mit einer lebensgroßen Libelle waren alle verlaufen. Und Camilla soll gesagt haben: »Alles, was er anfaßt, ist besudelt und verseucht und kaputt.«

Adhemar hat ein Herz wie ein Kuchenbrot, er ist fleißig und gefällig, aber trotzdem sagen wir manchmal über ihn: »Der hat auch nicht gerade das Pulver erfunden.« Da er meint, daß Camilla eine kleine Abwechslung braucht, sagt er: »Warum kommst du nicht mit mir in das Schloß von Mijnheer Cantillon? Mein Chef ist in seiner Wohnung in Brüssel, der Senat muß über was Eiliges abstimmen, Nachtarbeit.« Camilla (die nicht nur an Zoologie interessiert ist, sondern auch die Zeitschrift »Öffentlicher Kunstbesitz« abonniert hat), sagt: »Warum nicht? Ich würde das Schloß gern mal von innen sehen«, und sie ruft: »Nedjma, wie weit bist du mit dem Notar?« »Hetz mich nicht«, ruft der Notar, »sonst geht gar nichts.« »Nedjma, vergiß nicht, überall das Licht auszumachen«, ruft Camilla und fährt mit Adhemar in seinem Lada mit.

Er zeigt ihr das Schloß von innen, sie kann sich nicht satt sehen. Er serviert ihr Champagner, speziellen Cuvée de Cantillon, im Salon mit den Porträts der Ahnen, es sieht danach aus, daß sie ihren Weltschmerz vergessen hat und Adhemar sie in das antike Familienbett bekommen wird, er fragt sich, ob sie wohl eine Unterhose trägt und ob sie ihm für die Nummer oder womöglich mehrere Nummern den vollen Preis abnehmen wird, als er plötzlich einen schrillen Schrei ausstößt. Er greift sich an den Oberschenkel, in den ein zottiger grauer Fischotter die Klauen und die spitzen Zähne geschlagen hat. Camilla bringt vor Schreck keinen Ton heraus, sie läuft zum Ofen und nimmt einen Schürhaken. Damit fuchtelt sie herum, als ob das Tier durch die Luft fliegen und auf ihr landen könnte. Sie läßt den Schürhaken sinken, denn sie sieht mit Grausen, wie Adhemar das Tier am Nackenfell aus dem Fleisch seines Schenkels und aus seiner blutverschmierten Hose reißt, es auf die Dielen knallt und unter der Ferse seines Stiefels zermalmt. Der Hausdiener trampelt auf das Köpfchen und den dick gebauschten Schwanz.

Camilla ist erstarrt.

Der Hausdiener hebt das Tier hoch, hält es sich vor die Nase. »Verdammter Mist, das ist ja Victor«, sagt er verblüfft. Er gerät in Panik. »Du wartest hier«, schnaubt er. Camilla schreit: »Ich denke nicht daran. Ich bleibe nicht allein hier.«

»Ich will keinen Mucks mehr von dir hören. Da. Dort bleibst du sitzen, bis ich wiederkomme.«

Er trottet hinaus. Rennt über den Rasen.

»Du armes, kleines Tier«, sagt Camilla zu dem zottigen, stinkenden Brei. Sie niest und hustet vor Wut. Mit dem Schürhaken in der Hand schleicht sie im Schatten des Rhododendrons hinter Adhemar her.

Nun ist die Frage, ob sie Adhemar mit diesem Schürhaken das Leben nehmen wollte, weil sie, wie bereits erwähnt, eine fanatische Kämpferin für die Rechte der Tiere ist und das Tierreich rächen wollte.

Sie selbst behauptet, sie sei nur besorgt gewesen über das Schicksal der im Käfig eingesperrten Artgenossen Victors (der übrigens nicht Victor war, sondern Marie-Ange, Adhemar hatte sich in seinem Schreck geirrt), und sie hätte Adhemar nicht berührt; mit dem Öffnen der zweiunddreißig Käfige hätte sie gewartet, bis sie Adhemar auf der Freitreppe sah, als er zum Schloß zurückgerannt war, wahrscheinlich, um seinen Arbeitgeber in Brüssel anzurufen, und daß sie überwältigt gewesen sei von dem Gefiepe und Gewinsel der Tiere, die zwar in großer Zahl ihre Käfige verließen, aber in der Nähe ihres Gefängnisses blieben, sich gegenseitig besprangen, einander Fleischfetzen aus dem Körper rissen oder zurück in ihren Käfig rannten, darin rotierten und den Kopf gegen die Wand rammten. Im Grunde wie der Mensch, in Furcht vor der Freiheit.

Man fand Adhemar im orientalischen Salon, drei Meter vor dem Telefon, verblutet auf einem Kaschgaiteppich. Beflissen, schnell das Richtige zu tun, muß er gestolpert und mit dem Kopf gegen einen steinernen *Lingam* geprallt sein.

Aber hatte er nicht zu viel Blei in seinem Blut? Hat Doktor Vermeulen nicht so etwas erwähnt?

Zu viel Blei in den Knochen. Mit weniger Blei wäre Adhemar vielleicht nicht gestürzt, denn Blei greift das Gehirn an, trübt die Fähigkeit, Impulse zu unterdrücken. Doktor Vermeulen sieht überall Blei.

Senator Jules Arnaud Lambert de Cantillon ist so schnell es ging zurückgekommen. Wir sehen ihn gern aus seinem Lancia steigen, gepflegt, die spärlichen Haare mit Brillantine nach hinten gekämmt, mit faltenloser Haut wie jemand, der lange Zeit die Gelbsucht hatte. Er kann sich sehen lassen, unser Cantillon in seinem dreiteiligen Pepitaanzug, mit seiner Fliege und den englischen Schuhen mit den kleinen Löchern.

Er inspizierte die Leichen der Nerze, die gelassen dalagen, befreit von den überdrehten Drüsen, dem Gestank der Angst. Die Pelze waren selbstverständlich ruiniert, in Fetzen, verklebt mit fast phosporeszierendem blauen Blut.

Nun hat das Geschlecht Cantillon seit Jahrhunderten ein angeborenes Talent zu Groll und Rache.

Im Billardsaal des Schlosses fand eine Versammlung statt, die auf einen kleinen Kreis beschränkt war. Der Gouverneur nahm daran teil, ein Kanoniker, ein Vizedirektor der Bank von Roeselare, Professor Maereback, ein Experte für auf mysteriösem Wege übertragbare Krankheiten, und Gilbert Blaute, der ehedem so gefürchtete Kommissar. Die Herren tranken lauwarmen Portwein. Professor Maereback hatte Dokumente dabei mit Graphiken und Tabellen, die er mit flauen Anekdoten erläuterte. Der Kanoniker erinnerte an das Märtyrium von Hochwürden Lamantijn. Blaute sagte wenig, auch als die Gesellschaft erklärte, von den Erkenntnissen des Wissenschaftlers überzeugt zu sein, die darauf hinausliefen, daß sämtliche Erkenntnisse die mysteriöse Seuche bislang nur noch rätselhafter erscheinen ließen. Man war sich einig mit dem Kanoniker, der auf größte Diskretion drang, denn, so sagte er, unsere Bevölkerung ist ziemlich schnell beunruhigt. Man war sich auch darüber einig, daß die Wurzel des Übels ausgerissen werden müsse. So schnell wie möglich. Diskret, aber ein für allemal.

Es gab noch Einwände, Bedenken, Kommentare, taktische Erwägungen, aber als das Diner serviert wurde, *pâté sauvage aux pistaches* (wobei sich Professor Maereback schalkhaft erkundigte, ob auch keine toten Nerze darin verarbeitet waren) und *blanquette de veau* (sparsame Portionen, wie bei einem adligen Essen zu erwarten), begossen mit einem *Volnay* und einem *Pommard,* war man einmütig der Ansicht, daß man die praktische Erledigung des Falles Catrijsse getrost dem Ex-Kommissar Blaute überlassen könne. Als der unverbesserliche Professor Maereback verlangte, der Kanoniker solle den Auftrag an Blaute mit einem *Nihil obstat* bestätigen, sagte der Kanoniker: »Sei nicht so albern.«

Der Gouverneur nickte. *»Scripta manent«,* sagte er.

Der Vizedirektor der Bank von Roeselare verbürgte sich dafür, daß zur Finanzierung des Auftrages der Spezialfond für in Afrika eingesetzte Zeitsoldaten in Anspruch genommen würde. Wobei den Anwesenden die Ironie sicherlich nicht entgangen sei, meinte er, daß der Fonds, der zur Anwerbung dieses speziellen Soldaten gedient hatte, nun auch zu dessen Vernichtung dienen würde.

Der Gouverneur ließ auch durchblicken, daß von höchster Stelle informelle, jedoch verbindliche Vorschläge, wenn nicht Anweisungen gekommen seien, die den Tenor hätten, daß es sinnvoll wäre, wenn man von allen in Afrika eingesetzten Zeitsoldaten in nächster Zukunft so wenig wie möglich, am besten gar nichts mehr vernähme. Die Jungs hätten in der Fremde das Ihre zum Ansehen und zur Erhaltung unserer Präsenz auf dem schwarzen Kontinent beigetragen, aber ihre Mission sei nun vollbracht.

Das Hotel *Wielewaal* ist eine protzige Villa in den Dünen, die die Stadtverwaltung nach dem Ersten Weltkrieg als Urlaubsdomizil des Königs erbauen ließ und die der König an den Hilton-Konzern verkauft hat.

Die Zimmer sind mit rosa Seide tapeziert, die Einrichtung ist im schwedischen Stil gehalten, der Teppichboden grün wie das Meer.

Am zehnten Tag, nachdem Julia und René dort eingezogen sind, überreicht ihnen der Portier, der ihnen jeden Abend, wenn sie zum Strand gehen, wohlwollend zulächelt, einen Briefumschlag. Julia sieht, daß René kreidebleich wird.

»Wer hat das gebracht?« stammelt er.

Der Portier sieht Julia grimmig an.

»Wer?« sagt sie. Renés Angst springt auf sie über.

»Ein kleiner Junge.«

»Was für ein Junge?«

»Ein Junge. Er hat es an der Rezeption abgegeben und ist weggerannt. Er trug eine Pfadfinderuniform.«

Auf dem Briefumschlag steht ZIMMER 12. René reißt ihn auf und zieht eine Ansichtskarte heraus, auf der ein verwitterter steinerner Wasserspeier von Notre Dame abgebildet ist. Auf der Rückseite steht: »Die Tafeln sind zertrümmert. Heute abend, acht Uhr, die Brocken werden auf der Marina verteilt.«

René zieht Julia mit zur Drehtür, die den Kai, den Strand, den Leuchtturm in ihrer gläsernen Umdrehung zersplittert. Er geht schnell. Sie hat Mühe, Schritt zu halten. Sie ist froh über seine wiedergewonnene Energie. Er schaut sich dreimal um, rennt, rennt zu einem Parkplatz, duckt sich, während seine Finger noch immer ihren Arm umklammern, hinter ein Auto.

»Du gehst nicht ins Hotel zurück«, keucht er.

»Mein Geld, mein Paß, meine Papiere ...«

»Lassen wir später holen. Brauchst du jetzt nicht. Geh ins Kino. Nicht ins Kasino.«

Dann sagt er etwas hölzern, aber entschlossen, daß er sie um Mitternacht in der Eisdiele gegenüber dem Bahnhof abholen wird.

Es ist zwecklos, um eine Erklärung zu bitten. Sie sagt ihm, daß sie ihn liebt, sechs, sieben Mal, und wie leid es ihr tut, daß sie heute morgen seinen Rücken mit den geschwollenen Striemen nicht mit Salbe eingerieben hat, wie sie das sonst jeden Tag hingebungsvoll getan hat. Aber heute abend macht sie es bestimmt.

»Sei vorsichtig«, sagt sie, aber auch das ist zwecklos.

Sie wird sich zweimal nacheinander einen Film ansehen, in dem es um ein Foto geht, das zufällig aufgenommen wurde, aber in dem der Fotograf ein Verbrechen entdeckt; es ist schwer, der Handlung zu folgen, in dem Film laufen Mädchen herum, nackt oder in Kleidern von Mary Quant und mit den Haaren von Jean Shrimpton. Zweimal wird sie weinen, wenn in der Wochenschau ein großes Kaufhaus in Brand steht mit dreihundertfünfundzwanzig Toten, und zweimal wird sie kurz in ein bösartiges, ordinäres Lachen ausbrechen, wenn in der Wochenschau die dritte Fehlgeburt der Königin erwähnt wird. Sie wird gierig eine Tüte lauwarme Pommes frites mit Mayonnaise essen und in eine Disko voller großmäuliger Engländer gehen. Auf der Toilette wird ein Schlaks mit fettigen Locken quengeln, ob er sie küssen darf, weil er Geburtstag hat. Sie wird sagen, daß sie mit Geburtstagen nichts am Hut hat. Dann wird sie bis zum Ende der Mole gehen, in Todesangst und von allen, außer von René, verlassen. Danach äußerst langsam zur Eisdiele schlendern, dort vier Eis essen und warten.

Noch zwei Pfirsich Melba ohne Schlagsahne. Und, inzwischen ist ihr übel, warten.

Die Marina ist ein plumpes Ungetüm von einem Schiff, das die Stadt dem König zum fünfzigsten Geburtstag geschenkt und das der König an einen Großindustriellen verkauft hat. Es liegt seit Jahren im Hafen, ohne daß sich jemand darum kümmert; vollgeschissen von den Möwen fällt es langsam auseinander.

Um Mitternacht springt René aufs Deck. Niemand zu sehen. Er hat keine Lust, das Schiff zu erkunden, er bleibt auf dem Vorderdeck, die Stadt hat alle Lichter an. Er setzt sich auf einen kleinen Hügel aus zusammengerollten Schiffstauen. Er sieht den Großen Bären, Andromeda, Perseus, die nun auch von Julia gesehen werden. Er hatte nicht genug Zeit, ihr zu erklären, was die Nachricht des Hauptmanns bedeutete. Der Hauptmann hat ein Faible für Spielchen, Maskeraden, kindliche Codes. Er besitzt Pässe auf die Namen Abraham Ickx, Dr. Midas, Pierre Perruche usw.

»Julia«, sagt René, »es ist ganz einfach. Die Tafeln sind aus Stein, also geht es um Steine. Diamanten sind Steine, und die sind nun zertrümmert, ihrer Kraft beraubt, die Erze der Erde sind nun verwandelt, in Bares umgesetzt. Und das wird unter den Zeitsoldaten aus Afrika aufgeteilt.«

Er will ihr auch erklären, warum ein Wasserspeier auf der Ansichtskarte ist, das Sinnbild der Kameradschaft auch unter widrigsten Umständen, als der Hauptmann über die Reling springt und athletisch, hart, nervös auf dem Deck landet. Sofort aufrecht.

»Hi.«

»Hi.«

Der Hauptmann hat Amphetamin geschluckt, rote Augen, hin und wieder Zittern.

»Keinem begegnet unterwegs?«

»Nein.«

»Dann ist es gut«, sagt der Hauptmann.

»Obwohl ... ja, doch«, sagt René. »Moment mal.« Er lauert auf ein Zeichen von Ablehnung, Mißtrauen, aber der Hauptmann hat sein Pokerface aus guten Tagen aufgesetzt.

»Zwei Typen in grauen Anzügen auf dem Ensorplein. Einer davon mit einer Hasenscharte.«

»Die gehören zu mir«, sagt der Hauptmann. »Logistische Unterstützung.«

»Dann ist es gut«, sagt René.

»Wo ist Julia?«

»Im Kino.«

»Zu dieser Zeit?«

»Sie ist versorgt, keine Bange. Wo ist Charlie?«

»Er hat bereits seinen Anteil. Er hat sich davon eine kleine Wohnung in Brügge gekauft. Urgemütlich, mit Blick aufs Minnewater.«

Es ist sinnlos, zu fragen, wie er dahintergekommen ist, in welchem Hotel ich bin, woher er weiß, daß Julia bei mir ist. War.

Sie stehen an der Reling. Der Hauptmann grient. »Der Zaster hat Charlie so in der Tasche gebrannt, daß er als erstes diesen Laden, Carnaby Street, angesteuert hat. Du hättest ihn sehen sollen, mit seinem indischen Schal, dem Blümchenhemd und dazu seine blöde Visage.«

»Wo ist mein Geld?«

»In sicheren Händen.«

»Hast du es nicht dabei?«

»Ich bin doch nicht völlig plemplem.«

»Wofür bin ich dann hier?«

»Um mir was zu erklären. Warum deine Mutter auf Französisch einen Brief an den Außenminister geschrieben hat.«

»Spaak?«

»Paul Henri Spaak. Einen Brief, in dem sie schreibt, daß ihrem Sohn René nichts Böses zustoßen darf.«

»Meine Mutter kann gar kein Französisch.«

»Seltsam, der Minister hat nämlich noch die Bemerkung gemacht, daß der Brief in einwandfreiem Französisch abgefaßt war.«

»Und weiter?«

»Daß sie gewisse Persönlichkeiten, deren Namen sie vorerst nicht nennen möchte, in eine unangenehme Lage bringen könnte.«

»Meine Mutter ist verrückt.«

»So was hör' ich nicht gern, René. Ein bißchen Respekt. Immerhin hat sie dich zur Welt gebracht.«

Der Hauptmann bricht eine Tafel Milchschokolade durch, gibt René eine Hälfte. Der wirft seine Hälfte über Bord. Der Hauptmann überlegt, dann sagt er: »Es gibt Gerüchte. Die Leute von der Staatssicherheit denken konventionell, sie sagen zu mir: »René macht es nicht mehr lange, er hat mit dem Leben abgeschlossen, aber bevor er den Löffel weglegt, ist er zu allem fähig! Wie seine Mutter!« Ich sage: »Das ist merkwürdig, unser René war doch immer ein vernünftiger Kerl, loyal und zuverlässig.« »Hauptmann«, sagen sie zu mir: »Renés Zeit ist abgelaufen.« Du kennst mich, ich hab' meine Leute immer respektiert, als Kumpels betrachtet, und deshalb bin ich hier, weil ich die Drecksarbeit nicht anderen überlasse. Der Hauptmann ist dein Freund bis zuletzt.«

René hätte Julia erklären können, daß die Soldaten Rituale hatten, sowohl an dem träge fließenden ockerfarbenen Fluß im Kongo wie auch in der Wüste. In der Wüste aßen sie die weißen Skorpione, im Kongo die Hoden der Simbas, gebraten oder roh. In beiden Gegenden tranken sie bis zum Delirium, Palmwein oder Arak, und kotzten sich gegenseitig in den Mund. Deshalb die Ansichtskarte.

»Laß meine Mutter in Ruhe«, sagt René.

»Sie ist zäh«, sagt der Hauptmann. »Gute Rasse. Man kann sagen, was man will, aber darauf kommt es letztlich an. Darum tut es mir in der Seele weh, daß die Männer, die ich persönlich ausgewählt habe und die einer wie der andere von guter Rasse waren, nun von der Erde gefegt werden, einer nach dem anderen. Sag nicht, ich hätte nicht für meine Leute gesorgt, bis zuletzt. Sag das nie.«

Der Hauptmann schluckt eine Pille. Sie ist bitter, er verzieht das Gesicht.

»Ich habe Durst«, sagt er, »hast du keinen Durst?«

René kann nicht antworten.

»Maarten Vosselaere«, sagt der Hauptmann. »Für den hab' ich getan, was ich für keinen sonst getan hätte. In dem Krankenhaus, wo er im Sterben lag. Er hat schon geröchelt, und er lag da mit einem Steifen. Ich sage: »Schwester, unternehmen Sie doch was«, aber sie ist abgehauen, die Sau, und da hab' ich ihm einen gewichst.«

»Bis er tot war«, sagt René.

»Sag mal, willst du eins aufs Maul?«

Ein plötzlicher Wind vom Meer, ein feuchter Stoß. Der Tang peitscht an das Schiff. Die Möwen kreischen.

»Es wird frisch, findest du nicht auch?«

René kann nicht antworten.

Das Krankenhaus war eines der drei perfekt ausgestatteten, windschnittigen Sanitätsautos, die sechs Monate zuvor aus Belgien eingetroffen waren. Nachdem sie zwei Tage in Gebrauch waren, entdeckte man, daß sie sich nicht fortbewegen ließen. Vielleicht war der Motor zu schwach, oder die Reifen waren zu glatt, vielleicht war auch das Gesamtgewicht zu hoch oder der sumpfige Boden zu weich. Sie blieben stehen und waren bald ausgeplündert. Durchsiebt mit Kugeln, meist von unseren .50 Maschinengewehren. Kranke und Verwundete lagen manchmal mehrere Tage auf den rostigen Eisenbetten, die Matratzen voller Wanzen. Am längsten siechte ein Albino-Negerkind dahin, oder war es ein Pygmäe? Patteeuw, unser Koch, landete auch dort, nachdem wir durch die Straßensperre aufgehalten worden waren.

»Oh, oh«, sagte der Hauptmann und knurrte: »Waffen weg.«

Charlie fuhr langsamer, bremste, ließ den Motor des Landrovers laufen. Wir versteckten lässig unsere 9-mm-Brownings in der Jacke, wie wir es tagelang geübt hatten. Die Straßensperre wurde von sehr jungen Burschen mit AK 47 Rifles bewacht. Manche trugen eine platinblonde Perücke. Einer von ihnen, ein hochgeschossener Siebzehnjähriger mit gefeilten Zähnen und schwarz wie die Nacht, trug einen Sherlock-Holmes-Hut. Er winkte. Er sagte, er sei Major und wolle mit seinen Männern unseren Jeep durchsuchen. Am Straßenrand lagen Köpfe und Hände. Auf einem Reisigfeuer kochten Leiber.

»Sie sind sturzbesoffen«, sagte Charlie.

Der Hauptmann nickte fröhlich. »Ok. Ok. Ok.«, sagte er und streckte die Hand aus. Der Major sagte: »Ok.« und streckte auch die Hand aus. Mit einer liebevollen Geste drückte der Hauptmann die schwarze Hand und zog dann den verblüfften Major an sich. »Dieu le veut!« schrie der Hauptmann, den Kriegsschrei der Kreuzfahrer, drückte dem Major die Pistole an die Schläfe und schoß. »Dieu le veut«, riefen wir und feuerten in die Runde. Von uns traf es nur Patteeuw, den Koch. Der Hauptmann zählte versonnen die toten dunklen Jungs, notierte die Zahl in sein Notizbuch und gab ein paar Gnadenschüsse. Wir zogen die *Juju*-Amulette von den schorfigen Hälsen. Tranken ihren Zuckerrohrschnaps aus.

Dann fuhren die belgischen Soldaten zum Haus von Simon Bukule.

Auf dem Rasen spielten sie Fußball. Bukule machte mit und bekam alle Bälle zugespielt; er säbelte den Gegner um, wenn der Ball schon zehn Meter weiter war, und wer es wagte, ihn aufzuhalten, bekam seinen Ellenbogen in die Magengrube. Er schoß sechs Tore, beim letzten rollte er mit dem Torwart in den Armen über die Linie.

Anschließend spielten sie auf der Terrasse Poker. Mit dem monotonen Mörserfeuer in der Nähe des Vulkans. Mit den unsichtbaren Papagaien, die mitsangen, als Charlie sein Lieblingslied anstimmte: »Ach, Mariechen, die Rosen werden blü-hü-hühn, auch wenn du nicht mehr abist.« Zwischendurch hörte man die Äffin Marie, die abwechselnd kläglich brüllte und scharfe Schnalzlaute von sich gab.

»Marie ist traurig«, sagte Simon Bukule. »Sie hat zugesehen, wie die Pygmäen ihren Bruder Néné erstochen haben. Seltsam, im allgemeinen kommen die Weibchen mit Trauer besser zurecht.« Er hielt sich den Fächer Spielkarten dicht vor die Nase. Zu eitel, um eine Brille zu tragen. Sein heikler linker Fuß baumelte herab, in einem Tennisschuh Größe sechsundvierzig.

René fand den Anblick des Schuhs unerträglich. Er stand auf.

»Du schuldest mir noch sechshundert Dollar«, sagte Bukule.

»Sechshundert Dollar?«

»Sechshundert Dollar.«

»Simon ist wie ein Habsburger«, sagte der Hauptmann, »er vergißt nichts, aber er lernt auch nichts dazu.«

»Schulden machen ist das größte Verbrechen in dem Land, das ich regiere«, sagte Bukule.

René bezahlte, lief ins Gebüsch.

Maries Wärter lag ausgestreckt da und schnarchte. Hundert Meter weiter der schwarze, haarige Umriß.

»Mariemariemarie«, sagte René.

Sie war mit einer Handschelle an einen Baumstumpf gefesselt. Sie riß einen Zweig von dem Affenbrotbaum und rupfte sich dann Haare aus der Brust.

»Nicht doch, Marie.« Sie lauschte, unterbrach das Gezupfe. Er gab ihr eine Dose Coca-Cola, sie trank sie leer, schlürfte an den Rändern der Dose. René hockte sich zu ihr und wiederholte ihren Namen. Sie hüpfte hin und her, leckte mit einer himmelblauen Zunge an der Cola, die von ihren zottigen Wangen tropfte.

»Marie Marie.« Sie streckte den Arm nach ihm aus, zog ihn behutsam an sich, in ihren Geruch von Knoblauch, *khat* und Kot. Sie sah ihn friedlich an, rieb ihre bewegliche, glänzende Nase an seinem Ärmel.

Sie ließ ihn nicht los, auch nicht, als sie ein paar Blätter *khat* zusammenknüllte und ihm in den Mund steckte. René kaute wütend. Er wollte sie wegstoßen, seine Hand rutschte aus und glitt über die nassen Nackenfalten, über die enthaarten Stellen auf ihrer Brust, über ihre von Öl tropfenden Brustwarzen. Ein tiefes Gurgeln ertönte. Sie gähnte. Die safrangelben Zähne. Dann umklammerte sie ihn. Die stählerne Handschelle tat ihr weh, sie riß an ihrem Handgelenk, während ihr mächtiger Körper René umschloß. Die wütenden Stöße wurden nicht weniger gewaltsam, als Marie ein fröhliches Grunzen hören ließ und Renés kugelsichere Weste in Stücke riß. Dann drangen die Klauen tief in seinen Rücken. Wie Fleischerhaken. Die Welle des Schmerzes erreichte einen Höhepunkt, René hörte von weitem lauthals lachende und kichernde Stimmen, vervielfacht durch das Kreischen der Papageien, deren blaue und goldene Federn funkelten wie kleine Fackeln, die die Bäume in Brand steckten. Er sah einen Wald in Brand stehen, himmelhoch, wie eine lodernde Kathedrale, er stand im Kirchenschiff des Dschungels, Flammen leckten an seinen Schultern, und dann spürte er nur noch, wie die animalische Hitze sein Geschlecht versengte.

»Die Steine«, sagt René.

»Die Diamanten«, sagt der Hauptmann.

»Mein Anteil.«

»Geht an die Hinterbliebenen. Niemand soll sagen können, der Hauptmann hätte keine ordentliche Buchführung.«

»Die Hälfte an Julia.«

»Ihr Wunsch ist uns Befehl.«

»Die andere Hälfte an meine Mutter.«

»Ganz wie es beliebt.«

Der Hauptmann dreht René den Rücken zu, als er sein Messer zieht.

»Genug gelabert«, sagt er. René wartet auf etwas, das sich im Sausen einer sanften Kühle nähert, und traut seinen Augen nicht, als er sieht, wie der Hauptmann mit dem Jagdmesser ein Kreuz in die Luft macht. So wie früher die Bäuerinnen in Alegem, bevor sie ein Brot anschnitten.

»Dieu le veut«, sagt der Hauptmann. Nie hat es so innig geklungen, und das Messer saust herab, es stößt auf keinen Widerstand beim Adamsapfel, wohl aber bei den Halswirbeln, doch der Hauptmann ist trainiert und durch und durch voll gräßlicher Erfahrung; um keine Spritzer abzubekommen, springt er ein Stück zurück, doch trotzdem sprudelt Blut von dem Strudel, der aus Renés Kehle bricht, auf sein Hemd und seinen Schenkel. René kniet und gibt ein rasselndes Geräusch von sich, als würde er sich durch die Öffnung in der Kehle übergeben.

»Das war's«, sagt der Hauptmann. Er nimmt die Uhr von Renés Handgelenk, die Brieftasche aus der Jacke, die losen

Tausendfrancscheine aus der Hosentasche. Wirft eine schwere Plane über den Toten. Er salutiert vor einem seiner treuesten Männer und geht aufs Deck, wo die Möwen auffliegen und ihn umkreisen.

Die Erscheinungen sind verschwunden. Unser Dorf ist gerettet.

Im Labor von Professor Maereback hat man einen Parasiten isoliert, der zugleich aus Zyklosporen von Himbeeren aus Guatemala und aus Bakterien bestehen soll, die aus der Molkerei in Alegem stammen. Blutungen der Bauchspeicheldrüse sollen in beiden Fällen das erste Symptom sein. Aber wir verfügen über ein Gegengift.

Dolf quälen zunehmend Verlustgefühle. Er vermißt die Rufe von früher auf der Straße, vom Scherenschleifer, vom Muschelverkäufer, vom Eismann mit seiner grellbunten Karre und dem dampfenden Pony. Er hat keinen, mit dem er über den Verlust reden kann. Vielleicht ist es auch besser so, weil, ach, man sagt etwas, und am Ende glaubt man es noch selbst, und dann sorgt man dafür, daß man so wird, wie man gesagt hat.

Die Witwe van Hoof ist nicht unglücklich. Sie macht sich Sorgen, weil sie sich Sorgen macht über allerhand Kleinigkeiten, wie über van Hoofs Auto, das aus dem Kanal gefischt wurde und sich nicht verkaufen läßt.

Und was haben wir gelacht mit Schamphelaere, Leon, vor ein paar Tagen. Sie wissen schon, Leon, der so jähzornig sein kann. Wir spielen Karten, im *Stillschweigen* ist es ziemlich voll für einen Wochentag, und wir merken, daß Leon gar nicht bei der Sache ist. Wir glauben, daß er an seine kränkelnde Mutter denkt, bei der er wohnt, oder an seinen Schwager, dem es noch schlechter geht wegen der Abreibung, die Leon ihm verpaßt hat, und plötzlich sagt er: »Schon komisch, da sitze ich hier in der Kneipe und kann mir an zehn Fingern abzählen, wie viele von den Gästen hier mit meiner Frau geschlafen haben.« Wir denken: Jungs, jetzt ist es aus mit dem *Stillschweigen,* da bleibt kein Stein auf dem andern, der Wutausbruch wird bis weit über die Grenzen Belgiens reichen, soundsoviel auf der Richter-Skala. Aber nein. Im Gegenteil. Schamphelaere, Leon, sagt: »Ach, Jungs, ihr hattet bestimmt euren Spaß, und sie auch.« Und er blickt in seine Karten und sagt: »Was war noch mal Trumpf?«

Unsere Diana irrt durch das Pfarrhaus. Sie wartet auf den neuen Pastor. Sie kocht kein Essen mehr. Ach, die amerikanische Dosensuppe ist gut genug für mich. Verwandte von Hochwürden Lamantijn haben alle Weinflaschen aus dem Keller geholt.

Alice und Noël haben geheiratet. Offenbar mußten sie. Viele Leute waren da, nette Leute. Trotzdem ist es aus dem Ruder gelaufen. Braut und Bräutigam sind nicht nur im *Stillschweigen* hängengeblieben, sie ganz in Weiß und er mit seiner verwunderten Visage, sondern auch im *Fantasia,* im *Derby,* im *Indigo,* sternhagelvoll, und Alice wollte ihre Hochzeitsnacht in einem gediegenen Hotel verbringen, aber als sie mit dem Taxi zum Hotel Canterbury fuhren und die Steintreppe hochschwankten ... Sie stützten sich gegenseitig (worin Lehrer Arsène eine Metapher für den Ehestand sehen würde) und wackelten und kicherten so albern, daß der Portier sie nicht hereinlassen wollte.

»Nein, Madame, nein, Monsieur, das können wir im Hinblick auf unseren Ruf nicht zulassen, wir haben eine lobende Erwähnung im Michelin.«

»Okay. Gut!« sagt der Taxifahrer, »wenn das so ist, dann ist es so, aber menschenfreundlich ist es nicht. Leuten die

Hochzeit so zu vermiesen. Ich muß an mich halten, sonst würden Sie sich im Krankenhaus wiederfinden!« Also, Noël beruhigt den Fahrer, und Alice sagt: »Komm, wir trinken noch einen im *Rainbow.*« Sie ahnen schon, was jetzt kommt, die Sonne geht auf, alle drei sind in einem miserablen, aber leidenschaftlichen Zustand, nur fallen ihnen die Augen zu und sie lallen über die gute alte Zeit, als Alegem noch von den Erscheinungen heimgesucht wurde und etwas los war in dem obrigkeitstreuen Dorf, und wo landen sie schließlich, Hochzeiter und Hochzeiterin, sturzbetrunken? Dreimal dürfen Sie raten. In der Bar *Tricky.*

Camilla ist nicht da. Nedjma, die schon so einiges gesehen hat in ihrem nordafrikanischen Leben, erschrickt nicht, als sie die Brautleute sieht. Im Gegenteil, sie bittet sie herein, in Zimmer vier, das Camilla mit Hilfe der Zeitschrift »Öffentlicher Kunstbesitz« in ein Louis-seize-Schlafzimmer umgewandelt hat. Die beiden werden um drei Uhr nachmittags wach, die nackte bronzene Nedjma zwischen sich. »Glück im Unglück«, sagte Noël. Wie so oft.

Es scheint, daß er wieder regelmäßig Banjo spielt, aber Kennern zufolge macht er wenig Fortschritte.

Jetzt Julia. Die ist nach Amsterdam gezogen, wo alles brodelt und eine nagelneue Welt vorbereitet wird, in der es, wenn ich richtig begriffen habe, vielleicht immer noch Elend geben wird, aber wenigstens gerecht verteilt. Zusammen mit Serge singt sie auf Englisch mit Londoner Akzent. Sie nennen sich *The Flamingo's.* Zu Weihnachten treten sie im Fernsehen in einer Kindersendung auf. Oder ist es eine Sendung für Teenager? Auf jeden Fall sagt Hedwige Rombouts, daß ihre Tochter künstlerisch tätig ist. Wenn

Sie mich fragen, trifft sich Julia immer noch heimlich mit René Catrijsse und ist deshalb nach Amsterdam gezogen. Liebe rostet nicht.

Gerard dagegen meint, und im *Stillschweigen* hält er mit seiner Meinung nicht hinterm Berg, René wäre für immer vom Erdboden verschwunden. Oder unterm Erdboden verschwunden. Das schließt er aus der gelassenen Haltung, mit der Ex-Kommissar Blaute derzeit durch die Gegend stolziert. »Der Gang von Blaute, der gefällt mir nicht«, sagt Gerard. Aber sollen wir uns denn einreden, vor unserer Nase, ungestraft, unbemerkt, wäre jemand aus unserem Dorf, den wir von Kind an kennen, ermordet worden? Wie in Sizilien? Dann könnte man anfangen, an allem zu zweifeln.

»Zweifeln ist gesund«, sagt Lehrer Arsène. »Der Zweifel zeigt, wie wenig Realität wir verkraften können.« Und weil ihm zu dieser Stunde keiner Kontra gibt, redet er über die totalitären Neigungen des Geistes, die Diskontinuität des Ichs und so weiter. Er wäre jetzt noch zugange, wenn sich keine ernsthafteren Dinge ereignet hätten, zum Beispiel die Überschwemmung, das hat es seit hundert Jahren nicht gegeben, fünfzehnhundert Hektar überflutet, all das tote Vieh, oder, ein Stück weiter von uns entfernt, aber immerhin, dieser Tankwagen mit flüssigem Propylen, der umgekippt ist, worauf dann zwanzig Menschen lichterloh gebrannt haben. Ach, Mijnheer, reden wir schnell über was anderes. »Das Skandalöse am Tod«, beginnt Lehrer Arsène, aber wir lassen ihn nicht ausreden. »Schulmeister, hör auf, du stehst hier nicht vor deiner Klasse.«

Und dann Alma. Sie muß umziehen, weil der Brauereibesitzer ihren Getränkeladen seinem Cousin überlassen will. Sie hustet, ist nur noch Haut und Knochen. Ab und zu ein kränkliches Lächeln zu Dolf.

Meist sitzt sie im Garten hinterm Haus, in einem Korbsessel zwischen den Rhabarberblättern und dem Unkraut. »Wozu Unkraut jäten, wenn wir sowieso wegmüssen«, sagt Dolf. Das Unkraut überwuchert alles, sogar das rostige Tandem mit dem verbogenen Vorderrad, das an der Hauswand lehnt.

Wissen Sie was, schicken Sie Alma doch mal eine Ansichtskarte. Darüber freut man sich immer.

Henning Mankell im dtv

»Mankell gehört ohne Zweifel auch international zur Elite der Krimiautoren.«
Svenska Dagbladet

Mörder ohne Gesicht
Roman · dtv 20232

Die letzten Worte der sterbenden Frau waren »Ausländer, Ausländer!« – Kommissar Wallander weiß, dass diese Information unter gar keinen Umständen an die Presse gelangen darf. Denn die Möglichkeit, dass Ausländer an der Tat beteiligt waren, reicht möglicherweise aus, um eine Welle ausländerfeindlicher Gewalt auszulösen.

Hunde von Riga
Roman · dtv 20294

Die Ermittlungen führen Kommissar Wallander diesmal nach Osteuropa. Immer tiefer gerät er hinein in ein gefährliches Netz unsichtbarer Mächte, in dem er nicht nur seinen Glauben an die Gerechtigkeit verliert, sondern fast noch sein Leben lässt.

Die weiße Löwin
Roman · dtv 20150

Kommissar Wallander steht vor dem kompliziertesten Fall seiner Karriere. Alles beginnt mit dem spurlosen Verschwinden einer Immobilienmaklerin – doch schon bald ist klar: hier geht es um ein teuflisches Komplott von internationalen Dimensionen.

Die fünfte Frau
Roman · dtv 20366

Die Opfer dieser besonders grausamen Mordserie waren allesamt harmlose Bürger. Warum verfolgt der Mörder seine Opfer mit so brutaler Gewalt? Kommissar Wallander muss sich beeilen, bevor das nächste Verbrechen geschieht.

Michael Ondaatje im dtv

»Das kann Ondaatje wie nur wenige andere: den Dingen ihre Melodie entlocken.«
Michael Althen in der ›Süddeutschen Zeitung‹

In der Haut eines Löwen
Roman
dtv 11742
Kanada in den zwanziger und dreißiger Jahren. Ein Land im Aufbruch, wo mutige Männer und Frauen gefragt sind, die zupacken können und ihre Seele in die Haut eines Löwen gehüllt haben. »Ebenso spannend wie kompliziert, wunderbar leicht und höchst erotisch.« (Wolfgang Höbel in der ›Süddeutschen Zeitung‹)

Der englische Patient
Roman · dtv 12131
1945, in den letzten Tagen des Krieges. Vier Menschen finden in einer toskanischen Villa Zuflucht. Im Zentrum steht der geheimnisvolle »englische Patient«, ein Flieger, der in Nordafrika abgeschossen wurde ... »Ein exotischer, unerhört inspirierter Roman der Leidenschaft. Ich kenne kein Buch von ähnlicher Eleganz.« (Richard Ford)

Buddy Boldens Blues
Roman
dtv 12333
Er war der beste, lauteste und meistgeliebte Jazzmusiker seiner Zeit: der Kornettist Buddy Bolden, der Mann, von dem es heißt, er habe den Jazz erfunden.

Es liegt in der Familie
dtv 12425
Die Roaring Twenties auf Ceylon. Erinnerungen an das exzentrische Leben, dem sich die Mitglieder der Großfamilie Ondaatje hingaben, eine trinkfreudige, lebenslustige Gesellschaft ...

Die gesammelten Werke von Billy the Kid
dtv 12662
Die größte Legende des Wilden Westens – Liebhaber und Killer, ein halbes Kind noch und stets dem Tode nah: in ihm vereinigten sich die Romantik und die Gewalttätigkeit dieser Zeit.

Heinrich Böll im dtv

»Man kann eine Grenze nur erkennen, wenn man sie zu überschreiten versucht.«
Heinrich Böll

Irisches Tagebuch
dtv 1

Zum Tee bei Dr. Borsig
Hörspiele
dtv 200

Ansichten eines Clowns
Roman · dtv 400

Wanderer, kommst du nach Spa...
Erzählungen · dtv 437

Ende einer Dienstfahrt
Erzählung · dtv 566

Der Zug war pünktlich
Erzählung · dtv 818

Wo warst du, Adam?
Roman · dtv 856

Billard um halb zehn
Roman · dtv 991

Die verlorene Ehre der Katharina Blum oder: Wie Gewalt entstehen und wohin sie führen kann
Erzählung
dtv 1150

Das Brot der frühen Jahre
Erzählung · dtv 1374

Ein Tag wie sonst
Hörspiele · dtv 1536

Haus ohne Hüter
Roman · dtv 1631

Du fährst zu oft nach Heidelberg und andere Erzählungen
dtv 1725

Fürsorgliche Belagerung
Roman · dtv 10001

Das Heinrich Böll Lesebuch
dtv 10031

Was soll aus dem Jungen bloß werden? Oder: Irgendwas mit Büchern
dtv 10169

Das Vermächtnis
Erzählung · dtv 10326

Die Verwundung und andere frühe Erzählungen
dtv 10472

Heinrich Böll im dtv

Frauen vor Flußlandschaft
Roman · dtv 11196

Eine deutsche Erinnerung
dtv 11385

Rom auf den ersten Blick
Landschaften · Städte · Reisen · dtv 11393

Nicht nur zur Weihnachtszeit
Erzählungen · dtv 11591

Unberechenbare Gäste
Erzählungen · dtv 11592

Entfernung von der Truppe
Erzählungen · dtv 11593

Gruppenbild mit Dame
Roman · dtv 12248

Die Hoffnung ist wie ein wildes Tier
Briefwechsel mit Ernst-Adolf Kunz 1945-1953
dtv 12300

Der blasse Hund
Erzählungen · dtv 12367

Der Engel schwieg
Roman · dtv 12450

Und sagte kein einziges Wort
Roman · 12531

In eigener und anderer Sache. Schriften und Reden 1952-1985
9 Bände in Kassette
dtv 5962
In Einzelbänden:
dtv 10601-10609

H. Böll/H. Vormweg
Weil die Stadt so fremd geworden ist ...
dtv 10754

NiemandsLand
Kindheitserinnerungen an die Jahre 1945 bis 1949
Herausgegeben von Heinrich Böll
dtv 10787

Über Heinrich Böll:

Marcel Reich-Ranicki:
Mehr als ein Dichter Über Heinrich Böll
dtv 11907

Bernd Balzer:
Das literarische Werk Heinrich Bölls
dtv 30650

Günter Grass im dtv

»Günter Grass ist der originellste und vielseitigste lebende Autor.«
John Irving

Die Blechtrommel
Roman · dtv 11821

Katz und Maus
Eine Novelle · dtv 11822

Hundejahre
Roman · dtv 11823

Der Butt
Roman · dtv 11824

Ein Schnäppchen namens DDR
dtv 11825

Unkenrufe
dtv 11846

Angestiftet, Partei zu ergreifen
dtv 11938

Das Treffen in Telgte
dtv 11988

Die Deutschen und ihre Dichter
dtv 12027

örtlich betäubt
Roman · dtv 12069

Ach Butt, dein Märchen geht böse aus
dtv 12148

Der Schriftsteller als Zeitgenosse
dtv 12296

Der Autor als fragwürdiger Zeuge
dtv 12446

Ein weites Feld
Roman · dtv 12447

Die Rättin
dtv 12528

Aus dem Tagebuch einer Schnecke
dtv 12593

Kopfgeburten
dtv 12594

Zunge zeigen
dtv 12686

Gedichte und Kurzprosa
dtv 12687

Mit Sophie in die Pilze gegangen
dtv 12688

Volker Neuhaus
Schreiben gegen die verstreichende Zeit
Zu Leben und Werk von Günter Grass · dtv 12445

Graham Greene im dtv

»Bei Graham Greene ist Schuld die menschliche Unzulänglichkeit vor dem Schicksal, und Sühne ist nicht die absolute Verdammnis.«
Eberhard Thieme

Ein Mann mit vielen Namen
Roman · dtv 11429

Ein Sohn Englands
Roman · dtv 11576

Zwiespalt der Seele
Roman · dtv 11595

Das Schlachtfeld des Lebens
Roman · dtv 11629

Die Kraft und die Herrlichkeit
Roman · dtv 11760

Der dritte Mann
Roman · dtv 11894

Jagd im Nebel
Roman · dtv 11977

Unser Mann in Havanna
Roman · dtv 12034

Der stille Amerikaner
Roman · dtv 12063

Der Mann, der den Eiffelturm stahl und andere Erzählungen
dtv 12129

Der Honorarkonsul
Roman · dtv 12187

Orient-Expreß
Roman · dtv 12573

Zentrum des Schreckens
Roman · dtv 12626

Ein ausgebrannter Fall
Roman · dtv 12746

Das Ende einer Affäre
Roman · dtv 12776

Monsignore Quijote
Roman · dtv 12865
(erscheint März 2001)